KYUN-KYUN
LOVESCHOOL
悪役令嬢ですが
攻略対象の様子が
異常すぎる
III
稲井田そう
Illust. 八美☆わん
TOブックス
JN072911

contents

目次

イラスト 八美☆わん

デザイン AFTERGLOW

CHARACTER

ミスティア・アーレン

主人公。伝統あるアーレン家の伯爵令嬢。前世の記憶を思い出し、自分が乙女ゲーム『きゅんきゅんらぶすくーる』の世界で悪役令嬢キャラと知る。一家使用人離散、投獄死罪デッドエンドの回避に奮闘中。専属侍女のメロと仲良し。

レイド・ノクター

ミスティアの婚約者。紳士的な性格で勉学、体術、芸術とすべてにおいて優秀な王子様キャラ。「ミスティアの笑顔が見たい、仲良くしたい」と思うが、怖がらせて避けられてしまう。超絶不憫。

エリク・ハイム

ミスティアの一つ上の先輩で幼馴染。ゲーム設定は俺様キャラだったが、ミスティアと出会ったことでキャラ変。彼女の一番になりたくて「ご主人」呼びをしている。婚約者のレイドや専属侍女メロのことを敵対視。依存体質。

ロベルト・ワイズ

自分にも他者にも厳しく、本来のゲーム設定では初めからミスティアを嫌う同級生キャラ。将来は医者志望だが、ワイズ家の当主にならなければいけないと思い悩んでいる。現在、ミスティアを「医療に関心がある令嬢」と勘違い中。

ジェイ・シーク（ジェシー先生）

担任教師。ミスティアが幼いころは乗馬教師を務め、壮大な勘違いから年の差の大恋愛をひとりでスタートさせた。強面の外見や口調とは裏腹に純情な青年だが、「ミスティアと幸せな家庭を持ちたい（俺の嫁）」と初恋をこじらせ中。奇跡的な会話成功率を誇る。

アーレン家の使用人

メロ

ミスティアの「安全と幸福」を願う専属侍女。身の回りの世話をすべて担うだけでなく護衛や家庭教師も務めている。「ミスティア様が幸せなら自分はどうなってもいい、離れてもいい」と考えつつも、心の内は「ずっと傍にいたい」と思っている。

ルーク

執事。伊達の片眼鏡と胸元には懐中時計を身に着けている。屋敷の中の危険人物からミスティアを守りたい（慈愛）。

フォレスト

庭師。アーレン家の広大な庭を一人で管理する凄腕。家庭教師も務める。崇拝するミスティアの話し方が特に好き。

ライアス

料理長。普段は明朗快活だが、ミスティアが外で食事を取ろうとすると周りが見えなくなりうろたえる。

ソル

御者。たどたどしい口調や人見知りがちなのもすべて演技で、そうすればミスティアに構ってもらいやすいと思っている。

スティーブ

執事長。屋敷の使用人が増えることを良しとせず、定期的に使用人を解雇したり、志願者が来ても絶対に採用はしない。

ランズデー

専属医。ミスティアがいつも健康のため基本的に仕事はなく、屋敷の中を散歩したりアーレン家の修繕や絵画の家庭教師も務める。

ブラム

門番。元は音楽家を志していたごろつき。ミスティアに助けられて、今や音楽の家庭教師も務める。ミスティアを崇拝。

リザー

掃除婦長。元は酒場で働く平民の妻。夫から暴力を受けていたところをミスティアに助けられた。

トーマス

門番。ミスティアの誕生日に建てられた孤児院の出身者。明るく天真爛漫で、裁縫が得意。

Servant of th
person of aren

第十一章 悪役令嬢と恋敵

わたしを救って

「レイド様っ」

放課後を知らせる鐘が鳴った直後、アーレン家守護へレン・ルキット女神様がレイド・ノクターの下へ向かっていく。その可憐《かれん》な姿に、教室内の生徒の視線は集中する。

ルキット様が転入して、今日でとうとう一週間と少し。彼女は愛らしいその容姿と、レイド・ノクターへの好意を隠さないことで注目を浴びていた。

「あの、もしよろしければ、校内の案内をお願いしてもよろしいでしょうか？」

上目遣いに、蜜を纏《まと》わせたような甘い声。二人が一緒にいる様子はとても絵になる。

「今日も一日お疲れさまです。ミスティア様！」

絵になる二人を観察していると、隣にいたアリスが声をかけてきた。私は「アリスさんもお疲れさまです」と、ぎこちなく会釈をする。昨日、席替えのくじ引きをしたけれど、私は変わらず一番うしろの廊下側、そしてアリスが隣の席のままだった。もう、これからずっと彼女と隣同士の席なんじゃないかと不安になる。それに、不安な点はもう一つ。

最近、アリスは休み時間になるとすぐに教室を出てしまう。そのせいで、彼女が先生に教材運びを頼まれ攻略対象に助けてもらう……なんてイベントや、簡単な会話をするミニイベントが発生していない。どこへ行っているのかクラスメイトが彼女に尋ねると、「美術室に礼拝に……」と答えていたけど、シナリオに無い行動だし、強い不安を覚える。

「では、私はこれで失礼いたします！」

もう少しレイド・ノクターのやり取りを視界に入れても良さそうなのに、アリスは私に「失礼します！」と微笑んで、さっさと教室から出ていってしまった。私は曖昧《あいまい》に手を振りながら、ルキット様とレイド・ノクターに視線を戻す。

「私、まだ学園のことよくわからなくて……」

「転入の際、地図は配られなかった？　読み方がわからないのかな？」

どことなく、二人の間には溝がある気がする。扉の近くに立っていたジェシー先生も同じことを思ったらしく、彼に声をかけた。

「学級長、俺からも頼む。この学園は広いし、ルキットはまだ転入して一月も経っていないんだ」

「……わかりました」

レイド・ノクターがしばらく間を置き、ジェシー先生の要望に頷《うなず》いた。

「ヘレン嬢、今日は用事があるから、明日でもいいかな？」

「はい、ありがとうございます！」

ルキット様は頬《ほほ》を染めながら、魅惑的に微笑む。しかしレイド・ノクターの表情は堅い。でも、こういう二人を見たらアリスは嫉妬したりして、恋愛イベントが進むのでは。

帰るアリスを引き留めるべきだったのだろうか。私は悩みながら、教室を後にしたのだった。

アリスにかなり違和感がある。かといって原因がわからないし、少し調べてみるか。考えながら階段を降りていく。前方にジェシー先生の姿を見つけたその瞬間、先生が足を踏み外した。

「危ないっ」

慌てて手を伸ばしジェシー先生の肩を掴《つか》む。そのまま体重を後ろにかけ引っ張り込むと、先生がこちらへ倒れ込むようにして着地した。

「あの、お怪我は無いですか」

「あ……その声、ミスティアか……あっ悪い！　俺、お前の上に乗って――！」

声をかけると先生は、ばっと起き上がり仰向けに倒れている私へ手を差し出してくる。

「ありがとうございます。お怪我はありませんか？」

「俺は無い、それよりお前は大丈夫なのか？　どこかぶつけて……」

「ああ、私は大丈夫ですよ」

「でも、保健室……いや医者か⁉　すぐにでも……」

「本当に大丈夫ですよ」

「そうか……悪かったな、今まで」

ジェシー先生が暗く俯《うつむ》いた。その表情を見て、はっとする。

ジェシー先生、階段、落下。

同じようなシチュエーションが、先生の恋愛イベントにある。アリスが落下して、ジェシー先生が抱き留めるのだ。そして彼女はお礼にと先生にクッキーを焼いてゲームが進行していく。そんな恋愛イベントに似た状況に、悪役の私がいていいはずがない。私はジェシー先生に礼をして、すぐさまその場を後にしたのだった。

駆けこむように特別棟の女子トイレに入り、流し場の前で息を整える。ここは攻略対象が絶対入ってこない領域だ。アリスが来る可能性はあるけど、もう彼女は帰ったはずだ。大きくため息を吐いて顔を上げると、鏡越しに背後に立つルキット様と目が合った。

「え」

「すみません。驚かせちゃいましたか？　ごめんなさいっ」

ぴょこ、と可愛い擬音が飛びそうな愛らしい仕草で、彼女は両手を前にした。

「私、ヘレン・ルキットと申します、私のことはどうぞ、ヘレンとお呼びくださいませ」

「ミスティア・アーレンと申します、よろしくお願いいたします、私もミスティアで大丈夫です」

いつもルキット様は、レイド・ノクターを追っている。女子トイレといえど、彼の姿が近くにあるのか警戒していると、彼女は甘くはにかんだ。

「あの、ミスティアさんは、レイド様とどういうご関係なんですか？」

「はい？」

出てきた名前に絶句する。しかし彼女は「昼に……」と暗い顔をして呟《つぶや》いた。

「レイド様には、お慕いしている令嬢がいらっしゃるって……クラスの方にお聞きしたのです。そうしたら、ミスティア様のお名前が出て……」

「え」

そんなことあり得るはずがない。レイド・ノクターは、私が子供に常軌を逸した想いを抱えている人間だと考えている。もしかして、体育祭の準備の時に手伝ってくれたりしていたのを、誤解して……？

「それは違うのではないでしょうか……、誤解だと思います」

「では、ミスティア様はレイド様のことをお慕いしていますか？」

「まったく」

「本当に？」

「ええ」

「……なら、わたくし、とーっても嬉しいです！　ミスティア様と、お友達になれそうです！」

ルキット様は甘く微笑み、私の手を取って握った。私がレイド・ノクターを好きではない。そして彼も私が好きではない。その事実に喜ぶということは完全に、確定した。

ルキット様は、レイド・ノクターが好きだ。

私を彼の思い人だと思い込み突撃、面と向かって好きかどうかを問う行動力と精神力は素晴らしいものだ。確実に攻略対象とヒロインの仲を進展させる存在になってくれるはず。

やっぱり彼女は、私の救世主だ。

「ぜひ！　よろしくお願いします！」

私は笑みを浮かべ、彼女の手を優しく握り返したのだった。

SIDE：Helen

ミスティア・アーレンはレイド様を好きじゃない。一瞬そう言って私を油断させようとしているのかもしれないと思ったけれど、そういうわけでもないみたいだ。

軽い足取りで去っていく女の背中をしばらく眺めてから、私は踵《きびす》を返す。

てっきりあの女はレイド様のことを好きだと思っていた。令嬢たちにとって、彼ほど理想の存在は居ない。彼に興味なさげにしているのは、気のない素振りで優越感に浸っていると思っていたのに。

「わっ」

もやもやしながら歩いていると、いかにも地味で冴えない男とぶつかってしまった。相手は手も服も作業をしたように汚れていて、それのせいか臭いし酷く気持ち悪い。髪の毛は無造作にはねていると言えば聞こえはいいが、どう見てもぼさぼさで、身だしなみに気を遣っていないことがはっきりわかる。その姿があの女を追うように消えるのを見計らってから、私は屋敷へ帰るため、また歩き出す。

「こんにちは、ヘレン・ルキット嬢」

苛々《いらいら》しながら階段を降りれば今度は後ろから呼び止められ、心臓が止まりそうになった。降りる前にきちんと背後を確認したし、上から誰か降りてこないか音を聞いて確かめた。なのに背後を取られたことで背中に冷や汗が伝い、胃から吐き気がこみあげてくる。

いけない、こんな私は私じゃない。

こちらの心を悟られぬよう笑みを浮かべて振り返ると、そこには美しい男が立っていた。

「こんにちは、はじめまして……あの……」

「ハイムだけど覚えなくていいよ。ねぇ、お前さ、ノクターが好きって本当？」

ハイム——この国の貿易を支えるハイム家の令息だ。容姿端麗で明るい人柄。数多《あまた》の令嬢の目を惹きつけながら、どんな令嬢も相手にしないと有名な令息だけど、彼がなぜ私にそんな質問を？

「私は、お慕い申し上げております」

「なら、ミスティアに絶対、絶対に変なことしないでね。あの子はノクターのこと嫌いだから」

知り合ったばかりというのに、ハイムの令息は私を冷ややかな目でこちらを射貫く。

「わ、私はミスティア様に、変なことなんて……」

「みーんな、変な嫉妬でミスティアに意地悪する奴はそう言うんだよねぇ……」

「あの、私、なんの話かさっぱり」

「ノクターになら、既成事実作ろうがなにしようがどうでもいいけど、ミスティアにはなにもしないでって話」

同じ人間から発されたとは思えないほど抑揚のない声に、ぞっとした。

「お友達になれそうとかさ、よく言うよね。蹴落とす気満々のくせに」

お友達になれそう。私がそう言ったのは、あの時しかない。ミスティア・アーレンと、話をした時。あの時を、見られていた？　でもあの場所は、女子トイレのはず。もしかして外から、聞いていた――？

「あんまり確認がすぎると、ろくなことしないってすぐわかるよ」

「わたし、は」

「ここから突き落とされて、頭潰れて死にたいなら言い訳を聞いてあげてもいいけど」

その言葉に声すらでなくなる。歯向かったら殺されると直感的に悟った。

「別に難しいことじゃないよね。ノクターが好きなら、あの男だけ追えばいいってだけなんだから」

ハイムの令息が、私とすれ違うようにして去っていく。あまりの恐怖に動くことができない。私はそのまま階段の途中で一人、へたり込んだのだった。

君に施す呪《まじな》い

ルキット様がレイド・ノクターが好きだと確定した翌日。上履きに履き替えようと靴箱を開けると、肌触りに漠然とした違和感を覚えた。不思議に思いつつも上履きを手に取ると、肩に手を置かれた。

「ヘレン・ルキット」

耳元で囁《ささや》かれ慌てて飛び退く。真後ろに、クラウスが満面の笑みを浮かべて立っていた。彼は強引に肩を組んできて、振りほどこうとすると腕をがっちり固めてくる。

「随分とお前の婚約者様にお近づきらしいなあ、婚約者様、ヘレン・ルキットにくれてやんのか」

「そもそも、双方の親族が決めた事であって、私のものではないですから」

「はあ、つまんね、出たよ平和主義ゴミ思想。後悔しても俺は知らねぇぞ？」

「……そんなことありませんよ」

「はっ人生なにが起こるかわかんねえ、知らねえ奴が突然敵になることだってあんだぞ。それに、信じてたやつがとんでもねえ裏切者だってこともな」

クラウスは私の襟を掴みぐっと近づけると、口角を上げた。金色の瞳が射貫くように向けられ、思わずたじろぐと、彼は私を鼻で笑った。

「なにがしたいんですか」

「いや？　少し面白くしてやろうと思って……あぁ、時間かよ」

少し面白く？　嫌な予感しかしない。なぜなら彼の言う面白いことは、破滅だ。

「あの、私は貴方の面白さの期待に添うことはできないので」

「お前はそう思っても、勝手に堕ちてくからなぁ」

「堕ちませんよ」

「まあ、底には底があるからなあ」

期待されているのか……クラウスのこの自信はなんなんだろう。とても不安だ。くるりと振り返り地面を指して笑う彼は、また私に背を向けて軽快に歩み始める。私も襟元を正して彼に背を向け歩いていくと、今度はヒステリックな声が響いた。

「勘違いしてるんじゃない？　あなたがレイド様と釣り合う訳がないわ！」

ゲームのミスティアのような台詞だ。慌てて声のした空き教室へ向かうと、ほかのクラスの女子生徒たちがルキット様を囲んでいた。

「この……っ、泥棒！」

ぱんっ、と軽い音が響く。ルキット様を平手打ちした生徒は、よほど怒っているのか鋭い顔つきだ。しかしルキット様の後ろ……空き教室の扉のそばに立つ私を認識すると、途端に怯《おび》えだした。

「あ、アーレン家の……」

平手打ちした女子生徒はそう言い残すとすぐに逃げ去った。ほかの生徒たちも追うようにしてその場を去っていく。体育祭のアリスの一件もあるし、脅迫されるとか、いろいろ噂が広まっているのだろうか。

ルキット様の頬は、女子生徒の爪で切れてしまったらしい引っかき傷がある。血を拭《ぬぐ》おうとハンカチを取り出すと、彼女は睨みつけてきた。でも頬から血が出ているから、私は気にせず近づいていく。

「なっなによ！　こ、来ないでよ！　……わっ、なっなに？」

返事をしても、なんとなく揉めてしまいそうだ。前にロベルト・ワイズに反論をして怒りを増幅させてしまったことがあるし。自分にやれることだけしよう。

「止血です」

ルキット様の頬をハンカチで拭い、少しだけ押さえて止血する。傷は浅く、化粧でごまかせそうだ。

「人の爪は汚いので、消毒したほうがいいです」

「はあ？　なに？　善人気取り？　私に恩を売ってるつもり？」

「人の爪は汚いので、消毒したほうがいいです」

そう言って、私はルキット様を空き教室に残し廊下に出た。足に怪我をしているわけでもないから、保健室に運ぶことまではしなくて大丈夫だろう。

この学園は、貴族学園というわりに治安が悪いのかもしれない。ゲームではミスティアという巨悪がいたけど、フィーナ先輩は火傷《やけど》を負っていたし……。私は不安を覚えながら、教室へと向かった。

「今日は本当に天気がいいわね。気温も丁度いいわ」

そう言ってフィーナ先輩が青空の下、ランチボックスを広げる。昼休憩の時、ばったり会った私たちは、中庭で一緒にお昼を食べていた。

「ねぇ、こういう日はお外で食べるのもいいと思わない？」

「はい」

一緒にベンチに座っているフィーナ先輩が、穏やかに笑う。でもその笑顔は妖艶で、食べ方も綺麗だから見惚れてしまう。

体育祭が終わってから知ったことだけど、先輩は二年生だけじゃなく三年生の先輩たちからも一目置かれる存在らしい。それにレイド・ノクターが廊下を歩いていたためうかつに帰れず、トイレに籠城している時、ほかの生徒たちがフィーナ先輩のことを「完璧令嬢」と呼んでいることも聞いたこともある。

「そういえば、ミスティアさんのクラスに転入してきた方はどんな方なのかしら」

フィーナ先輩は、お肉がふんだんに挟まったサンドイッチを丁寧に食べながらこちらに視線を向けてくる。ルキット様が転入してきたことは、もう先輩たちの耳に入っているのか。

「ふわふわしてて、こう、ケーキの妖精……みたいな感じです、私は昨日救って頂いた苺タルトですって言われても、納得してしまう感じの」

「ふふふ。相変わらずミスティアさんの例えは独特ね。彼女、ノクターくんといつも一緒にいると聞いたけれど……」

「はい、多分学級長を探せばすぐ見つかると思います」

そう返すと「まあ……」とフィーナ先輩が私の顔をじっと見た。先輩はくすくす笑ってから、こちらにずいっと身を乗り出す。

「なら、ミスティアさんは、お兄様と結婚はできるかしら」

「え？」

なんだ、唐突に。しかし戸惑っている間もなく、フィーナ先輩は私の手を取った。

「お兄様とミスティアさんが仲良くなったら、ミスティアさんが家族になるでしょう？　それってとってもいいなと思ったの。私が姉で、ミスティアさんが妹。どう？　今は結婚をしても寝室を共にするだけで、契約的な結婚というのもあるらしいから、いいなと思うのだけれど……」

「駄目だよ」

真上からエリクの声がして、顔をあげようとした途端、頭の上に腕がのった。やがて彼は「ばぁっ」と制服の上にエプロンをかけた姿で私たちの前に立った。

「ネイン嬢は油断も隙もないな、おにーさまの結婚相手は他をあたってよ。何なら僕が手伝おうか？」

エリクが私の隣に座ると、フィーナ先輩がすぐに反論した。

「ご遠慮しますわ、ハイムくんにお任せしたら、何だかとても辺境の地へ送られそうですもの」

「いいんじゃない？　隣の国は景色もいいらしいよ」

「それならミスティアさん。今度一緒に旅行に行きましょう？」

「その時は僕も行くよ」

「女性同士ゆっくり景色のいいところを巡る旅について来ようとするなんて、無粋ではないかしら」

「そんなこと言って、しれっとお兄様連れてくるでしょ、あの人最近ぽやぽやしてるし、フィーナ嬢ならお兄様のことひん剥いて、寝てるミスティアのベッドに放り投げるくらいやりそうだよね」

「まぁ、なんて的はずれな侮辱でしょう。次にお会いするのは法廷かしら」

フィーナ先輩とエリクに、やや冷ややかな空気が漂っている。空気を変えなければ。私はさっきから気になっていた彼の装いについて尋ねることにした。

「あ、あの、え、エリク先輩はどうしてエプロンを……？」

「ああこれ？　今日美術の授業でさ、油絵描いてるから」

「油絵……」

「うん。石膏像とか斧とか林檎とか、好きなの選んで描くだけのつまんない授業だよ」

エリクは心底怠そうに話す。フィーナ先輩は「私のところも同じよ」と苦笑する。二人は美術の授業があまり好きではないのかもしれない。

「ミスティアさんの授業は？　どんなことをしているの？」

「私は粘土で自分の手を作っています」

「去年、私も同じように塑造《そぞう》の授業があったわ」

フィーナ先輩は悠然と微笑んで、私の手を取った。

「その授業なら僕もしたよ……ねえ、ご主人はどんな手の形にしたの？」

「親指、人差し指、中指だけ伸ばして後は握っている……これです」

話すより見せた方が早いと実演する。いわばフレミングの法則だ。

「本当は握りこぶしにしたかったのですが、どうにもパンを握りつぶしたようにしかならなくて断念しました。そのせいで若干進度が遅いんですよね」

「あら……、でも美術の課題の提出は、どの学年もテスト前ではなかったかしら？」

フィーナ先輩が首をかしげる。

「あれ、来月頭から始まるテストが終わったら頑張ろうと思っていたけれど、それだと締切に間に合わない……？」

「確かそうだよ。ご主人、大丈夫？」

「いえ、まだ終わらない訳では無いので……頑張れば授業中に終わります、ありがとうございます」

と言いつつも、明日の放課後あたりから居残りをしたほうがいいかもしれない。とりあえず今日の放課後、確認のために美術室に寄ろう。私はそう決めながら、フィーナ先輩たちと昼食を終えた。


私の美術の課題が、壊れていた。

だいたい先月辺りから出ていたもので、締切は今月末。自分の手を塑造する課題で、後少しだったのに、先日の美術の授業中、自分の作品を取りに行ったら指先の全てが失われていた。たぶん、誰かが誤って壊してしまったのだと思う。本当は壊した時に教えてほしかったけど、アーレンという名前の大きさから、言い出すことができなかったのだろう。

だから今日の放課後から、毎日居残りになってしまった。

「ミスティアさんっ」

放課後、肩を落としながら美術室へ向かっていると、後ろからアリーさんの声が聞こえてきた。振り返ると彼は慌てた様子で、私は何事かと立ち止まる。

「アリーさん？　どうされましたか？」

「えへへ、ミスティアさんの姿が見えたので、急いじゃって……今日はどちらへ？」

「実は、美術の授業で作っていた粘土の手が壊れてしまったので、補習をしに行くところなんです」

今日は親指、明日は人差し指、と一日一本指を作っていけば、なんとかいけるはずだ。家に粘土を持ち帰るのは気が引けるけど、最悪家に持ち帰ろう。

「それなら、用務員室で作業されてはいかがでしょう？　美術室は、美術部員が活動していて、水場が混んでいたりするでしょう？　用務員室ならいつでも空いていますよ」

そう言って彼は、「僕、いつも一人なので！」と自分の胸に手を置いた。

「お、お仕事の迷惑になってしまうのでは……」

「僕は嬉しいです、それにミスティアさんなら安心して留守を任せられますからね」

たしかに部屋番をすることはできる。とてもありがたい。でも、こんなに甘えていいのだろうか。

「い、いいんですか……？」

「はい！　僕はミスティアさんと一緒だと落ち着くので」

「では、お言葉に甘えて……」

美術室じゃなくて用務員室で居残りができることは、正直嬉しい。私もアリーさんといると落ち着くし、きゅんらぶに関する人たちとの遭遇を考えなくてもいいし。

「僕はここにいますので」

一緒に歩いていると、やがて美術室が見えてきた。中に入ると、一メートルくらいのキャンバスに向かう男子生徒と、入口近くで小さなキャンバスに描きこむ二人の生徒がいた。おそらく美術部の生徒だろう。男子生徒が何を描いているかはわからないけど、入り口そばにいる女子生徒は、今まさに絵を描いている男子生徒を描いていた。

紅蓮の髪を幾層にも重ね、写実的でとても綺麗だ。眺めていると、女子生徒はこちらに振り返る。

「あっ、すみません。綺麗な絵だな……と。では」

私は慌てて美術室の奥にある自分の粘土作品を手に取り、そのまますぐに廊下に出たのだった。

「防犯のため施錠しますね」

用務員室に入ると、アリーさんはすぐに部屋の鍵を締めた。

「え?」

「この間から規則に施錠が加わったんです。黙って鍵をかけるのは失礼かと思いまして」

そう言って彼は微笑むと、私の持っていた粘土作品に視線を向ける。

「指のところ、全部折れちゃったんですね」

「そうなんですよ……でもまあ練習になったと思えば、元々上手くできてなかったものなので……」

「ああ。ミスティアさん、美術は苦手って言ってましたもんね」

「大の、がつくかもしれません。アリーさんはどうですか? 作ったり描いたりって」

「僕は作ったりはあまり……どちらかといえば鑑賞している方を見ているのが好きです」

アリーさんは「趣味、ほどまでではありませんが」と付け足した。

思えば、彼の好きなことを私は知らない気がする。私はいつも、話を聞いてもらうばかりだ。

「アリーさんはどんな趣味をお持ちなんですか?」

彼にはとてもお世話になっている。塗料缶やチケットを譲ってくれたり、フィーナ先輩のことで相談にのってもらったし。そのお礼がしたい。好みがあるなら聞きたい。

「紅茶を飲むことですかねえ……? 趣味……と言ってもいいのかはわかりませんが、習慣は、日記を書くことです」

「日記ですか?」

「十代のころにつけ始めまして、最初の一冊は、紛失してしまいましたがずっとつけてますよ」

十代のころからということは、アリーさんは十代ではないということだ。彼は今、何歳なんだろう。さすがに三十代ってことはない……気がする。二十代の前半か後半かがまったくわからない。

「でも、思い出はしっかり心に置いておけますから」

「心に?」

「ええ。ですから文字にするのは気持ちの整理をするためで、書き終わった後は、もう既に終わっているようなものです」

気持ちの整理か。整理する意味でも、文字にすることはいいのかもしれない。

「それに目を閉じれば、いつだって傍にありますから」

ふふ、とアリーさんは笑う。私はゆっくりと上がる口角を見て、不思議と前髪に隠れている彼の向日葵色の瞳も同じように緩んでいるように思えた。


用務員室で補習をした次の日の自習時間。私は黒板の隣にあるカレンダーに目を向けていた。

来月の頭に、学期末の試験が行われ、お勉強会イベントが発生する。

レイド・ノクター、エリク、ジェシー先生、そしてロベルト・ワイズの攻略対象四名のどのルートでも発生するそれは、場所は街にある図書館だったり学園だったり様々だが、アリスに会い勉強

し一緒に帰るだけのほのぼのとしたイベントで、波乱万丈のような流れはいっさいない。また恋愛要素も薄く、ただ学生で勉強に励むというものだ。

今回は校外学習のようにミスティアがアリスを加害する内容は無いから、少し安心できる。

「ミスティア様、あの、ここの問題どうやって解けばいいのでしょうか……」

カレンダーから視線を手元のノートに戻すと、アリスが私にノートを差し出してきた。

「これは公式の組み合わせで解けます。序盤はこれを使って、途中からこっちに切り替えます」

「わ！　ありがとうございます！　ミスティア様！」

「いえ。お疲れ様です」

私は問題を解き始めるアリスを、睨んでいると思われないよう慎重に横目で見る。

アリスは、なんで勉強の質問を私にするんだろう。レイド・ノクターとか、いるのに。

彼を見ると、ルキット嬢にマンツーマンで教えていた。観察していると、彼はふらりと立ち上がりこっちに向かってきた。ぞっとして問題集に視線を落とすと、とん、と机に指を置かれる。

「ミスティア。ルキット嬢に図書館で勉強しようと誘われているんだけど一緒に行かない？」

「……は？」

あまりの衝撃に顔を上げると、レイド・ノクターがささやかすぎる微笑みを披露していた。八割虚無、二割社会に適応する為に発動されたなけなしの笑顔に見える。

「良ければアリス嬢もどう？」

「えっ！　私ですか？」

「うん」

レイド・ノクターがアリスに声をかける。

いや「も」ってなんだ。アリスを最初から誘ってくれ……ん？　これはもしかしてアリスを直接誘い辛いから、私というワンクッションを置いたのだろうか？　それなら、私はさっと断ってしまえば――、

「私は、ミスティア様がいらっしゃるのなら……ぜひとも参加したいです……」

そう言って隣の席のアリスは、ヒロイン百パーセントの笑顔を向けてきた。

砕けた硝子《がらす》の靴を履く

早朝、鉛《なまり》のように重い身体を引きずり私は教室に入った。当然、教室には誰もいない。この世界の絶対的ヒロインであるアリスが「ミスティアが行くなら行く」という訳のわからないことを宣ったことで、結局、勉強会に一緒に行く約束をしてしまった。

「はあ」

……溜息しか出ない。胃が重く感じる。そのうち胃に穴が空くかもしれない。自分の席につこうと机に手をつくと、なんとなく違和感を覚えた。机の手触りが、違う気がする。なんだろう、机が昨日より綺麗なような気がする。昨日より、光を反射しているような気がする。

「よう変態、机触って興奮してんのか」

声のした方を振り向くと、扉を親指の直径ほど開いてクラウスがこちらを見ていた。

「違います、なんだか昨日より机が綺麗になっている気がして」

「はあ？　相変わらずつまんねぇ奴だな。……ああ、そうだ。てめぇの婚約者に近付く特例転入生のヘレン・ルキットについて教えにきてやったぞ」

「どうでもいいです」

「ひひひひひ！　やっぱり気になるか！　あいつのことが！」

話が通じない。私はしぶしぶ、少しだけ気になった単語について問うことにした。

「……特例の転入生って、どういうことですか」

「相変わらず馬鹿だな、言葉通りの意味だろ」

「はい？」

「いいか、よーく考えてみろよ、ぜってぇ十五の春に入学するってわかってる貴族学園に、なんでわざわざこんな時期に入ってくんだよ、普通春から突っ込むだろ？」

「それはそうですけど……なにかの事情があるんじゃないんですか？」

「どんな事情があろうが、こんなクソ中途半端な時期の転入なんて受け入れねぇんだよ、たとえ大怪我しようと死にかけてようと、王族でもなんでもないようなガキはな」

――ルキット嬢は特例で受け入れられた？

「調べたら今まで留学生が戻ってきたっつーのはあったけどよぉ、それだって最後一年だけ。公爵家の坊ちゃんで、時期はしっかり春の新学期から。こんな中途半端な時期じゃねーんだわ」

公爵家も、最後の一年、きっちり新学期からの編入……？

「ルキット家に、王家かなにかと大きな繋《つな》がりがあるということですか」

「最初にそこは疑って調べたけどよ、家自体はふっつーのどこにでもある子爵の家。学園側が優遇するような価値がねえ家だ。転入するから今すぐ入れろって言ったところで？　鼻で笑われるどころか不敬扱いでつまみ出されるほどのなあ」

クラウスは私に顔を近づけながら空いた手でチョキを作り、開閉している。

「っつーことで考えられる二択はなーんだ？　頭の体操だ、考えてみろ」

開閉しながら迫りくる指、目潰しされない様にそれを手でガードしつつ考える。ルキット家は、優遇する必要は無い家。この時期の転入生の受け入れの前例は無い。なんらかの理由で学園側が特別な配慮しなければいけない状況になったか、学園側がルキット家の令嬢を招集したということだ。

「学園側が、ルキット家の要請をのまなければいけなくなったか、それか、ルキット家を、呼んだ？」

「大正解」

どうやら正解らしい。が、もし招集したならば、その目的とは、いったい。

「呼ぶって、なんのために？」

「……まあヘレン・ルキットの見てくれに釣られて、学園の理事連中陥落させたっつーのは暴論がすぎるからなあ？　今の理事長は代理。来年に代わる奴が、そんな面倒なことに足を突っ込むわけがねえ」

「代理なんですか」

「ああ、今の理事長は侯爵だ。本来なら公爵の家の奴がやってるはずだが理事は二十五からじゃねえと継げねえらしく？　今は二十四だから一年足りねーんだわ……っと、今理事だのの話はどうでもいーんだよ。おい、俺が優しく具体的に教えてやるから良く聞いておけよ？　ルキットが学園を脅して入ったとしたら、絶対に学園はルキットを排除しようとする。天下のレイド・ノクター様がルキットの御令嬢にお近づきになれば、ルキットが倒れた瞬間、レイド・ノクターも間違いなく共倒れだぁ！」

レイド・ノクターが共倒れ。その言葉にハッとした。学園が招集したか、ルキット家が無理を通した。常識的には考えられないけれど、現にこの学園はミスティアの暴挙を黙認していたから、そんなことあるはずがないとは言えない。ルキット様の家がどんな家かはわからないけれど、レイド・ノクターに影響があってはいけない。

「平民が入り込んだ次には、クソ珍しい時期の転入生！　楽しいなあミスティアさんよお！」

クラウスは呆然とする私を見てよりいっそう口角を上げると、鍵を開き教室から去っていった。

ルキット様が入学した過程について、調べなくてはいけない。

屋敷に帰ったら、すぐに調べる。けれど、今から調べたとして、勉強会に間に合うはずがない。それにクラウスは既に調べてわからなかったのだから、間に合う、間に合わない以前の問題だ。なるべく二人を見ておいたほうがいい。私は背中になにかがのしかかってくる錯覚を感じながら、その場に立ち尽くしていたのだった。

「アーレン嬢」

放課後、帰る気にもなれず私が別棟でただ空を眺めていると、ロベルト・ワイズが複雑そうな表情で近づいてきた。ただあまり近づきすぎないようにしているのか、変な距離が空いている。

「て、手紙は届いたか」

手紙……たしか屋敷に、謝罪がしたいから時間を作ってほしいことが書かれていたような。

「すみません、手紙は届いています。返信はできていませんが……もうあのことは特に気にしてないので、謝罪は大丈夫ですよ」

「そんなわけないだろう。俺の勘違いで、君には非道な振る舞いをした」

彼はそう言って、騎士が忠誠を誓うように跪《ひざまず》いた。

「いや、待ってください。顔を上げてください。あの、もういいですから」

「……俺は、学園を辞める」

「えっ?」

「君の前に、もう二度と姿を現さない」

ロベルト・ワイズは、あろうことか退学届けを私に見せた。こんなことがあっていいはずがない。

私は慌てて彼の肩を掴むけど、彼はびくともせずに頭を下げ続けた。

「俺は、許されないことをした。事情がわからずに混乱する相手を一方的に貶《おとし》めた、最低の、それこそ卑怯者の行いをした……もちろんそれだけではない……国を出る」

「いや、いやいやいやいや、じ、人生どうするんですか⁉」

「俺の人生など捨てる。そして国を出るだけで十分とは思っていない。償《つぐな》い続ける、一生」

「いや、大丈夫ですって、もういいですから！」

「よくない、俺は非人道的で、惨《むご》いことをした、人でなしだ。一番、醜い……」

「いや、待ってください、学園ですよ？　家を継ぐ時とか、絶対問題になりますよね⁉」

「心の傷は、一生消えないものだ、だから俺は、当主になる資格も無い」

無理だ。ロベルト・ワイズが退学出国なんて冗談じゃない。

「ではその退学届けをこちらに見せてください、本当に退学届けかどうか、確認する義務があります」

私が退学を止めようとする意思がないと判断したのか、ロベルト・ワイズは手紙をおずおずと差し出してきた。私は受け取ったそれをひと思いに破り、制服のポケットに入れる。彼は「ああああ！」と大きな声を出し、パニックに陥った。

「なっ、な、なんてことを！」

「私はこんなこと望んでいません。せっかく勉強してきたのですから、きちんと卒業してください」

「駄目だ！　学園を卒業なんてしたら罰にならないじゃないか！」

「勘違いが起きないよう、お互い確認を徹底するということにしましょう……退学は絶対駄目です！」

「それでは償いにはっ」

「なります。私もあなたに嫌われていても構わないと放置して、ほかの方に迷惑をかけました」

「えっ……」

ロベルト・ワイズの瞳から、大粒の涙がすっと零《こぼ》れ落ちた。その後、「うっ」と口元を押さえる。

「あの、えっと……」

「いや、気にしないでくれっ」

ロベルト・ワイズは俯く。私は少し迷って言葉を続けた。

「その、本当に、学園を辞めるとか、国を出るとかは、本当やめてください。望んでないので、約束してください、今ここで」

「……でも」

「約束してください」

「わ、わかった……」

「信じてますからね、絶対です。やっぱり勝手に辞めますっていうのだけは本当にやめてください」

「な、ならせめて、俺にできることは、ないか？　指を切るとか、な、なんでもする」

ロベルト・ワイズは差し迫った様子だ。これ以上は引き下がってもらえそうもない。どうしたものかと考えて、ふと『ある作戦』を思いついた。

「……こ、今度のお休み、お時間空いていますか」

「空いている」

「勉強会に、一緒に来てもらってもいいですか」

「それは、この間の自習の時に話していた会か？」

「はい」

たぶん、ロベルト・ワイズは生粋の善人で正義感が強い。だから偽証はできないはずだ。いざという時、私がなにもしてないと証人になってもらえるだろう。

「絶対に行く。俺はそこでなにを言って、なにをすればいい？」

「その場で起きた詳細を、いずれ尋ねられる日が来たとして、ただ見ていたことを話すというか、その時私がなにもしていないこと、ただ勉強をしていたという証言をしてもらいたいんです」

「証言だな、わかった、絶対にしよう」

ロベルト・ワイズはすんなりと承諾してくれた。理由を尋ねられるかと思っていたけど、良かった。

「では、待ち合わせ場所と時間を教えてくれないか」

「えっと、待ち合わせ場所は、図書館の前、朝の九時集合で、昼食は持参でお願いします」

「ほかには？」

「ほか？」

「ああ、それ以外になにかすることはないのか？」

「いえ、それだけで充分です、本当にそれさえしていただければ、ほかになにも……」

「そうか、また思いついたらその時は絶対に教えてくれ、では」

「ま、待ってください」

そのまま去ろうとするロベルト・ワイズを、私は引き留めた。

「なにか思いついたのか？」

「いえ、違います、あの、お礼を言いたくて、ありがとうございます」

「礼は必要ない、当然のことをしただけだ。君は俺に感謝なんてしなくていいんだ。では失礼する」

ロベルト・ワイズはそう言って去っていく。とりあえず、これで彼の退学は無くなり、勉強会の危険性も少しは緩和されたはずだ。ただ、あの「なにかすることはないのか?」と探す必死さは、少し不安があるけど……。とりあえず、あとの問題はルキット様だ。

彼女については、直接話を聞いたほうがいいかもしれない。勉強会の時、二人きりになればちょうどレイド・ノクターとアリスたちからも離れられるし。一石二鳥だ。

私は行きよりだいぶ軽い足取りで、特別棟を後にしたのだった。


「メロ、本当に一緒に行くの?」

勉強会当日の朝、馬車の中で、私はメロに問いかけた。

「当然です。私は御嬢様の護衛ですから」

メロは凛々《りり》しい顔つきで頷く。レイド・ノクターとアリス。その二人が一緒にいる場所へ、ミスティア側の人間である彼女を連れていきたくない。

そう思って別の護衛を雇ったのに、彼女がことごとく打ち負かしてしまい、彼らを帰してしまった。そして私が勉強会へ出発しようとすると、平然と馬車に乗り込んできたのである。説得しているけど、降りてはくれなかった。やがて馬車は減速を始め、図書館の前で停まった。

メロと共に馬車を降りると、ロベルト・ワイズが護衛を伴い立っていた。彼に追加で勉強会に参加してもらうのは、もう皆に伝えてある。異を唱えるレイド・ノクターを、ルキット様が説得してくれたのだ。

「おはようございます。早いですね」

「ああ。おはよう」

到着したのは、私と彼しかいないようだ。ぼんやり景色を眺めていると、アリスがやってきた。

「ミスティア様！　……ワイズ様、おはようございます」

アリスが大きな紙袋を抱えながらこちらに駆けてくる。彼女はメロを見て、目を瞬いた。

「あ、そちらの方は……」

「私の護衛です」

「そうなんですね！　おはようございます！」

アリスがメロに挨拶《あいさつ》をすると、メロは静かに礼を返す。投獄死罪のこともあるから、あまりメロのことを認識してほしくないけれど……仕方がない。

「まあ、レイド様。皆さま揃っていらっしゃいます」

「……うん」

レイド・ノクターがルキット様を伴い現れた。その二人の後ろにも護衛がついている。

「皆おはよう、早く来たつもりだったけれど、もう少し急ぐべきだったかな」

レイド・ノクターが苦笑した後、アリスの紙袋に目を向けた。

「アリス嬢のそれは勉強道具かな？　重そうだね、手伝おうか？」

「いえ、これは皆さんにクッキーを焼いてきたんです、お昼の時に、良ければ……」

「へぇ、楽しみだなぁ」

二人の間には、甘い空気が漂っていた。なんだかとても恋愛イベントっぽい。絶対クッキーには近づかないようにしよう。心に固く留めておいていると、ふとなにかの視線を感じた。

ルキット様が、険しい顔をしてきょろきょろしている。その姿はなにかから隠れようとする必死さを感じた。しかし彼女は私と目が合うと、すぐにいつもの可憐な表情に戻ったのだった。

「ここは会話をしても大丈夫な部屋だから、わからないところは教え合えるよ。席はここにしようか」

レイド・ノクターを先頭に、図書館の中に入り自習室の奥へと進んでいく。彼が一番奥の座席を示すと、ルキット様は「わたくし、レイド様の隣がいいです」と、彼の手を取った。

私は彼らと離れて座るため、さりげなくアリスをレイド・ノクターの向かいに座るよう促した。

しかし、彼女は首を横に振る。

「わ、私……可能であればミスティア様の隣がいいのですが……あの、質問もたくさん……あるので……」

え、正気？

アリスは緊張しているのか、震えている。そして後ろを振り返れば、ロベルト・ワイズが隣に座っていた。駄目だ、埋まった。レイド・ノクターかアリス、どちらかの隣しか席が空いていないのなら、アリスの隣に座るしかない。

おそるおそる席につくと、目の前にルキット様がいた。それは別にいい。ただ、左はアリス、右はロベルト・ワイズに挟まれている。左斜め前は、レイド・ノクター。なにこの状況。もう医者に運ばれたい。そのうち胃に穴が空くから、前もって。しかしルキット様の素性を聞かない以上帰れない。

私たちとは離れた席に座るメロたちを見て気を引き締めてから、筆記具を取り出す。今日はメロがいるのだ。さっとルキット様の素性を聞いて、帰ろう。

「あの、ヘレンさんは、南の辺境から引っ越されてきたとお伺いしたのですが、ご家族はどんな仕事をされているのですか?」

帰りたい気持ちでいると、運命なのか、それともこの世界のヒロインだから、本能で危ないことを察知することができるのか、アリスがルキット様に問いかけた。

「どうして突然そんなことを……?」

「実は私の母方の祖母が南の辺境の出身なんです。貴族の方のお洋服を仕立てていて…そしてよく、騎士団の方とお仕事をしているみたいなんです。なのでもしかしたら、祖母がヘレンさんのご家族にお会いしたことがあるかと思って」

「……侯爵の秘書ですわ。騎士の家系ではありません。そして縁のある公爵家から、お父様に転属の命が下ったんですの。辺境ではなく、ここで働かないかと」

「転属?」

「ええ、お父様もお母様も、もちろんわたくしも戸惑いましたわ。本当なら、わたくし夏から隣国へ留学する予定でしたの。けれどレイド様に出会えたので、わたくしは嬉しいのです」

そう言ってルキット様はレイド・ノクターの袖をそっと握ろうとするが、彼は真顔で腕を上げ、教材の確認を始めた。冷たすぎる。一方、隣でロベルト…ワイズが、「変な話だ」と呟く。

私も同じことを思った。かといってルキット様が嘘をついているようには見えない。公爵家の命でこっちに来たのなら、身元も十分保証されている。私はクラウスに、騙《だま》されたのだろうか……。

いや、元から彼は混沌を愛する人間だと知っていた。普通に私が愚《おろ》かだっただけだろう。完全にしくじってしまった。私はあざ笑うクラウスの幻聴を聞きながら、勉強を始めたのだった。


勉強会が始まって、一時間が経過したころ。私は歴史書のコーナーでアリスに合う参考書を探しながら、帰宅の機会をうかがっていた。しかし、まぁなんともアリスの質問が多いと言うか、学力に不安を覚える質問だったりするため、まだ帰れそうもない。

「さて……」

街の中枢に位置し、国内で最も大きい建築物とされているこの図書館は、歴史書といっても相当な量が並んでいる。参考書の量も膨大だ。

「ん？」

何気なく手に取った本のページをめくると、ちょうどクラウスから聞いていた教会の事件についての記述があった。今から約十一年前、教会の地下で子供たちが鑑賞用として虐《しいた》げられ、監禁されていたらしい。そこで育った子供たちは、過度なストレスや劣悪な環境によって病を患《わずら》っていたり、成長が止まり、発育が停止していた子供もいたらしい。教会の神父が子供たちを識別するため、彼らにあてていた焼きごての印も記されていた。

「これ、火傷の……？」

その印に見覚えを感じて、心臓がぎゅっとした。じわじわと後頭部に痛みを覚え、本を握りしめる力が強くなっていく。

「ミスティア」

声の方へ視線を向ければ、通路を封鎖するようにレイド・ノクターが立っていた。向き直ると、彼はこちらに近づいてくる。

「は、はい」

「ザルドがミスティアに今日どうしても見せたいものがあるって言っていたのだけれど、帰りにノクターの屋敷に寄ることは可能かな？　なにか用があったりする？」

「いえ……」

「なら、よろしく。ザルドも喜ぶよ」

「どうも……」

レイド・ノクターは用件を伝えると去っていった。ノクターの屋敷に行かなくてはならない以上、途中帰宅は許されない。本を戻し頭を抱えていると、メロがレイド・ノクターと入れ替わるようにやってきた。

「ミスティア様、このあたりの歴史書は専門的分野のものが多いです。なので児童書から探すというのはいかがでしょうか」

「児童書？」

「はい、それならばミスティア様のご要望に応えられるかと」

そう言ってメロは私の手を引いた。児童書コーナーも、私語が許されている張り紙がされている。

「この国の成り立ちや歴史が子供向けに記された本ですが、出典はしっかりとされており、導入教育としては最適かと思われます」

メロに手渡される本を見ていくと、行き止まりになってしまった。歴史関連の書籍は無くなり、子供用の小説が並んでいる。

「こっちは関係ないか……あ」

踵を返すと、見覚えのある背表紙が視界に入った。メロと読んだ本だ。

「ねえメロ、これ私が小さいころ一緒に読んだやつだよね」

「え……」

メロは思い出せていないようで、ぼんやりするばかりだ。二人で一緒に読んでいた本なのに……。

不思議に思っていると、ちょうどメロの背後――棚同士の隙間からルキット様の姿が見えた。フロアの隅、ちょうど死角になるような場所で、ルキット様がアリスが朝持っていた紙袋をゴミ箱へ捨てようとしている。私は慌ててルキット様に駆け寄った。

「なにしてるんですか？」

捨てられかけた紙袋を掴むと、ルキット様は私から視線を逸らして、眉間に皺を寄せる。

「アリスさんの作ったクッキー、どうしようとしていましたか？」

「……あの女が、平民の分際でレイド様に媚《こ》びようとするからいけないのよ」

「それは、クッキーを捨てていい理由になりませんよね」

ルキット様の行動は、ゲームのミスティアのような行動だ。可愛く見えるよう研究された仕草もして、常に自分がどう見えるか考えて行動する、ストイックなルキット様の行動ではない。

「貴女に私の気持ちなんかわからないわ」

吐き捨てるようにルキット様が言う。

「……顔だけ、顔だけって……、お菓子が作れてなんの意味があるの？　それに喜ぶレイド様もレイド様だわ……本当に、どうして私ばっかり……！」

「別に貴女は、顔だけの女性じゃないですけど」

「は？」

ルキット様は声を荒げた。でも、率直な私の気持ちだし、特におかしな意見でもないと思う。

「自分をより良く見せようと、研究し、努力をしていますよね？　その時点で顔だけじゃないですよ」

「は、はあ？」

「それに、顔だけ以前に、人はそもそもなにも持ってなくてもいいはずです」

「そんなこと、全部綺麗事よ、結局私を馬鹿な女だと軽蔑しているんでしょう？」

悲痛な声に、疑問を覚えた。なんだか、ルキット様は私が軽蔑をしている前提で話をしている。私は彼女を軽蔑なんてしてないのに。

「あの、なにか勘違いをされているようですが、私が否定しているのは貴女がクッキーを捨てようとした行為に関してであって、貴女自身ではありませんよ」

ルキット様はさっきから「私が私が」と自己否定をするけど、話を逸らさないでほしいし、私は彼女の在り方は否定しない。

「さきほどの貴女の行動は、人を傷つけ、そして自分自身の矜持《きょうじ》を汚す自傷行為のように見えました。良くないと思います。それだけの話です。なので――」

「ミスティア様」

私を呼ぶ声に、ざっと血の気が引いた。振り返るとアリスが立っている。私の手にあるのは、アリスのクッキーの袋。私は脳内で瞬時に状況を整理しようとして――詰んだ。

「えっと……私は、どうしてもクッキーをたくさん食べたくて……わたし、くっきー、だいすきで」

ルキット様がクッキーを捨てようとしたと言ってアリスを傷つけるのと、私が捨てようとしたと誤解されるのと、私が食いしん坊野郎になるなら食いしん坊一択だ。

アリスの顔色を窺うと、彼女は口元に手をあて頬を朱に染めた。

「ええ……私どれだけ徳を積んだのでしょうか……！　へへへ」

そして、一瞬で破顔した。指をわなわなさせたかと思えば後ろに隠し、目を輝かせている。

「実は私、ミスティア様にきちんとお渡しできるように、ミスティア様だけ箱が別なんです、だからたくさん召し上がってくださいっ！　今までのお礼も兼ねていて……」

彼女は私の持つ紙袋から大きな箱を取り出して、差し出してきた。黒地の箱に赤いリボンが巻かれ、中央には薔薇《ばら》のラッピングが施されている。

「レイド様がもうお昼にしようと言っていたので、私、準備してきますね！　ミスティア様、みなさん用に焼いたクッキーも、沢山焼いたのでぜひ召し上がってください」

アリスはヒロインスマイルを浮かべ、軽やかに去っていく。呆然としていると、ルキット様は

「私のこと、庇《かば》ったつもり？」と吐き捨てるように呟いた。

「いや……、作ってきたクッキーを、捨てられそうになっていたなんて知ったら、傷つくでしょう」

ルキット様は返事をせず、目を伏せて私に背を向け行ってしまった。メロがこちらを見る。

「どうしますか、消しますか？」

「何を」

「あの令嬢をです。ミスティア様に対してあの無礼な振る舞い、始末すべきです」

「いやいやいやいや」

メロだとそれが簡単にできそうだから危ない。私は不安を覚えながら、皆の下へ戻ったのだった。

SIDE：Helen

「わたくし、ちょっと失礼いたします」

昼食を終え、平民女のクッキーに笑顔を向ける輪から、私はそっと離れる。護衛を呼びつけ、私は絶対にあの男が入ってこない手洗いへと向かった。そのまま何度も何度も手を洗う。

あの平民女にも腹が立つ。レイド様は差し入れや手作りで簡単に懐柔されるような馬鹿な人だとは思わなかった。屋敷を出てから、こちらをじっとりと見つめる嫌な視線も感じるし、本当になにもかもが嫌。三ヶ月前、別れだからと辺境で握られた手の感触が消えない。でも、これ以上は手を痛めてしまう。私は震えながらも洗う手を止め、鏡を見つめる。

私は、可愛い。可愛い。空っぽなんかじゃない。

何度も言い聞かせて、私は護衛とともに手洗いを後にした。でも、手作りクッキーの話題に入れる気もしなくて、図書館の通路の椅子にそっと座る。きらきらした宝石に彩られた自分の靴を見つめていると、かすかな足音が聞こえてすぐに顔を上げた。

「ルキット嬢……」

私をいつも興味がなさそうに、いや、それどころか軽蔑の眼差しを向けてくるロベルト・ワイズが立っていた。彼に疎まれていることはよく分かっている。いったいなんの用だろうか。

「どうされました？」

「……アーレン嬢に攻撃的な態度で接することを、やめてくれないか」

堂々と、誠心誠意を込めて話す口ぶりに、悟られぬよう奥歯を噛んだ。どうしてあの女ばかり、大切にされるの？　守られるの？　誰も私を助けようとはしてくれないのに。

「アーレン嬢は、君にどんなに失礼に振る舞われても、やり返すようなことは絶対しない。本当なら子爵令嬢の君は、立場が危うくなっているはずなんだ」

「だから、いったいなんなのでしょうか？」

「だからって、それがどういうことくらい分かるだろう？　彼女は優しい。そんなふうにないがしろにされていい人間では——」

「あの、一つお聞きしたいのですけれど、ミスティア様は貴方の婚約者なのでしょうか？　貴方とミスティア様にどんなご関係が？」

相手の言葉を遮《さえぎ》り、苛立ちのまま言葉をぶつける。ロベルト・ワイズは面食らったような顔をして、両手を握りしめた。

「なに一つ……、なに一つ関係は無い。だが、黙って見過ごすことはできない」

「殊勝な心掛けですわね、そんなにミスティア様のことを想っていらっしゃるなら、むしろ私を応援してほしいのですけれど」

「……は？」

「私はレイド様が好き、貴方はミスティア様が好きなら、協力できることがあると思いませんか？」

私の言葉に、ロベルト・ワイズは顔を青ざめさせた。短く呻くと、口元を押さえる。吐き気をこらえる様子に戸惑いを覚えると、彼の後ろからレイド様がやってきた。

「ワイズくんはルキット嬢に協力なんてしないよ。散々ミスティアを傷つけてきたんだ。幸せになってほしいとか、守りたいなんて恋情は抱かないよ」

レイド様に肩を叩かれたロベルト・ワイズは、それが合図だったかのように、手のひらを汚して走り去った。レイド様が、助けてくれた。私は冷たく微笑む彼に駆け寄る。

「レイド様、ありがとうございま――」

「君にも言わなきゃいけないと思っていたんだけど、僕に付きまとうのはやめてくれないかな」

「え？」

あまりの無機質で衝撃的な言葉に、時間が止まったような錯覚に陥った。聞こえてきたなにもかもが信じられなくて、私はおそるおそる顔をあげると、彼は私を静かに見下ろしていた。

「僕が今まで君をそのままにしていたのは、君がなにかよからぬことをミスティアにしないか、監視していたからだよ。君への気持ちがあるからじゃない」

考えても考えても、どう答えていいか分からない。今なにを言うのが一番いいのかわからない。

レイド様は、私の王子様じゃないの？　私を救ってくれるんじゃ……。

「……私が入り込む余地は、ありませんか？　私は、力不足ですか？　子爵家の令嬢だから――」

「いや？　僕は家柄にそこまで頓着はしていないよ？　それに君と違って、容姿にも思うことはないんだ。むしろミスティアが貧しく容姿も醜くあったなら、ここまでせずに済んだとすら思っているから」

「そ、そこまで彼女を……？」

「彼女が死んだとしても、君を愛することは……違うな、ほかの人間を愛することは一生無いからね」

頭が真っ白になりそうなのを、指の腹に爪を立てて持ちこたえた。なにかしなきゃ、どうにか手を打たなきゃ。否定する？　懇願する？　どうすれば、レイド様の心が得られる？　そうだ、一度、諦めたふりをして、手伝いをすると油断させて……一日だけ、作戦を練ろうとお茶をする機会を設けて、強引にでも既成事実を作ってしまえば。きっとお優しいレイド様は……。

「……でしたら私、レイド様のお手伝いを……」

「……僕はそこまで愚かになった覚えは無いんだけどな」

レイド様が、全てを見透かしたように冷たく言い放つ。まるで、私が打とうとした手を、封じるように。一歩後ろに下がると、彼は鼻で笑って話を続ける。

「君の協力って、なに？　僕が君に気持ちが向いたふりをして、ミスティアへあてつけようとか？」

「あてつけ、だなんて、そんな」

「予想通りすぎて呆れるよ。ミスティアが僕が好きなら、僕を想って去る。僕が嫌いなら、嬉々として去る。どちらを選んでも意味が無い。利を得るのはただ一人。僕を想う君だけだ」

きっぱりと言い放たれた言葉に、私を見る目に、レイド様は完全に私を敵として見ていることを、いや、転入してから今までずっと敵として見ていたことを悟った。

「ミスティアは、相手の幸せを願える人だよ、僕と違ってね」

「では、私たちは似た者同士、仲良く」

「僕と君も、一緒じゃない。僕は逃げられる前に足を切り落とすし、それでもだめなら息の根を止める。君が好きになった僕はどんなものか知らないけれど、僕の本質はそういう人間だ」

レイド様の、こんな表情は今まで見たことが無い。怖い。けれど、私の王子様は、レイド様だ。心の底から優しくて、正義感にあふれているレイド様を、私は知っている。きっとあの女が変えたのだ。レイド様の心を、取り戻さなければ。

「今、わたくしがここで声をあげ、レイド様に無理やり口づけをされたと言ったら、周囲の方はどう思われるのでしょうか。少なくとも、学園と違ってここは図書館。貴方を信じる方だけでは……」

「自棄になった人間は恐ろしいね。そんなに無謀なことを、策だと思ってすがってしまうのか」

「いくらノクター家といえど、ただでは済まないでしょう?」

通路には、私とレイド様の二人きり。今度は、私がレイド様を助ける番だから。脅してでも、私は王子様を救わなきゃ。意を決してボタンに手をかけようとすると、レイド様は大きくため息を吐いた。

「……やめておいた方がいいと思うよ。僕はむやみやたらに愛想を良くしている訳じゃない。君と違ってしっかりと信頼関係を築いている。それとも頭がおかしくなったと思われて、静養として辺境に自分だけ戻りたい?」

「う、嘘、きっと……」

「……それに、この部屋には僕と君だけじゃない、第三者がいる。君の思惑はどうであれ、元々僕は令嬢と二人きりなんて空間を作らないようにしているからね。……ありがとう、もう出てきていいよ」

レイド様が、後方に声をかけると、物置の陰から一人の男が現れた。ミスティア・アーレンと話をしていたところを、遠目に見たことがある。別のクラスの男子生徒――クラウス・セントリックだ。

「はじめまして、僕の名前はクラウス・セントリック。申し訳ないのですが、今までの会話はすべて記録に残してしまいました」

目の前に差し出された手帳に、私は絶句した。言葉を失う私に、レイド様が悠然と微笑む。

「無駄だよ。君の行動は全てね」

「それでも私は、貴方を……！」

「君が、ミスティアに変な真似をしたら、僕は許さない。僕は、君を好きになることは、一生無い。今日はそれを伝えに来たんだ……さよなら」

そう言ってレイド様はクラウス・セントリックと共に、私を一人残して去っていった。

見ている者　彩度の断片

ＳＩＤＥ：？？？

枠を組みながら、彼女を想う。

もうすぐ、もうすぐ彼女に会いに行ける。だから早く、早くしなければと思うけど、中々そう簡単には出来ない。昔から僕は何をするのも遅かった。全然器用じゃなくて、何も出来ない。得意なことは何かと聞かれても答えられないことが僕だった。

目立つ短所はいくらでもあるけど、長所は何も無い。好きなものはあるけど、得意だなんて言えない。家はいい家だった。でも、彼女の家が軍事産業から手を引いた余波を受け、没落寸前となった僕の家は、侯爵家から男爵家にまで落ちてしまった。でも、それでもいいんだ。僕の家のことなんて、どうでもいい。

「さて――」

枠を一度机に置いて、窓を空け外の景色を見下ろす。

下に彼女がいたら良かったけれど、そこには誰もいない。ただ、人が行きかっているだけだ。

「ミスティア、きみはいま、どこにいるの」

目を閉じて、彼女を思い描く。彼女は、変わらず女神のように美しい。

毎日、毎日彼女のことを考え、想いを告げる間に、僕はふと疑問を感じることがあった。

……どうして彼女は僕を見てくれないのだろう。

僕はこんなに彼女を見ているのに。彼女はちっとも僕を見てくれない。見るのはいつも僕じゃない。笑いかけるのはいつも僕じゃない。僕ばかりが彼女を見ている。

初めはそれでいいと思った。僕とは釣り合わない、住む世界だって違う。だけど最初に彼女が話しかけて来た。

最初に僕を見つけたのは彼女の方だ。ずっと日陰にいた僕を見つけたのは彼女だ。彼女が僕を見つけた。これは、とても不公平なことだと思う。僕はいつも彼女を見て、彼女の事を考えているのに。

ぜんぶちがう。

王子様信仰

「では、帰ろうか」

レイド・ノクターが席を立ち、解散の時を告げる。持ち込み可能のカフェテリアでお昼を食べたあと、アリスのクッキーをいただいた私たちは、また勉強をしてようやく帰宅の時間となった。

「今日はクッキーありがとうございました。美味《おい》しかったです」

私は鞄に筆記具を詰めるアリスに声をかけると、彼女は「いつでも作りますから！」と力強く頷いた。お昼に食べた彼女のクッキーは私の分だけ特殊仕様になっていて、全部デフォルメされた私の顔——ミスティアの顔だった。味は美味しかったけど、強烈な違和感も覚える。さらに、レイド・ノクターはかなりアリスのクッキーを気に入ったようで、私の分までバリバリ食べていて怖かった。二人の仲が進展しているならそれでいいけど。取り憑いているとしか思えない豹変具合だった。

「ミスティア、ザルドの件よろしく」

レイド・ノクターが私に近づいてくる。とりあえず、地雷を踏まないようにザルドくんと会って速やかに帰ろう。荷物もまとまり、すっと輪から外れると、ロベルト・ワイズに呼び止められた。

「大丈夫か？」

「はい、今日は本当にありがとうございました。本当に助かりました」

ロベルト・ワイズには、感謝しかない。感謝をしていれば、レイド・ノクターがアリスに近づいた。

「アリス嬢の家はどのあたりだっけ？」

「ああ、私の家はこの大通りの先の裏手の先です」

「なら、途中までアリス嬢を送って解散にしようか、暗くて危ないし」

レイド・ノクターの提案に、アリスが物凄い勢いで私を見る。

「それは、皆でですか？」

アリスが私の顔を見続けながらレイド・ノクターに尋ねる。

「そうだよ、いいよね？」

レイド・ノクターが皆を見渡した。ロベルト・ワイズは納得した顔をしていたけど、なぜかルキット様は暗い顔をしていたのだった。

「本当に、今日はありがとうございました。ミスティア様のおかげでとってもいい点数が取れます！　というか、取ります！　ミスティア様の教えにかけて！」

「いえ……」

図書館を出た私たちは、そのまま徒歩で大通りを歩いていた。徒歩でアリスを途中まで送り、馬車へ戻り各々帰宅という流れらしい。皆から一歩引いたポジションを得たはずなのに、アリスが隣にやってきて、なぜか彼女と並んで歩いている。反対隣に未来の証人のロベルト・ワイズがいることが救いだ。

「こんばんは」

大通りの奥へ奥へ進んでいくと、私の前を歩くルキット様へ、進行方向からやってきた誰かが話しかけてきた。相手はとても品の良さそうな正装だけど、無精髭を生やしていて、どことなく、歪《いびつ》な雰囲気を持つ男の人だ。歳は三十代くらいだろうか。彼がルキット様に囁くと、ルキット様は一瞬怯えたような目をした。

「でも、私は」

「言うことをちゃんと聞きなさい、ヘレン」

男の人がルキット様の頭を撫でて、雑踏に消えていく。一連の動作に得体のしれない気持ち悪さを感じて、戦慄が走った。

「すみません、わたくし、急用を思い出しましたわ、失礼します」

ルキット様はこちらに振り返り、無機質な瞳でそう言い残すと足早に立ち去った。彼女の向かう方向は明らかに馬車とは違う。先程の男の人が向かった方向だ。ルキット様の護衛は急いで彼女の跡を追っているけど、不安が拭えない。急用……そのわりに、どこか様子がおかしかった。嫌な予感がする。

「レイド様、今ルキットさんはなんて言われていました？」

「すべては聞こえていなかったけれど、もう楽しい思い出は十分できただろう、とだけ」

レイド・ノクターも違和感を覚えているようで、じっとルキット様の去った方向を見ている。

……知り合いが待っていて、怯えた顔なんてするだろうか？

「ねえメロ」

「かしこまりました」

メロに声をかけると、すべて察してくれたらしい。彼女は私の手を取って駆け出した。

とりあえずルキット様を追って、何事もなさそうならそれまでだ。犯罪に巻き込まれているならば、周囲の人間に助けを求めよう。

「メロはなんだと思う？　普通じゃなかったよね、あの男の人」

「付き纏いによる拉致でしょう」

「拉致……？」

「彼女は一人でいる時、常に背後を気にした様子でした。ただの娘があそこまで過剰に背後を気にすることはありません。付き纏われたことのある反応です。男は上質な身なりをして、彼女は素直についていった。脅されていた可能性が考えられます」

「ならすぐに人を呼び……っ」

メロが突如足を止め、路地を指す。

「……そしてこのあたり一帯で、人目につかず、馬車が入ることができる路地裏は……ここだけです」

彼女が示すその場所は暗く、道の先を見渡せないほどだった。うっかり入り込んでしまうことは殆どないような、人を攫《さら》い、馬車に押し込めるには適している――としか思えない場所だ。

とりあえず、人を呼んだ方がいい。周囲を確認すると、すぐ近くに店があった。

「すみません、衛兵の方たちをここに呼んでいただけませんか。不審者がいると……お願いします」

ちょうど店の外を掃除していた店員さんにそう伝えると、彼は中の店主と言葉を交わした後、大急ぎで衛兵を呼びに通りへ駆け出した。

「現時点で、ルキット家の令嬢は危害を加えられていないと思いますが、衛兵がこちらに駆けつけるころには間に合わないかと。どうしますか」

「助けなきゃだめだ、今対策を……」

このまま闇雲に突っ込んでも、ただ事態を悪化させるだけだ。なにかいい手は無いか考えようとすると、メロが「では」と一歩踏み出す。

「ミスティア様の御心のままに」

そう言って彼女は、おもむろに店の外に置かれた空の酒瓶を取り出す。

「待ってメロ、瓶を武器にするの？　駄目だよ、割られたら武器にならなくなってしまうし……」

「いいえ、少々細工を」

メロは瓶になにかをして、通りの奥に投げ込んだ。

「これで、こちらから出向かずとも、すぐにやってくるでしょう……。ミスティア様は絶対にここを動かず、じっとしていてくださいね」

次の瞬間。路地の奥で凄《すさ》まじい爆発音が響き渡った。

もしかして、メロは今、爆弾かなにかを作った……？

頭が良いし器用とは思っていたけど、ここまでできるのか……？

驚いていると、体格のいい、いかにも屈強そうなリーダー格の男を先頭に、十名ほどの男たちがこちらに逃げてきた。その中の一人は、口を布で封じられているルキット様を抱えている。

「メロ、ひとまず大通りに出よう！　あっちはルキット様を抱えているし、このまま人を呼んで――」

「ミスティア様は、動かないでください」

私に念を押すように言った瞬間、目の前にいたメロの姿が消えた。

「え、うそ」

瞬きをすると同時に、メロは一瞬にして男たちの中心――そして空中に姿を現し、男の一人を蹴り技で一瞬にして鎮める。

それどころかメロは体勢を立て直すことなく別の男に攻撃した。突然の襲撃に、彼らは驚きながらも攻撃に転じていく。しかし、誰一人メロに触れることすらできず、倒れる人間が凄まじい勢いで増えていった。十人は確実にいた男たちは、最早頭領らしき瞳に傷を持つ男しか残っていない。

「なんだ貴様は！　さてはこの娘に雇われた軍人か？」

「……」

「おい、聞いてるのかこのアマ！　雇われたかって聞いてんだよ！」

「私はその娘がどうなろうと構いませんが」

「ああ？　ならそこをどけ！　英雄気取りか知らねえが、予定の時間が過ぎたら追加が……ぐあっ」

メロが男の言葉が終わらぬうちに、その拳を男の顔面へ叩きつけた。顔、顎《あご》、みぞおちを的確に打ち抜き、男の攻撃を制して蹴り飛ばす。

満身創痍の男は、吠えながらメロに殴りかかったが、メロは難なく受け止め男の腹に一撃を加える。よろめいた男に近づき、さらに一打加えた。なんとか耐えた男は、メロに反撃しようとするも、メロはそれを颯爽《さっそう》と躱《かわ》して男を殴り飛ばした。

「もう、醜い声を御嬢様に聞かせないでください」

そう呟いたメロは、近づいてきた男の攻撃を軽く受け流して膝蹴りした。男は意識を失い、完全に伏した。メロは男たちの屍《しかばね》の中でうずくまっていたルキット様を俵持ちし、こちらに戻ってくる。

メロが私の目の前に立つと同時に衛兵が到着して、ルキット様は震えが止まらないらしく、いつまでも怯えていた。

異録　深謀短慮

ＳＩＤＥ：Ｒａｉｄ

夜、机にチェスセットを取り出し、一つ一つ並べていく。これは、ミスティアと、はじめて出会った時に、一緒にやったものだ。

「ミスティア、明日は一緒に勉強会だね」

一人でいる時は、その名前を穏やかに、優しく呼ぶことができた。

「ミスティアは、どこがわからないの？」

チェスセットから白のクイーンを手に取りながら、僕は明日の勉強会の想定をして、声を出す。

「僕は今回の試験、ちょっとだけ自信がないんだ。この問題を教えてもらってもいいかな」

ミスティアが、僕に好意を抱いていない。そんなことは、当然のように理解しているはずだった。

一瞬、ルキット嬢を利用してミスティアに嫉妬させることができれば、なんて考えも浮かんだけれど、それはすぐに無駄だとわかった。ミスティアは、そもそも僕を見ないようにしている。ルキット嬢が僕に近づこうと、僕に話しかけようと一切気にしない。

変わらないからこそルキット嬢の存在が疎ましい。変な噂が流れればミスティアへ婚約解消の口実を作ることになる。馬鹿な男に好かれやすいルキット嬢を邪険に扱えば、同性の反感を買い面倒なことになるし、僕への評価に傷がつく。周囲の評判が高くなければ、いざという時ミスティアを守れない。

本当に、ルキット嬢は、どこまで僕の邪魔をすれば気が済むのだろうか。

わざわざ体育祭のお疲れ様会を開いたのは、打ち上げの名目で誘き出したミスティアと二人きりで話をするためだった。ミスティアの隣の席のアリス嬢に頼み、絶対に逃げられないようにして。

あの日は、エリク・ハイムは移動教室、ネイン嬢は兄の生徒会の会議の準備で絶対に現れない日だった。

そこで、ミスティアに宣言をするつもりだった。ミスティアが誰を好きになろうが婚約は絶対に破棄しないこと、婚約を周囲に発表することを言いくるめるつもりだった。体育祭で抱きかかえたのは、そのための布石だ。事前に親密さを周囲に認知させ、外聞の印象を相思相愛だと認識させるための布石。

なのに、ようやく帰り道に二人きりになったのに、ルキット嬢が現れたせいで計画は台無しだ。

計画を、一からやり直さなければいけない。どうすべきか考える中で、僕はある一つの計画を思いついた。その計画を思いついたのは、たまたまエリク・ハイムとルキット嬢が会話をしていた時、執拗にエリク・ハイムが強調していた「既成事実」という言葉がきっかけだ。

けれど計画は、曖昧なもの。成功する確率は極めて低い、夢のようなもの。準備段階として、ルキット嬢の感情を煽《あお》りつつ、ミスティアへの対抗心をほかに移さなければと考えていた。

ルキット嬢はミスティアと僕の婚約を知っている。ミスティアに実害が出る前に、ルキット嬢の対抗心をどこか別へ移したかった。だから、僕は平民娘を勉強会に誘ってやった。ミスティアは明らかに彼女を気にかけている。結果、ルキット嬢は面白いくらい単純に平民娘を敵視するようになった。順調に、完璧に、下準備は全て終わった。

「ごめんね、ミスティア」

白のクイーンに、ぐっと力を込める。木製のそれはすぐに折れて、そのまま床に転がり落ちた。

勉強会当日は、ノクターの屋敷には父も母もいない日を選んでいた。幼いザルドも付き添い、僕だけが屋敷に残る。使用人もいるけれど、僕の指示に反抗するような人間は両親についていった。

勉強会の日、ミスティアをザルドを理由にノクターの屋敷へ寄るよう誘導し、帰り際、図書館で専属侍女と御者をアーレンの屋敷へ一旦帰す。

後から使いに、ザルドが泣いて仕方がないから泊まってもらいたい旨を記した文書を、アーレンの屋敷に届けさせれば完璧なはず。計画は、上手くいっていたと思う。アリス・ハーツパールは平民で、入手経路が不鮮明な材料を使ったクッキーをミスティアに食べさせようとしたことは不愉快だったし想定外だったけど、僕がアリス・ハーツパールを褒めることで、ルキット嬢は完全にミスティアに敵意を向けるのをやめていた。元々ミスティアはルキット嬢にやけに好意的だったし、アリス・ハーツパールと違って同性の付き合いに節度がある。だから、計画はその時点までは完璧だった。

ミスティアは優しい。既成事実ができてしまえば、逃げることは無くなる。僕を避けられなくなる。

確約のできないものだからいつになるかわからないけれど、その可能性さえできてしまえば、その間は僕の傍を離れることはしないだろう。結果が現れなくても、また、捕まえればいい。結果が出たら、ミスティアは病気だということにして、学園を辞めさせる。

学園に入学してから、塗料が無くなったり、作品が壊されたり、ミスティアの周囲は不穏だ。学園で犯人を捜して捕まえるより、そもそもミスティアを隔離してしまう方が手っ取り早い。もう僕は、正攻法でミスティアと共にあることなんて、不可能なのだから。

ミスティアを手に入れるという計画だって、始めは何もせずとも一晩過ごした事実さえあれば十分だと思っていた。でも、あれだけミスティアを侮辱したロベルト・ワイズ。そんな彼と、穏やかな友好関係を築こうとしているミスティアを見て、この先どうやっても、ミスティアの心を手に入れるなんてことは、僕には無理だということが、嫌というほどわかった。

あれだけ侮辱し、攻撃されたのに、ロベルト・ワイズを許すミスティア。優しいミスティア。心の広いミスティア。そんなミスティアに裏切りを感じた僕とは、まるで違う。

汚く、どこまでも堕ちてでも、ミスティアだけは手に入れる。掴んだ手は、絶対に離さない。たとえ地獄の底に、堕ちたとしても。僕はミスティアを手に入れる。そう、決めていたのに――。

「全員取り押さえろ！」

何人もの衛兵が、ごろつきたちを取り押さえていく光景を愕然としながら眺める。勉強会が終わり、ルキット嬢を侍女と共に探しに行ったミスティアを追いかければ、目の前には五年前を彷彿とさせる騒乱が広がっていた。

「本当に、本当にどこまでも、邪魔をしてくれるね、ルキット嬢は……」

小さな声で呟いた言葉は、街の雑踏に飲まれていった。

しあわせなお姫様

　あれから、私たちはレイド・ノクターたちとも無事合流し、男たちは衛兵に取り押さえられた。私は腰が抜けて歩けないルキット様を彼女の護衛と支えながら、大通りへ出る。通りには騒ぎを聞きつけた野次馬が集い、さらに衛兵がルキット様に耳打ちしていた男を移送しようとしているところだった。でも、少し様子がおかしい。おばあさんが、男に向かってしきりに叫んでいる。

「ああ……、あああ……」

　ルキット様が、おばあさんを見て唇を震わせた。先程の男に対するものと同じくらい怯えている。やがて、こちらに気づいたおばあさんが振り向いて、凄まじい形相で向かってきた。その勢いはワイズ家とノクター家の護衛が慌てて取り押さえるほどで、おばあさんは抵抗しながら叫びだした。

「離しなさいよっ！　おい！　ヘレン！　お前の仕業だな！　おい！」

　名前を呼ばれたルキット様は、そのまま膝を折ってしまう。慌てて支えなおそうとすると、衛兵の一人がこちらにやってきた。

「あの方は辺境に住むサディ侯爵家の夫人、サディ夫人です。どうやらサディ家の子息……が、ヘレン・ルキット嬢の拉致を企てたようでして……」

　メロの言っていることは正しかったのだ。サディ夫人はルキット様を指差し、罵倒を始める。

「元はといえば！　お前が！　息子を誑《たぶら》かしたのがいけないんでしょう!?　貴女が息子を無下にするのがいけないんでしょう！　手紙の返事もしないで！　侯爵家からのせっかくの寵愛《ちょうあい》を！　身の程知らず！　死んじまえ！」

「誑かしてなんかない……話をしたこともない……！　一目惚れをしたなんて言って、動物のし、死体を送りつけてきたり……！　ずっと一方的に手紙を送ってきたのはそっちなのに……！」

ルキット様が、涙を流しながら呟く。夫人は何度も彼女を指差して怒鳴りつけた。

「だいたい！　刺繍《ししゅう》も菓子を作ることもできず教養も無い、男に媚びるようなことしかできないお前のような下品な女を、うちの子が貰《もら》ってやろうと言っていたのに！」

その言葉に、カッと頭に血がのぼった。奥歯に力がこもって、言いようのない不快感に襲われる。貰ってやろうってなんだ。拒絶したら拉致ってふざけているのか。被害者が悪いなんてあってたまるか。

「お言葉ですが、なんの関係があるのですか？」

じっと夫人を見つめてそう言うと、夫人はこちらを見て目を見開いた。

「刺繍ができない、菓子が作れない、教養が足りない、それが誘拐と関係ありますか？」

「だからっ見た目ばかりのっ、ヘレンがいけないの！　うちの子に媚を売って！　隙を見せたから！」

「見た目に気を使うことのなにがいけないのですか？　仮に媚を売って隙を見せたとして、集団で武装し、人間を攫う行為が許されますか？　身なりを気にして、媚びるような目を向けたから無理に連れ去ってもいい、そんな法は存在しません！」

きっぱりと言い切って、私はサディ夫人を見返した。やがて夫人の下に、衛兵が近づく。

「御子息との共謀の件で、お話があります、ご同行願えますか」

夫人は衛兵に促されるまま、馬車に乗り込んでいく。私たちはどことなく呆然としたまま、衛兵に事情を説明し始めたのだった。


ルキット様が連れ去られかけた翌日。私は朝日を受けながら学園の廊下を歩いていた。あれから衛兵に状況を説明していると日が暮れてしまい、結局ノクター家の屋敷に行くのはまた今度という話になって、屋敷へと帰った。そして、いつもどおり登校してきたわけだけど――、

「おはよう」

教室に入ると、私の席にルキット様が座っていた。

「おはようございます……」

とりあえず挨拶だけして、私は扉のすぐ近くで足を止めた。ルキット様は席を間違えているけど、昨日のことがある。心配だけど、そっとしておいたほうがいいかもしれない。あの場に私もいたし、私の顔を見て嫌なことを思い出すかもしれないし……。それなら私の席に座らないはずでは？　と思うものの、昨日読んだ犯罪の被害者の心についての本には、矛盾する行動を取ることも見られるとあった。

「ちょっと、いいかしら」

ルキット様が目の前に立った、私は頷きながらも、おそるおそる彼女の様子を窺った。

「事件の説明は、無理にしなくて大丈夫です。気になっているのは、貴女の精神的な現状なので……」

「別に、無理じゃないわ」

ルキット様は溜息を吐く。そして、しばらく沈黙が続いた後、顔を上げた。

「ただ、私が言わないと気持ち悪いから、聞いてくれない？」

「え……」

「駄目なの？」

「いや、どうぞ……？」

ルキット様は、「座って」と私の席の椅子を引き、自分はアリスの席に座って足を組んだ。

「私と、昨日の男の関係、どこまで知ってる？」

「なにか、一方的に、手紙が来てた……とか……」

「そう」

衛兵に事情を説明する間に、少しだけルキット様とサディ家について聞いた。サディ家の子息は元々こもりがちで、五十歳を越えても爵位を継ぐこと無く両親にお世話になっていて、彼がしつこくルキット様に手紙を送っていたというのは、辺境から程遠いこの土地でも有名な話だったようだ。

「あの男……ギュオ・サディと出会ったのは、昨年の夏よ。話は、したこともなかったけれど」

話したこともなかった。その言葉に語気が強められる。

よほど恐ろしかったのだろう。ルキット様は手を震わせながら床を睨んでいる。侯爵は捕まったと言えど、捕まったからと言って恐怖が癒える訳ではない。ルキット様は、気丈に話を続けた。

「あの男から逃がすために、両親は私を留学させようとした。でも、本当は今年に留学できたはずなのに、突然父の仕事の都合で来年になってしまって……でも、転属の命によってこの学園に通うことになると知ったときは、運命だと思ったの。気持ち悪い男から、御伽噺《おとぎばなし》の王子様のように、レイド様が救ってくださると」

窮地に立たされている時届いた、侯爵の命。運命だと思うなという方が不自然かもしれない。ルキット様は私をじっと見つめた。

「でも、レイド様の隣には、貴女がいた。婚約しているといっても、ただ家柄同士の繋がりのための婚約。学園では婚約を隠していると聞いていたから尚更よ。奪えるって思ったの。でも、結局それは、淡い夢にすぎなかった」

「え」

今、聞きずてならないことを言わなかっただろうか。

「……私ね、姉がいるの」

しかし、ルキット様の話を遮るわけにはいかない。今は黙っているべきだ。

「姉は、小さいころから出来が良くてね、勉強も、刺繍も、お菓子作りも、なんでもできるの。だから、皆が姉に期待する。私はいくら頑張っても、なにひとつ姉より上手くできなかった。でも、そんな姉に勝てるものが、ひとつだけある」

ルキット様が、こちらに強い目を向けた。

「この顔よ。だから貴女の言うとおり、努力して努力して磨いたの。どうすれば可愛くみられるか、どうすれば愛されるか一生懸命やった。そうしたら、皆優しくしてくれたわ、可愛い可愛いって認めてくれた。でもね、ある時茶会で言われたの、お前は外見だけ、空っぽだって。そんな努力は無駄だ、無意味だって。くだらない嫉妬の言葉よ、私は悔しいけど、心のどこかでずっと引っかかっていた」

当時の悔しさを思い出しているのか、ルキット様は、悔しげに顔を歪める。誰だって頑張りや努力を踏みにじられたら嫌だろう。私も胸が痛くなった。

「そんな時に、レイド様に言われたの。十二歳の頃に。なんであれ、努力する姿勢は誇っていいって」

レイド・ノクターが十二歳の頃……きっと正義の心によってルキット様を悪意のある人間から庇ったのだろう。想像できる。

「あれは、まさしく恋だったわ。私はそれからずっと、レイド様をお慕いしてきた」

そう言って、ルキット様が、どこか穏やかに、そしてなにかを受け入れたように微笑んだ。私は彼女の恋心の話に耳をすませ——不安を覚えた。

「だから、……レイド様の件は諦めるわ」

「は？」

あまりの驚きに、私は立ち上がってしまった。身体の中の臓器がすべて絶大な重力によって下に下がっていくような、深い絶望を感じる。

「な、なななな、なんですか、な、なんで」

「きっと、淡い夢を見ていただけだから」

ルキット様は、すっきりとした様子でそう話す。いや、待ってくれ。待って。本当に？

「え、もも、もう好きじゃないんですか？　レイド様のことが？」

「ええ。私は変わったの。というより、理解したと言う方が正しいのかしら。とにかく目が覚めたの。現実を見ず、いつまでも甘い夢に縋るなんて、まるであの男と同じだわ、気持ち悪い、私らしくない」

その言葉に、気が遠くなった。一方、彼女は私に紙袋を差し出してくる。

「これ、貴女に借りたハンカチ。それと、新しいものも」

「ああ……どうも」

「それと、もうクッキーを捨てたり、あなたに言われた自傷行為みたいなことはしないわ。そんなことしなくても、私は世界で一番可愛いもの」

ルキット様は、きゅっと口角を上げて笑った。可愛らしく、それでいて元気になる笑顔だけど、なんとも言えない絶望が同時進行で起きている分、とても複雑だ。「じゃあ」と自分の席に戻る彼女を見送り、私は茫然自失としたまま教室を出た。ルキット様が元気で嬉しい。でも、レイド・ノクターを好きじゃなくなってしまった。あまりのショックで前がよく見えない。

「おっと」

ふらつきながら歩いていると、いつの間に隣にいたロベルト・ワイズに肩を支えられてしまった。

「大丈夫か」

「大丈夫……です、生きてますよ、今は」

「え？　どういうことだ？」

「……少し人生について見つめ直してきます……お手洗いで、お手洗いに行ってきます」

早く、トイレに行こう。心のセーフポイント、個室のトイレに。落ち着こう。

そうでなきゃ、むり。

「終わりだ」

とぼとぼと、一階に降りて、渡り廊下を歩く。心なしか景色が白黒に見えるし、地面が柔らかく一歩一歩踏んでいる気がしない。本当にどうしよう。これからどうやって生きていけばいいんだ？

「ミスティアさんっ！」

振り返ると、アリーさんが後方に立っていた。彼の片手には木の棒のようなものが握られている。どことなく様子がおかしい。なにか緊迫した、異様な雰囲気を感じる。

「アリーさんどうしま……」

彼が近寄ろうとする私の腕を掴み、強く引っ張った。それと同時に、至近距離でなにかが勢いよく振り下ろされる。体勢を崩して、私はアリーさんの胸に飛び込む形となってしまった。

……今なにか、振り下ろされていた。おそるおそる後ろを振り返ると、ほんの数秒前まで私が居た場所に斧《おの》が振り下ろされている。

「ミスティア、避けないでよ……」

斧を握りながらも子供をあやすような言葉を発する、紅蓮の髪をした男子生徒。間違いない。この男子生徒が、今、斧を振り下ろしてきたんだ。

「ミスティアさん！」

「は、はい」

アリーさんに呼ばれ、ハッとした。彼は私を後ろに庇いながら、棍棒を構えた。

「絶対に貴女は大丈夫ですから、僕の後ろにいてください、自分を犠牲にしようなんて絶対に思わないでください」

「どいてよ、ミスティアと話さなきゃいけないんだから」

「それはできません、生徒を守るのは、職員の役目です」

斧を握る男子生徒は、白けたように目をぎょろぎょろ動かしている。そしてぴたりと一点を見つめると、こちらに笑顔を向けた。

「ねえ、僕はどうだった？」

あまりの異質な笑みに、背筋が凍る。どう答えるのが最善かわからず口をつぐんでいるのに、男子生徒はひとりでに会話を始めた。

「ねえ、僕だよ。僕の愛、受け取ってくれた？　靴箱の上に置いたよね？　机にも。僕の気持ちが伝わるように……僕を置いていったでしょう？」

机？　靴箱？　そんなもの知らない。私が自分の話を理解していないことを察したのか、男子生徒は不満げに私を睨んだ。

「ミスティア、冷たいところあるよね。塗料の液を捨てて、粘土の手も貰って、ちゃんと美術室に来てくれるようにしたのに、全然会いに来てくれないし」

塗料？　ということは、体育祭で、塗料の液を捨てたのも、粘土の手が消えたのも、全部、彼が？

「僕はずっと、ずっと、ずーっと見てたのに。君は気づいてくれない。なーんにも見てくれない。それってとっても、とーっても不公平だと思わない？　だからもう、死んで僕に報《むく》いるべきなんだよ。そうしたら、ずっと一緒にいられる」

男子生徒が斧を振りかぶると、アリーさんが鋭く棍棒で一突きし、一気に男子生徒の体勢が崩れた。次の瞬間、男子生徒の真横から、ものすごい勢いでなにかが飛んできて、彼の頭に命中した。

男子生徒はうめき声を上げ、そのまま昏倒する。彼の側にはイーゼルが落ちていた。しかしこんなもの、自発的に飛ぶものではないし、ましてや落ちているものでもない。でも、とにかくこれで逃げるチャンスができた。私はアリーさんと逃げようとすると。男子生徒は頭を押さえながら立ち上がった。とにかく、早くアリーさんを逃さなければ――、

「おまえええええええええええ！」

イーゼルが飛んできた方向から何者かが全速力で駆けてくる。よく見ると走ってきたのはジェシー先生で、先生は勢いのまま男に飛びかかった。男子生徒は、激しく抵抗しながら、やみくもに斧を振り回している。危ない！　と思ったのも束の間、ジェシー先生は男子生徒の顔を足蹴りしよろめかせると、その手から斧を奪い放り投げた。

「どけよ、なんで皆邪魔するんだよ！」

男子生徒は武器を奪われたことで、より一層抵抗を激しくしている。その血走った眼差しは、ノクター夫人を殺そうとした男と同じ目だ。そうして彼は、先生の拘束から逃れ、こちらに駆けてきた。

「ミスティアは僕の女神様で、僕の、花嫁だっ」

「違う、ミスティアはお前の花嫁なんかじゃない！　今までもこれからも、絶対にならない！

……いいか！　こいつはなぁ！　俺の……、俺の大事な……、大事な生徒だああああああ！」

ジェシー先生が思い切り男子生徒にタックルをした。凄まじい勢いで、どこかを打ったらしい男子生徒は、そのまま意識を失い、目を閉じる。先生は息を切らし、ただただ生徒を押さえつけていた。

「ミスティアさん」

自分の身に起きたことが理解できず、思考を停止させている私に、アリーさんが声をかけてくれた。なのに、上手くアリーさんを認識できない。どこか幻の中に生きているみたいだ。

「ミスティアさん！」

アリーさんが私の肩を掴み、顔を近づけてきた。左右で色が、違う瞳をしばらく見つめていると、落ち着いてきた。

「あ、アリーさん……」

「貴女は、大丈夫です。もう恐ろしいことは起きない。貴女はなにも悪くない。大丈夫。怖いことはなにも無いんです、大丈夫です……ですから、ゆっくり呼吸をしましょう」

アリーさんの言うとおり、ゆっくりと息を吸って吐く。するとさっきまで、まともに呼吸をしていなかったことに気づいた。

「わ、わたしは……」

「大丈夫です、ほら、守衛が来ましたから、もう今日は、御屋敷に帰りましょう、大丈夫ですから、ね」

アリーさんが、私の背中をさすってくれる。私はそのまま、アリーさんに身を預けていた。

それからしばらくして守衛や他の先生が駆けつけ、男子生徒は取り押さえられながらどこかに連れていかれた。私は学園の応接室に通され、複数の先生に男子生徒との面識を尋ねられ、今日についてや男子生徒と面識が無いことを伝えた結果、学園に到着した両親とともに、屋敷へ帰ることになった。

そうして理事長たちと話を終え、両親と共に応接室を出ると、廊下にジェシー先生の姿を見つけた。先生は私を見て、どこかぎこちなく片手を挙げ、次に両親へ会釈をする。

「先生、このたびは、娘を守ってくださり本当に……、本当にありがとうございました!!」

両親とともに、頭を下げる。今日、先生やアリーさんがいなければ、私は死んでいたはずだ。

「いえ……俺はなにも……」

「斧を振るう生徒から、用務員の職員と共に守ってくれたと他の先生たちから聞きました。本当に……なんとお礼を言ったらいいか……」

「いえ……あの、少しお嬢さんと話をしても、いいですか？」

ジェシー先生が父と母に尋ねる。二人共頷き、「すぐそこの廊下のところにいるからね」と私に声をかけ、歩いていった。その後ろ姿を眺めながら、ジェシー先生が口を開く。

「痛いところとか、無いか?」

「はい、大丈夫です、私はなにも」

「悪かったな、守ってやれなくて……」

ジェシー先生が、まるで今にも泣きだしそうな表情で、そっと私の肩に触れた。痛ましい声色に、申し訳ない気持ちになる。

「いえ、先生は守ってくれましたよ、ありがとうございます」

「でも……お前とあんな奴を鉢合わせにさせちまった……それにあの用務員がいなきゃ、絶対にお前は死んでいただろう……俺がしっかりしていなかったから……! お前をあんな目に……! 俺がもっと早くに気づいていれば……!」

確かに、あの場にアリーさんがいなければ、確実に斧は私に振り下ろされていた。だからといって、ジェシー先生がここまで自虐的な感情を抱く必要はない。悪いのは、斧を振り回す人間のほうだ。

「ジェシー先生はなに一つ悪くありません。自分を責めないでください。そもそも、あの男子生徒とは、私は面識がなかったですし、先生のせいではありません」

「でも……」

「それより、今日はありがとうございました。私は先生とアリーさんがいなければ死んでいました。なので、絶対先生のせいじゃないです」

強く訴えると、先生は「礼なんかいらない」と苦しげに首を横に振り、視線を落とした。

「じゃあ……ほら、お父さんとお母さん、心配してるだろ。な」

ジェシー先生に促されるように、その場を後にする。一度振り返って、もう一度ジェシー先生に頭を下げた私は、両親の下へと駆けたのだった。

Rain

渦を巻くような黒い雲が空を覆い、周囲に暗闇をもたらす。遠くでは雷鳴が轟き、雷光によってかろうじて物体がその輪郭を露《あら》わにしていた。

土砂降りの雨の中、貴族たちが集う学園の裏門から、紺碧の髪を揺らして眼鏡をかける冴えない風貌の男が現れる。裏通りは今日学園で刃物沙汰が起きたとは思えないほど静かで、ただ雨だけが音を立てており、彼は傘をさすことなく歩いていく。

やがて車道の向こうからは馬車が走ってきて、示し合わせていたかのように彼の目の前に停車した。冴えない男は馬車の窓へ近づき、扉を叩く。すると、わずかに窓が開かれて、帽子を目深に被った中年の男が現れた。自分より一回りは歳が上であろう男に、男は無機質な視線を送り、「始末の準備はできたか」とだけ、短く問う。

「ええ、既に手筈は整えております。いかがいたしましょうか」

中年の男は恭しい態度だが、冴えない男はその敬意に答えるそぶりは見せず、鋭い目つきで返した。

「最も早く確実な方法で殺せ」

「では、ルキット家を襲った侯爵家の処遇は？」

「同じだ。あまり時期を空けるな」

「かしこまりました」

淡々とした指示を受けた中年の男は、不敵な笑みを浮かべた。

「……公爵も、なかなか面倒なことをされましたね。アーレン家とノクター家の婚約を無くすために、狂った男に好かれた娘をこちらに呼び寄せるだなんて……公爵の処遇はどうなさいますか？」

「同じでいい」

「よろしいのですか？　公爵は、ただ貴方にアーレン家の娘を差し出そうとしただけですよ？　それも、かなりやり方を考えて……」

「私は、アーレン家の娘を望むことは一生ない。公爵は出過ぎた真似をした。粛清しろ」

「……承知いたしました」

馬車の窓が閉じられ、土砂降りが作り出す霧の中へ消えていく。男は踵を返し足早に門の中へと戻っていく。降り注ぐ雨は確かにその髪を濡らしていて、彼はうっとうしげに前髪をかきあげた。街灯によって照らされた両の瞳はそれぞれ色が異なり、不気味に輝いている。

「……を傷つけるやつなんか、全部いらないんだよ」

そう、男が静かに呟いた言葉は、誰に届くことなく彼と共に闇へ消えたのだった。

異録　偏執する関係

SIDE：Jey

ミスティアが、浮気をしているかもしれない。

疑惑を持ったのは、体育祭前、ミスティアが入学して一か月ほど経ったころだったと思う。

そのころ俺は忙しくて、ミスティアに構ってやれなかった。俺としてはいつだって会いたいし、話したいし、あいつが泣いてるなら抱きしめてやりたい。

だがいくら将来を誓い合った恋人同士といえど、俺は教師、ミスティアは生徒だ。授業中隙をついて見つめ合うだけしかできなかった。それもほんの一瞬だ。でもあいつはいつだって健気で、恋にうつつを抜かし勉学をおろそかにしていないことを証明しようと、俺との未来のため、学年で二位の成績を取ったり、さらに俺に気を遣って男へ不必要に近づかないなど、そんなことまでしなくていい！　とつい声をかけたくなるほど、俺に尽くしすぎていた。

俺を一番大切にしてくれることは、嬉しくないと言ったら嘘になる。でも、あいつにはちゃんと自分の人生を生きた上で、俺の傍にいてほしい。俺を支えるのではなく、二人で支え合って生きたい。

そう未来を描きつつも、俺は公にミスティアを甘やかすことができない。支えれば、教師という職業に就いた以上えこひいきになってしまう。

ならせめて立派な教師になろうと仕事に打ち込んでいた矢先。あいつが嬉々として用務員室に入っていく後ろ姿を見た。用務員は、とにかく影が薄い奴だ。顔は分厚い瓶底のような眼鏡をかけ、前髪を垂らして顔なんて分からない。あまりの野暮ったい様子に気を使った同僚が二、三話しかけていたが、どことなく上手く躱していくような感じで、どんな奴かはまったくわからなかった。

不安を覚えつつも、さすがに「お前用務員と一緒にいたよな」なんて、ミスティアに聞けるわけがない。男子生徒に嫉妬するならまだしも、相手は用務員だ。聞きたいという感情よりも、そんなことを聞いたらミスティアに窮屈な想いをさせ、苦しめてしまうという自戒が勝つ。

俺は、余計なことを考えなくていいように、他の教師が嫌がる仕事を進んでこなした。休日はもっと分かりやすい授業をするための研究にあてた。そうして徐々に季節が移ろいでいったころ。体育祭の有志の手伝いを募集することになった。手伝いの募集と言っても、毎年希望者はほとんど出ないらしい。あまりに成績が悪く教師に促された者や、もしくは善良すぎて頼み込まれてしまったらしい人間が稀《まれ》に現れる程度と聞いた。

でも、ミスティアは俺が「参加してもらえると助かる」という言葉に目を輝かせ、人前に出るのが好きじゃないくせに、わざわざ立候補してきたのだ。本当に可愛いと思ったけど、その分責任感も強い。挙句の果てに体育祭員は何人かの生徒が自主退学したことで、人員が不足していると聞く。ミスティアには、自由でいてほしい。でも、放っておいたら身体を壊すんじゃないか。心配になった俺はミスティアを呼び出した。だがあいつはなにも言ってくれず、どこか他人行儀な様子で俺の前から去ってしまった。そして、体育祭の準備が本格的に始まった。ミスティアは昼も体育祭の準備に費やし、ただでさえ少ない逢瀬の時間が、激減した。でも、あいつはネイン家の先輩と楽しそうにしていた。同性同士のほうが、気安さもあるのだろう。

一方で、準備室はいつでも開けているのに来る気配が無い。俺も体育祭の準備を手伝ってやりたいが、行事の準備作業は教師は手を出さないのが学園の規則だ。頭では理解しながらも、胸にはわだかまりが残り続ける。こういう時は、無理に時間を合わせて話をするより、自分を磨いたほうがいい。

そう考えた俺は社交性を高めようと、なるべく他の教師と会話をすることを心がけた。そして、別棟の廊下でミスティアの後ろ姿を見かけた。

声をかけようとすると、ミスティアはなにかを見かけたように駆けていき、廊下の窓を開ける。その先には、いつかの男、用務員が立っていた。用務員の男を前にするミスティアは、本当に嬉しそうで、家族や、親友、恋人を見る目だった。決して、ただの職員を相手にする目ではなかった。

俺はミスティアをずっと好きで、ずっと見ていた。だからわかったのだ。ミスティアが用務員に好意を持っていることに。卒業したら結婚するのが当たり前だと思っていた。だが、それは「ミスティアが俺を好きだったら」という前提の下成り立つ話だ。

卒業する前にミスティアが俺を好きじゃなくなったら、俺に飽きたら、俺以外の奴を好きになったら、それは当たり前じゃなくなる。けれど、まだ直接的に別れを切り出された訳じゃない。もしかしたら、俺が誤解しているだけかもしれない。

そうして、ミスティアとの未来に陰りが見え始めながら迎えた体育祭当日は、散々なものだった。

まずは朝、窓の外を眺め今後の身の振り方について考えていると、ミスティアから声をかけてきた。

まさか声をかけてきてくれるなんて思わなくて、どうやって話をしようか考えていると、あいつはただ俺に挨拶をするだけで、そのまま去ろうとした。できることが無いか聞くと、なにも無いと言う。

気持ちだけで充分だと言う。前は遠慮をしているだけだった言葉は、明確な拒絶に変わっていた。

そこまで拒絶されてしまえば、もう自分を高めようと動いたり、良くない未来についての考えを止めることはできない。どんどん俺の手は嫌な方へと動いて、用務員を調べて休日を明かすことも増えた。

少しでも犯罪歴があれば、賭博や色狂いであれば学園に密告できる。血眼になって粗を探したことで、奴はどこにでもいる普通の平民だということを嫌でも思い知った。

家柄だけの問題なら、俺はミスティアの婿として条件を満たしていると思う。

でも、アーレン伯爵はミスティアに甘い。娘が結婚したいといえば、用務員をどこかに一度養子に入れてから結婚させる、なんて手段を取りかねない。捨てられることを考えたら、もういっそ、浮気をされてもいいという気持ちになった。ミスティアは真面目で誠実だ。ありえないと心のどこかから自分の気持ちを否定する声も聞こえるけど、この世界に絶対はない。色んな可能性を考えることは大切だ。

だから、もしミスティアに浮気されていたとしても、俺は許す。というか、俺のもとに帰ってきてくれるなら、もうそれでいい。幸せの高さを低く設定していれば、きっと傷つかずに済む。ミスティアと過ごしているだけで幸せだ。でも、眠れない。朝も昼も夜も。ミスティアに捨てられる夢を見て飛び起きてしまうから、寝るのが怖い。俺は常にぼーっとするようになった頭を起こすため、朝はあてもなく学園内を巡回するようになった。

そして、美術室で見つけたのだ。大きなキャンバスに描かれたミスティアを。ひと目見ただけで萎縮しそうなほど大きな肖像画に、血と同じ朱を持った、怨念を込めたようなおどろおどろしい背景に、今まさに目の前にいるような、ぞっとするほど細密に描きこまれたミスティアがそこにいた。

廊下に立ち、アーレン夫妻とミスティアを待っていると、横から声がかかった。

「お疲れ様です」

振り返ると用務員が立っていて、俺はつい厳しい目を向けてしまう。今日、ミスティアは斧で男子生徒に襲われた。今は応接室で理事長や学年主任がミスティアの両親に今日のことを説明している、俺はさっきまで男子生徒を衛兵に引き渡し状況説明をしていたから、アーレン伯爵と夫人、どちらにも会えていない。会ってきちんと今日のことを説明したいのに……。だから、焦りを覚えているのはたしかで、「ああ」も「お疲れ様です」の言葉も、どちらも冷たい言葉になってしまった。

「ああ、お疲れ」

しかし、用務員は気にする素振りは無い。それどころか危機的状況だったはずなのに、どこか落ち着いているようにも思える態度が気になる。

「……どういう状況だったんだ？」

「えぇっ？」

問いかけると、用務員は間抜けな声を出した。ふざけた話し方で、指に力がこもっていく。

「襲われた時だよ、二人で話をしている時に襲われたのか？」

「いえ、先生のクラスの生徒さんをお見かけした後、すぐ後ろに斧を持った生徒がいたんです。ほぼ同時でしたよ。驚きました。初めは何かの見間違いかと思うほどで」

「そうか」

男の答えは、まるで普通の答えを機械的に発しているようだ。生きている人間を相手にしている気がしない。俺は少し、踏み込んで質問することにした。

「……いつもその時間はそこにいるのか？」

「修繕や補修作業は、同じところをずっと、って訳ではありませんからね、日によって違いますよ」

「そうか」

どこかおかしい。返答はたしかにあるのに、どことなく躱されているような、掴めない感覚がする。

「剣術の心得は」

「はい？」

「剣術の心得は、どこで？」

「ああ、見よう見まねですよ、ただ棒を振り回していれば当たるかなって。先生が来ていなかったら、僕も生徒さんも殺されていました」

見よう見まね、何て言っているが、この男の動きは、たしかに剣術を習った者の動きだった。平民じゃない。高貴な貴族の、剣術の動きをしていた。……この男には、なにかがある気がしてならない。ただの用務員じゃない。ミスティアに関わるなにかがある気がする。

「あのさ、お前――」

「あれっ？　そろそろ、生徒さんと理事長のお話が終わるころじゃないですか？」

用務員は応接室を指差した。たしかに中から、別れの挨拶が聞こえてくる。

「では、僕はこれで失礼しますね」

「話はまだ終わっ――」

「さようなら」

もう話すことはないと、用務員は躱すように、それでいて笑顔で去っていく。上手くいきすぎてる気がする。俺は弱々しく歩くその後ろ姿が廊下の先へと消えるまで、じっと見つめていたのだった。

「ジェシー先生はなに一つ悪くありません。自分を責めないでください。そもそも、あの男子生徒とは、私は面識がなかったですし、先生のせいではありません」

諭《さと》すようなミスティアの声に、頭から水を浴びせられたような錯覚に陥る。今日、ミスティアは斧を持った男子生徒に襲われたのだ。襲った男子生徒は支離滅裂なことを言い、ミスティアに付き纏っていたことを匂わせる言動をしていた。きっと、ミスティアは今まで不安で怯えながら過ごしていた。だから力にならないと無理を言って話す時間をもらったけど、事件のためか、男が駄目なのか、ミスティアはこちらに視線を合わそうともしない。

「でも……」

「それより、今日はありがとうございました。私は先生とアリーさんがいなければ死んでいました。なので、絶対先生のせいじゃないです」

強い訴えに、今日、用務員に守られていたミスティアの姿を思い出した。もしかしたら、ずっとミスティアは用務員に付き纏いについて相談していたのかもしれない。だって、何度も用務員室に向かう姿を見たし、ミスティアが用務員に向ける笑顔は特別なものだ。ただの恋心でもない、魂の結びつきを感じさせるものだった。

「じゃあ……ほら、お父さんとお母さん、心配してるだろ。な」

俺は、声を振り絞ってミスティアを送り出した。涙が出そうになるのを、必死にこらえる。ミスティアが、好意を受けて戸惑い、少なからず迷惑に思っているであろうその目は何度も見てきた。そして今、あいつはそれを俺に向けた。もう、俺はいらないということなんだな。

付き纏いがいても、守ってやれない。仕事ばかりで話そうとしない。ずっと俺が独りよがりに盛り上がって、ちゃんとミスティアを、恋人を顧《かえり》みることができていなかった。

ミスティアの中で、きっともう、俺の存在は過去のものとなってしまったんだ。

幽閉の残像

昼下がり、なにをするでもなく自室のベッドで、上体だけ身体を起こし壁に背を預ける。ベッドのそばに設置された椅子にはメロが座っていて、静かにこちらを見ていた。

「じゃあちょっとトイレに行ってくるね」

「畏まりました」

自室から出ようとすると、メロがすぐさま立ち上がり、ドアを開いた。彼女はそのまま当然のようについてくる。手洗いを済ませまたベッドに戻ると、彼女もまた定位置に着席した。斧での襲撃事件から二週間。私は学園を欠席していた。そして、メロ及び使用人の皆は、私から離れなくなった。

来週にはテストが開始される。学園に通わなければいけない。けれど、屋敷を漂う空気は厳戒態勢と言ってもいいもので、通学を許される気配はない。

「ねぇメロ……休んでる？　あの、今日は屋敷から出ないし、休んでても大丈夫だよ」

「休んでいますよ。今」

メロは無表情で答える。先日、学園の理事長から聞いた話によると、私を襲った犯人は通り魔的犯行だったらしい。対策し辛い犯罪のため、防犯意識もここまで高まっているのだろう。

理事長は、元々精神を病んでいた生徒が心の中に理想の令嬢を作り上げ。斧を持ち彷徨っていたところ、通りがかった私を「理想の令嬢」として認識し襲い掛かってきた、と言っていた。

そこで気になるのが、男子生徒の言っていた『贈り物』だけど、彼は不特定多数の机、ロッカーや靴箱にプレゼントを置き、女子生徒が美術室に訪れるよう画策、実行を繰り返していたらしい。

被害者は複数いて、入学当初からちらほら不審物が机にあるとの情報は流れていたものの、私の場合はアリーさんが嫌がらせかと掃除をし、発覚が遅れたそうだ。ちょうどアリスの素性暴露事件もあったから、余計警戒はされていたのだろう。

「御嬢様」

ほんの少し力のこもった様子で、部屋の扉がノックされた。声をかけると、大きな茶封筒を抱えた執事のルークが入ってくる。

「失礼いたします。御嬢様、学園の御友人のクラウス・セントリック様から、門番経由で書類を預かって参りました」

「クラウスが？」

怖い。爆発とかしそう。いや、流石に書類で爆発は無いか。怪文書とか、暗号とか？　とにかく、嫌な予感しか無い。差し出された封筒を受け取ると、ルークは礼をして部屋から出ていった。

封筒を開くと、授業ノートが入っている。欠席した人間にノートを届ける行為は優しいものであるはずなのに、クラウスから届いたものだというだけで、恐ろしい。ぺらぺらめくると、最初の方は確かに数学のノートなものの、中央のページは不自然に二枚重なり、意図的に綴じられているようだった。

引き出しからペーパーナイフを取り出し、とじられている部分を切り取る。暴かれたページは見事な鏡文字……しかも達筆で書かれた文章だった。

「か、怪文書……」

思わずつぶやくと、メロが尋常じゃない勢いでこちらを見た。

「いやいや、大丈夫大丈夫」

メロをなだめ、私は引き出しから鏡を取り出し、解読を始めた。

【宛名書くか迷ったけどやめた。これを見てるお前へ】

やれ季節がどうのだの、なんだの、外を見りゃわかるから割愛するぞ。外見ろ外、それが全部だ。

お前のいない間学園がどうなったか教えてやる。よく読んでしっかり考えるんだな。まずは最高に面白い上層についてだ。本当に笑える。

お前に関わるとろくなことが無い証明がされたぞ。理事が一人辞めた。お前の事件の責任を取ってだ。怪しいって前々から言われてたみたいだから、昔になにかした奴を消したってことだな。

ちなみに。学園は事件のことを、侵入者が入り込んだってことで片付けた。しかも生徒のいないときにだ。つまり、お前はいなかったことにされてる。まあ、学園側の配慮だろうな、事実を広めたと同時に学園は信用を失い、お前も不審者に襲われた令嬢になる。傷物ってことだ。

お前のくそ長い休みは、病気ってことになってる。俺も面白いからお前の虚弱物語を付け足してやった。感謝しろ。それで……手紙を書くのも結構つまらないもんだな、飽きてきた。本題に入るぞ。俺がお前を心配して手紙を送ってるのは、ほかでもない、お前に聞きたいことがあるからだ。今、心配したと思ったか？　思ったなら馬鹿だろお前は、思ってないならお前はその認識能力をほかに向けろよ馬鹿。いいか。今から俺の質問の答えをちゃんと用意しとけよ、ちゃんと相応の対価を用意してやるから。お前を陰湿なゴミから助けた担任以外のその場にいた奴を全員教えろ。

答える必要はないが、答えなかったらどうなるか想像しておけ。後から答えておけばよかったなんて後悔しても遅いんだからな。ちゃんと頭使えよ。以上。


「え、普通の脅迫状だ」

一瞬、クラウスからのメッセージということで内容も怪文書では……と疑ったけど、ただの脅迫状だった。ノートを観察していると、また部屋の扉をノックする音が響いた。

「どうぞ」

声をかけると、今度は執事長のスティーブさんが現れる。

「御嬢様、お客様がお見えになりました。いかがなさいますか」

お客様……理事長再び……とかはさすがにないか。もしかしてクラウス……？

「今行きます。誰が来ましたか？」

「ジェイ・シーク様、ヘレン・ルキット様……そして、アリス・ハーツパール様です」

メロと共に大急ぎで客間に向かった私は、こっそりと扉の外で中の様子を窺った。

部屋の真ん中、丸い円卓を囲むように作られた特注の椅子には、先生、ルキット様、そしてアリスが両親と向かい合い座っている。ふんわり地獄絵図としか思えない。母が私の友人の来訪に感極まっているし、父に至っては泣いていた。ルキット様が来ることは別にいい。しかしアリスが問題だ。ゲームシナリオ終盤、ミスティアはアリスを誘拐して、屋敷の物置に連れていき、使用人達にアリスを襲わせようとしていたからだ。アリスを襲おうとしていた使用人たちは、今、アーレン家の屋敷にいない。そしてゲームで物置とされていた場所は潰され、庭師のフォレストの研究小屋が建っている。

なぜかはわからず、不安はあるものの、誰かを閉じ込める環境は整っていない。私がひきこもる環境は、だいぶ整ってしまっているけれど……。

「ちょうど呼ぼうと思っていたの。先生とお友達が来てくれているのよ」

どうしたものかと頭を抱えていれば、客間の扉が開いた。先生は頷き、アリスは「そんな！　恐縮です！」と高速で手をわなわなさせている。一方、ルキット様は難しい顔をしていた。

「えっと、こ、この度はどうも、ありがとうございます。ご、ごゆっくり……」

私は一礼して、扉を閉じていく。顔は見せた。元気な姿は見せた。私は元気だ。なんならこの場で踊り狂ってもいい。しかし……、

「ああ！　ミスティア！　アリスさんとヘレンさんは屋敷に来るのははじめてでしょう？　案内してあげたらどう？　私はここで先生とお話をしているから」

「え」

母の提案に気を失いそうになった。そのままアリスやルキット様の方に視線を向けると、彼女達も目を見開いている。

「ミスティアはお友達を案内してあげなさい。うっうっ」

父は感動の涙を流しながらも、世界で一番残酷な発言を私にしたのだった。


見慣れた屋敷の廊下を、ぎこちなく歩いていく。後ろには、アリスとルキット様がついてきている。

「ちょっとよろしいですか?」

私の後ろを黙ってついてきていたルキット様が口を開いた。彼女はぐっと私に顔を寄せた。

「貴女が襲われたことは知ってる」

こっそり、囁くように紡がれる言葉。そのままルキット様は話を続けた。

「言いふらすつもりはないわ。貴女はあの日、学園に来ていないことにしてくれって、理事長直々に頼まれてるの。あの日教室に居た、私と根暗眼鏡は」

クラスに眼鏡をかけた生徒はロベルト・ワイズしかいない。たぶん彼のことだろう。

「だから、貴女もうっかりあの日学園来てたなんて漏らすんじゃないわよ」

「そうですか、ありがとうございます」

ルキット様は、「勘違いしないで頂戴。理事長に頼まれたからだわ」と私から身体を離す。

「今日も、お見舞いありがとうございます」

「別に。ただ暇だっただけよ」

ルキット様にお礼を言うと、彼女は鼻で笑ってきた。私は次に、アリスに顔を向ける。

「アリスさん、お見舞いに来てくださりありがとうございます」

「いえ！　私は！　ミスティア様のご無事を知ることができて、とても嬉しいです！　むしろお見舞いとして屋敷に入れて頂きありがとうございます！」

アリスの話の仕方は、いつだって「応援してます！」「頑張ってください！」「ありがとうございます！」と、体育会系の礼儀正しい部員みたいなテンションだ。

「えっと、とりあえず、私の部屋でもみ、見ますか？」

ゲームのミスティアは、アリスを自室に招き入れることはしなかった。招き入れたのはレイド・ノクターだけだ。だからアリスがミスティアの部屋で嫌な目に遭うイベントはない。今回のセーフポイントは自室だ。そこでゆっくりしてもらって、ご帰宅願う。

「セーチ・ジュンレー」

アリスがぼそっと呟いて、また指をわなわなさせた。セーチ・ジュンレー？　いったい誰の名前だろう。アリスの言葉の意味がわからず、意味を考えながら歩いていると、自室の扉の前に辿りついた。

「どうぞ」

二人に入るよう促す。中の景色は、まあ、普通に私の部屋だ。アリスはおそるおそる、ルキット様は「悪くはないわね」と部屋に入っていく。

「私、家族以外のお部屋に入るのはじめてです！」

アリスは明らかに興奮している。そんなに楽しそうにしているなら大丈夫だろう。ルキット様も目に見えて退屈している感じはない。ある程度ここで時間は潰せそうだ。

「……で、どうしてミスティア様はそちらに？」

ルキット様が、一向に部屋に入らない私に不審そうな目を向ける。

「あ、お気になさらずー」

どうぞどうぞと部屋を見てください、と促せば、ルキット様は怪訝な顔で部屋を見始めた。

「心臓に骨に、内臓のぬいぐるみなんてどこで買ってくるの？」

「ああ、使用人の方に作ってもらいまして……」

「ふぅん」

ルキット様は門番のトーマスの作ったぬいぐるみに関心があるらしい。一方、アリスは微動だにせず私の勉強机の前で立ち止まっていた。

「……アリスさん、なにをしていますの？」

「えっ？　い、椅子を眺めています！」

「……そう」

ルキット様が頷きながら、顔をひきつらせた。アリスは椅子を見てる……？　座りたい、とか？

「す、座ります……？」

「ヴェ!?」

アリスに声をかけると、驚かせてしまったらしい。椅子を引いて「どうぞ」と促せば、彼女は

「い、いいんですか？　抽選に当たってないのに？　無料で？」と戸惑い、椅子に座った。

「どうですか？」

「椅子です！」

アリスは興奮醒めやらぬと言った様子で感嘆の声を漏らしているけど、これはただの椅子だ。

「うわぁ……」

ルキット様はあからさまに引いている。アリスはゲームで悪意を持った人間に「平民ですわ……」「おお嫌だ」と、その出自で引かれることはあっても、行動で引かれることは無かったのに。

なにか、入学前に私が関わってしまい、アリスをおかしくしてしまったのだろうか。

「あの……アリスさんって、学園に入学する前はどんな感じでしたか」

「入学前？」

「あ、ち、小さい頃とかでもいいですけど」

おそるおそる、私はアリスに話しかけた。もしかしたら入学前に、接点があったかも知れない。

「うーん、特にお話しするようなことはなにも……あ！　私生まれて三か月のころ、この地域に移ってきたんです！　前に住んでいたところは私が生まれてすぐ、近くの川から疫病がすごい勢いで広まってしまって、こっちに逃げてきました！」

いや、接点ないな。たぶん。

「アリスさんがなにかして、全滅させたってことですの？」

ルキット様が素早く反応する。いや全滅させたって。三か月の子供が川で疫病広めるなんてありえない。クラウスならまだしも。

「ち、違います！　なにか、良くないものが川に捨てられたらしくて。両親のお店は近くに沢山貴族の方が住んでいたから、お忍びで来てくれてたりしたんですけど、水が駄目ならって、こっちに」

「なるほど……」

アリスの出身地は貴族が住んでいた。だからアリスの両親と学園の関係者が知り合って、アリスが入学する運びとなったのだろうか……？

結局、アリスと学園の関係って、なんなんだろう。


「今日は本当にありがとうございました！　最高でした！」

門の前で、アリスが映画の広告ＣＭに出てくるお客さんのテンションで笑みを浮かべる。

皆で客間に戻ると、ジェシー先生がそろそろ職員会議のため学園に戻らなくてはいけないということで、アリスとルキット様も自動的に帰宅の運びとなった。母と屋敷の中で三人に別れの挨拶をしたものの、せっかくだからと母に言われて見送ることになり、私は今、門の前に立っている。

思えばあれからずっと屋敷の中にいたし、出たとしても庭くらいだったから、門の近くに来るなんて久しぶりだ。

「そうだ！　馬車の中に置いてきたんだ……ごめんなさい先生、あの……」

アリスが屋敷の敷地内に停められたシーク家の馬車へ向かう。彼女は一旦乗り込むと、すぐ紙袋を携え出て、こちらに向かってきた。

「あの、ミスティアさんのお見舞いにと……またクッキーを焼いてきました！」

「ありがとうございます」

アリスから紙袋を受け取る。何か、クッキーにしては重い気がする。いやすごい重い。

「それと、今までの授業の分の板書を、ルキット様とまとめてきました！」

「え、わざわざそんなことまで……すみませんお手間を……」

「別に、勉強にもなりますし、手間というほどのことではありません」

ルキット様は視線を逸らした。でも、アリスが彼女に顔を向けた。

「ルキット様が板書、私が先生の話していた言葉を書きました！　ルキット様、いっぱい色を使っていてとても綺麗なんですよ！」

「……授業に出ていなくても、内容が把握出来ると思いますわ」

「本当にありがとうございます。助かります」

アリスとルキット様に感謝を伝えると、アリスは「星……」と感嘆の声を漏らした後、目を見開き一歩前に出てくる。

「いえ！　他にも困ったことがあったら何でも言ってください！」

「……できることであるならば、致しますわ」

一歩前に出るアリスに、引き気味のルキット様。ルキット様はアリスに引いていたし、二人は相性が良くないのかもしれないと思っていたけれど、それは間違いだったのかもしれない。なんだか相性が良さそうだ。

「すみません、テストまでには戻りたいと思います、ありがとうございます」

二人に礼をすると、ジェシー先生が「ミスティア・アーレン」と私を呼んだ。先生はじっと私を見つめた後、口を開く。

「……お前が学園に行きたいなら、しっかり守るから。俺だけじゃなく、学園側が。それが生徒を預かる学園の責任だしな」

「はい、ありがとうございます先生。では、また、学園でよろしくお願いします」

先生たちは馬車に乗り込んでいく。そしてそれを見計らったかのように門が開いた。そのままシーク家の御者が馬に合図をすると、馬車はゆるやかに門をくぐり、走っていった。


アリスたちの見送りを終えた私は、伸びをしながら自室へと戻った。アリスのクッキーとても量が多い、使用人のみんなにも配ることができる。伸びをしていると、「ミスティア、ちょっといい？」と、両親が扉をノックした。私は慌てて扉を開く。

「どうしたの？」

「うん、ちょっと話があってね」

父は穏やかに笑うと、私が手に持っている紙袋に視線を落とした。

「学園の話なんだ」

「学園？」

「これまで通り学園に行くならそれでもいいし、辞めて、どこか別の場所へ転入してもいいし、新しく家庭教師を雇ってもいい。ミスティアに、選んでもらいたいんだ」

学園に通わない。投獄死罪を回避することが出来る、そんなに簡単な選択肢はないだろう。このまま両親と使用人の皆のことだけを考えるならば、きっとそれが最良だ。

「それに、選んだ道を、少しずつ変えていくことはできるわ。選んだ選択の中で、またミスティアが嫌になったら、その時は私も、お父さんも、どうすればいいかしっかり一緒に考える。私たちは、いつだって、ミスティアが選んだ道を応援するわ。だから、ミスティアは好きなように選んでいいの」

母は私の肩に触れる。私は、この二人の幸せを守りたい。何も失わせたくない。危険な目になんて、辛い目になんて、絶対に遭わせたくない。でも、レイド・ノクターに影響を与えてしまった責任があるし、友達のエリクを放ってはおけない。その二人に、正しい道を歩んでもらわなければ。

「……私は、できれば、通いたい。お父さんと、お母さんには、心配をかけてしまうけど、もし、許されるなら、学園に通いたい」

どうか、我儘《わがまま》を許してほしい。まだ、やりたいことも、やらなければいけないこともある。頭を上げると、父は微笑んだ。

「ミスティアは、気を遣いすぎる。きっと心配をかけてはいけないと心から思っているのだろうけど、子供に心配をかけられることは、親の役目なんだよ」

「そうよ、私達はいつだって貴女の味方だからね」

親孝行がしたい。切実に思った。だから、きちんと私のせいで変えてしまった彼らを、元通りにして、幸せな未来を歩みたい。

異録　尊き輝き

SIDE：Alice

ミスティア様は、アイドルである。百年後の教科書に、きっと名前がのってる。

「ミスティア様が元気で、本当に良かった……！」

馬車の車窓から、アーレン家の屋敷が少しずつ小さくなっていくのを、じっと見つめる。酷い風邪を引いてしまったと聞き、どうか生きていてと何度も神様に祈っていたけれど、ミスティア様は元気に歩いていた。本当に良かった。

私はミスティア様を見て、はじめこそ暗くて取っ付きにくい、怖い人だという印象を持っていた。でも怯えながらも皆に意見を述べる彼女を見て、私は思ったのだ。推せるな、と。

艶《つや》やかな黒髪、透き通り輝くような肌。燃えるような赤でありながら気だるげな瞳。見た目は正直、今までの私の推しの傾向とは異なっていた。しかし、そこに正義感の強さや優しさ、わりと性格は暗めな……コミュニケーションを不得手としているのに、自分の意思はちゃんとあるところ。

気が強いわけではなくて、大人数の前だとちょっとびくびくして、自分の気配を殺そうとするなどのギャップが加わり、見事にミスティア様沼に落ちた。そして、出られなくなった。

ミスティア様激推しオタクとなった私は、ミスティア様を観察し続けた。というのも同じ学園に通っているわけだから、毎日現場に通っているのと同義である。しかも無料。荒れぬ無銭現場。すごすぎる。福利厚生が手厚い。その分お金を払いたいけど、ファンレターと一緒に送金するのはよくないことだ。贈り物、食べ物でもなく、お金以外。オタクたるもの正しい手段でお布施をしなければならない。

だからせめて、ミスティア様を網膜メモリーに記録しておこうと思っていたけど、校外学習ではミスティア様を拝みながら山に登りたくて全力で登った結果、ミスティア様は実は最後列にいるという致命的なミスを犯した。この世の終わりだった。全通しようとして寝坊するようなものだ。オタク失格である。そんな愚かなるオタクだけど、私はチケットをご用意することが出来た人間なのだ。

私の今の座席は、最前である。なんとミスティア様の隣だ。ミスティア様は休んでしまっているけど、この間まではライブだった。でも実は、S席は譲られて得たものである。席替えの時、ちょっとだけ話をしてくれた子に、「視力が悪いから座席を代わってほしい」と頼まれ、代わったのがきっかけだ。その子とは、今はあまり話さない。女子同士そういうのある。ありがち。そうして、推しの隣に座りましたレポすら出来る最良の席を手にして過ごしていた。本当に、今日はお見舞いをさせて頂きつつ、今まで生きてきてくださってありがとうございますとか、この世に存在してくださりありがとうございますとか、誕生してくださりありがとうございますとか言いたかったし、ミスティア様の数多ある最高なところを伝えてしまいたかったけど、語彙力が貧しい私にはできなかった。でも、応援を示さなければ、いないのと同じだ。かといって、私という個体を認識されたくない。難しい。語彙力を得るために、シーク先生の腕の肉をもらうしかないのかもしれない。

おもむろに、前の席に座るシーク先生を見る。先生はじっと窓の外を見つめていた。私は、もしかして先生は同担ではないか……と思うこともある。体育祭の時、私がサイリュームの代わりに棍棒をミスティア様レッドにして応援していると、その隣で運営面をしたシーク先生が立っていたし、その瞳は『好きの瞳』だった。私もハッとして、サイリュームはあんまり乱雑に振らず。関係者ぶって控えめに振ったくらいである。ひへへへ。

「ハンカチどうぞ」

顔を覆いながら笑い泣きしていると、隣に座るルキット様がハンカチを差し出してくれた。彼女はレイド様からミスティア様に推し変したのかもしれない女の子だ。明らかに今日ミスティア様に向ける目が好意的だった。でも、あれだけレイド様推しだったルキット様がミスティア様の沼に沈んだのだ。

本当にミスティア様はすごい。でもミスティア様の沼は深いから仕方ない。分かる分かる。私も最初はまさかこんな深いと思ってなかった。気付いたら頭の先まで浸かっていたんだもの。私は同担歓迎派のオタクだから、とてもウェルカム。というか私が拒否したいのは乏し愛とか、他の界隈と比べて無神経な発言をするオタクとか、そういうのだから。

あと、厄介オタク。

ミスティア様と勉強会をした時、レイド様は私がミスティア様に捧げようとしたデコレーションクッキーを、半分以上――いや、八割ほど食べた。私はミスティア様だけに作って、ミスティア様に気を遣わせてしまうのは良くないと、ミスティア様を侮辱したワイズさんにも焼いたくらいなのに、怒涛の勢いでレイド様は食べてしまったのだ。ミスティア様クッキーが可愛くて気に入ったからとかならまだ許せたけど、なんかどことなく同担拒否の嫌がらせっぽくて、もやもやする。勉強会に誘ってくれたのは嬉しいけど、あの人はミスティア様に対していちいちマウントっぽい「俺だけは推しについて理解してるんだぜ」な匂わせ発言を度々するから、苦手だ。

そういうのって、一歩間違えれば厄介オタクっぽいし、平然と立ち入り禁止のとこ入っていきそうな感じもある。……せっかくミスティア様に作ったクッキーなのに。全部ミスティア様に食べてもらいたかったのに。

悲しい。悲し過ぎる。全部ミスティア様に捧げるはずだったのに。同担拒否厄介オタクのレイド様に妨害された。前に、同担であろう誰かがミスティア様の素晴らしい絵を美術室に置いていたから、私は欠かさず礼拝していたけど、いつのまにか消えていた。もしかしたらレイド様がなにかしたのかもしれない。

なんとなく嫌な感じがして、私はハッとした。今日は聖地巡礼をしたのに！　嫌なことばかり考えては駄目だ！　ミスティア様のことを考えよう。ミスティア様は最高だ。存在が可愛い。全部推せる。だから私は毎日世界へ感謝の祈りを捧げる。これからも捧げ続ける。

第十二章

霧の孤児院に立つ亡霊

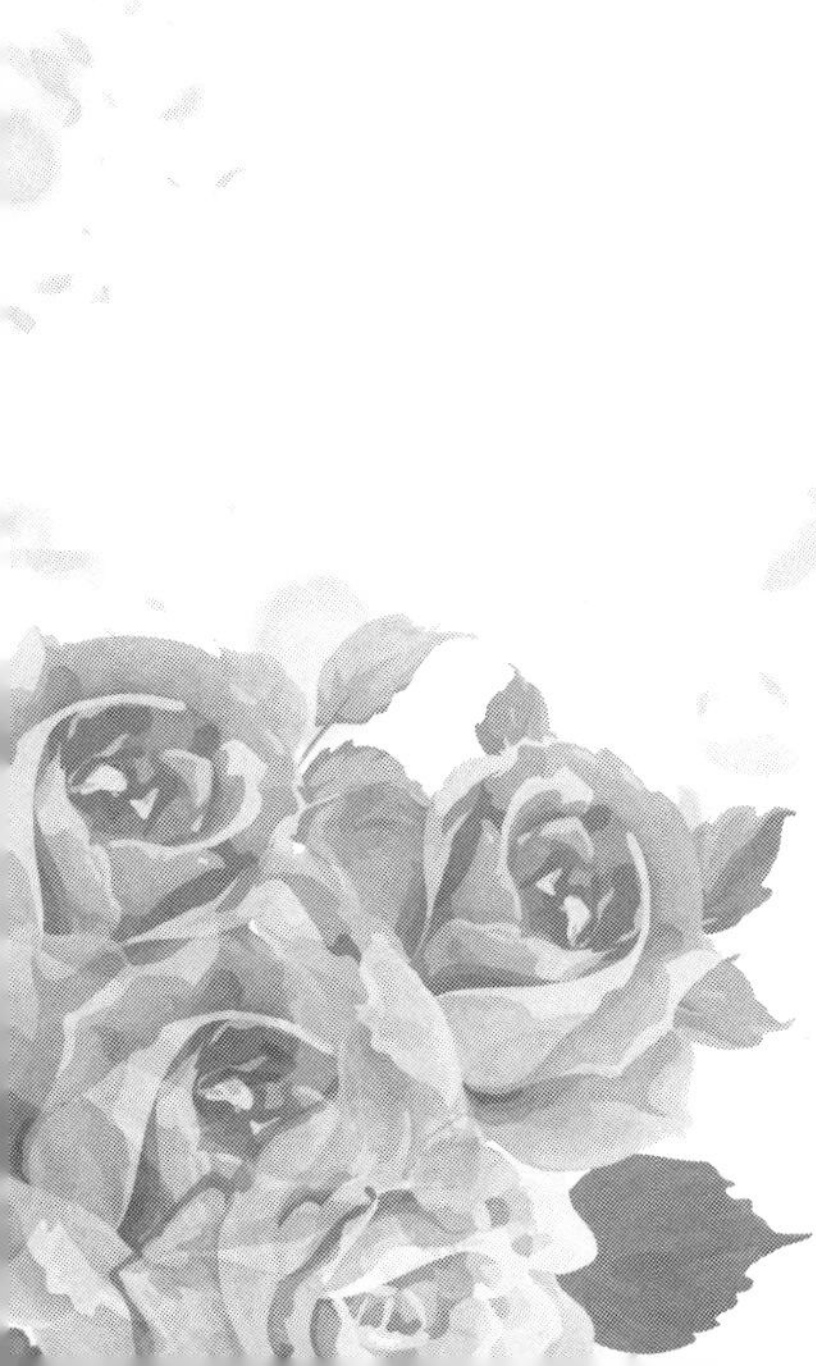

蘇る約束

テスト前日、約二週間ぶりの登校を果たした私は、昼食前の四時間目の授業……ジェシー先生のホームルームで公開処刑を受けていた。

「三班、ミスティア誕生四周年記念孤児院、四班、ミスティア誕生五周年記念孤児院」

テスト明けから夏休み開始までの一週間。いわば授業するほどの授業もないけど、学園には行かなきゃいけない期間、一年生の生徒は、各施設、孤児院へ奉仕活動で向かうらしい。

先生が、「ミスティア」と発するたびクラスメイトは私を見る。控えめに言って、今すぐこの場を立ち去りたい。「ミスティア」という名前が流行っているからではない。多分、きゅんらぶ関係者として、「ミスティア」という名前を持っているのは私だけだ。では何故孤児院に名前がついているのか。

それらは全て、父を放置した私に原因がある。遡《さかのぼ》ること……もう何年かすらわからない昔。

両親からの誕生日の贈り物に対し、私は毎回注文をつけていた。それは豪華絢爛なドレスが欲しいとか、大海賊が持っている宝石が欲しいとか、そういった方向性ではなくむしろ逆である。「ドレス」なんて一言を言えば百着は軽々注文しようとし、チェスボードが欲しいと言えば宝石で作ろうとする。

だから、ドレス九十九着分の予算を寄付や出資にまわしてもらったのだ。そうして両親にお願いした結果、領地には孤児院が増え、出資者として命名権を得た父がこんな事態を引き起こしたのである。

「ミスティア様の誕生記念に建てられた孤児院……」

アリスが驚愕の目で私を見ていた。寛大なアリスも受け入れられない親馬鹿としか思えない施設名。やがて彼女は、「あっ」と声をもらした。

「ミスティア様は、十三班ですよ！」

なるほど、十三班か。どうやって決めたんだろう。まぁ、アリスやレイド・ノクターと一緒じゃなければ私はどこでも――、

「私っ！　ミスティア様とっ！　同じっ！　十三班ですっ！」

「え」

「ルキット様とあと……ワイズさんも一緒ですね」

「あ、どうも……」

心なしかロベルト・ワイズの名前を呼ぶとき、アリスがげんなりした。机から黒板へと視線を移すと、ちょうどジェシー先生が十二班の向かう施設を読み上げたところだ。次は、私の在籍する班。

「それでは十三班、フォルテ孤児院」

先生が読み上げた名前に、思考が止まった。フォルテ孤児院――メロが暮らしていた場所だ。

「ミスティア様？　どうされました？」

余程思いつめた表情をしていたのか、アリスが私の顔を心配そうに見つめる。私は首を横に振った。

「あ、だ、大丈夫です、お気になさらず……」

フォルテ孤児院……。アリスとロベルト・ワイズ……。ヒロインと攻略対象と共に馴染みの場所へ行くことに胸騒ぎを覚えながら、私は奉仕活動の説明を聞いていた。


なんだろう。勉強会の次に、奉仕活動でアリスと一緒なんて。彼女はなにも悪くないけど、運が狂っているとしかいいようがない。かといって、フォルテ孤児院に行かないというのも憚《はばか》られる。ため息を吐きながら、とぼとぼ歩く。昼休憩の廊下は夏休みについて計画を立てる生徒の姿で賑わい、もうすぐ夏休みということもあってか楽しそうな雰囲気だ。

「ミスティア」

しかし、背後からひやりとした、とても楽しそうとは思えない声がかかった。心なしか、声色に怒りものせられている気がする。幻聴かな。班は一緒のはずではないけれど……おそるおそる振り返ると、やっぱりレイド・ノクターがこちらに向かって駆けてきたところだった。

「れ、レイド様」

「ミスティア……。良かった追いついて。昼食。一緒にどうかな？　休んでいた時の話が聞きたくて。手紙の返信、それについてだけはいっさい触れてなかったしね」

たしかに、私が休んでいる間に、レイド・ノクターから心配の手紙が来ていた。エリクやフィーナ先輩からも来ていて、全員に対して私は風邪と主張して返信していた。

「でも、私は、今日のお昼は……」

「今日、ミスティアが登校してきて驚いたよ。登校するなら教えてほしかったな……てっきり風邪だと思っていたけど、別のことが理由で、僕に言いたくないから……とか考えたりしてさ……」

「えっと……」

この場を切り抜けねばと考えると、またばたばたと足音が聞こえてくる。

「ミスティアさーんっ」

爽やか純粋少年に擬態したクラウスがこちらへ向かってきた。

「良かったー！　ここに居たんだね、教室にいないから探したよー！　あはは！」

「悪いけど、僕はこれからミスティアと話をしなきゃいけないいんだ」

レイド・ノクターは、私とクラウスを隔てるように前に出た。私は、どちらとも話をしたくない。

しかし、クラウスが困った顔をした。

「えっ、そうなの？　僕は彼女に話があるんじゃなくて、先生に呼んできてって頼まれているんだけど。えーっと、誰だっけ、あの学年の偉い人の……なんだっけ？　名前が出てこないや……出席についてだから、大事な話だとは思うんだけど……」

「……それなら仕方ないね。昼食はいつでも取れるし、またの機会にするよ。じゃあね、二人とも」

レイド・ノクターは去っていった。クラウスが私とレイド・ノクターを二人にさせず、自分が話をすると主張してきたということは、よほどなにかあるんだろう。渋々クラウスに目を向けると、彼は一片の曇りなき眼を私に向けている。

「……用というのは」

「うん、こっちの教室だよ、ミスティアさんっ！」

嫌な予感を感じながらクラウスの後をついていくと、別棟の音楽室に辿りついた。彼は音楽室の扉を開くなり、雑に私を突き飛ばすと後ろ手で鍵を閉める。

「……ヘレン・ルキット、貴族様に襲われたのに登校できてんな」

クラウスは窓の外から見える中庭を指す。そこにはルキット様が彼女の親衛隊を引き連れ歩いていた。でも不思議なのは、人気があるというより一つの宗教を作っているようにも見えることだ。

「いいことですよね、怪我も無く……」

「違ぇよ馬鹿」

「……は？」

なにを、と言おうとした瞬間、クラウスが私の首に手を回してきた。

「ミスティアちゃーん。どうしてそんなこともわからないんでちゅかぁ？　おばかさんでちゅねぇ～俺が頭かっさばいて、泥でも詰めてやりまちょうかぁ？」

ぶすぶす突き刺すようにクラウスは私の頬に指でつつく。痛い。普通に痛い。しかも赤ちゃん言葉で、頭かっさばくなんて聞きたくはない。

「泥とか余計馬鹿になるじゃないですか」

「お、自覚はあるのか」

「貴方ほど倫理観は狂ってないですけどね」

「ほぉー。まあその話はどうでもいい。俺が言いてえのは、あいつを連れてきた公爵が責任とって辞めさせられてんのに、諸悪の根源であるあいつがのこのこ学園来るのは妙だと思わねえ？　ってことだ」

「……どういう意味です？　公爵って、私が襲われた事件の責任で辞めたって――」

確かクラウスが手紙で言っていた「理事の一人である公爵が辞めさせられた」というのは、私の事件が理由だったはず。

「いいや？　辞めたのは学園の警備の管理に関わる人間を管理する理事でもなく、ヘレン・ルキットを招き入れた理事だ。そいつがお前の事件の責任被って辞めさせられてんの」

クラウスは「頭が良くなりますように～愚か者を救いたまえ」と私の頭を撫でまわす。不躾な手を払いのけると、彼はよりいっそう楽しそうに笑った。

「都合のいいトカゲの尻尾切りだろうなぁ、ちょきちょきってか。ひひひ」

「トカゲの、尻尾切り……」

「なあ、ミスティア。ヘレン・ルキットのこと、お前、どう思う？　嫌いか？」

なんで突然そんなことを聞かれなきゃいけないんだ。疑問を感じて見返すと、「答えないとレイド・ノクターにお前の隠れ場所ぜんぶ言うぞ」と脅迫をしてきた。

「……好きですよ」

「だろうなぁ……。ひひひひひ。だからだろうなぁ……奴が守られてんのは」

「は？」

「争乱の賽を振るのはてめえだってことだよ、ド根暗馬鹿お嬢ちゃん」

クラウスの真意が読めず、私は窓に目をむけた。すると、ルキット様から離れたところに、アリスが歩いていた。クラウスはアリスを指差し、「あ、貧乏人」と呟く。

「……そういえば、なんでアリスさんが平民出身って知ったんですか」

前々から疑問に思っていた。貴族学園に入学し、かなり早い段階でクラウスがアリスは平民であると知っていたことを。

「あれだ。アリス・ハーツパールの住んでるとこは、我が、セントリック家の住処に近えんだにゃー」

「え」

クラウスが「にゃあ」と猫のような手付きで私の頭を突き刺した。痛いけど、それよりもアリスの家とクラウスの屋敷が近いことが気になる。ゲームでそんな描写はなかった。

「んにゃあ？　そういや……」

クラウスは考え込む。私に背を向け、壁を人差し指でトントン叩きながら、絵を描くようになぞり始めた。

「アリス、あいつたしか前住んでたところ、かかったら死ぬよーな疫病流行ってお高い上位の貴族共、死滅しまくってたよなあ……」

「ああ、聞きました。大変だったって。ご両親が飲食店を経営されていて、大変だったみたいですよ」

「その中に……いたはずだなあ……だから今年は代理で来年から……理事長に……」

顔を覆いぶつぶつ言う彼は、心の底から楽しそうにみえる。なにか先程の言葉に、不幸のヒントでもあったのだろうか。

「ルキットの公爵は……フィルジーン派だよな……？」

「あの、それがなにか……？」

「となると、もしかしたら……、結構な爆弾抱えてるってことか……？」

クラウスの顔を覆う指が、少しずつ開いていく。やがて金の瞳がきらりと輝いた。

「あははははははは！　やっぱり俺の見立ては正しかった！　てめぇはゴミつまんねぇ奴だがやっぱり最高だぜ！　親愛の口付けでもしてやりたくなるくらいになあ！」

「え？　というか爆弾ってなんなんですか」

「なるほどなあ、そりゃ、ばたばた消えてくわけだわ、てめぇの周りの人間が」

アリスの素性と、今年の理事長についていったいどんな因果関係があるんだろう。それに、私の周りの人も。

「あの、先ほどから言っている意味がわからないのですが……」

「誰だって、てめぇみてぇな馬鹿以外、権力には逆らえねぇってことだよ、この世界ですべてを支配するのは、愛でも正義でもねぇ、金と、血と、権力だからなぁ！」

そうして、一人なにか真理に辿り着いた様子のクラウスは、音楽室から出ていったのだった。

放課後、私はアリーさんと用務員室へ向かった。ノックすると中から返事が聞こえ、中へと入る。

「お久しぶりです、アリーさん」

「ミスティアさん！　どうぞどうぞ、座ってください」

彼に促され、お言葉に甘えて用務員室のソファに座る。何だか、酷く懐かしい気持ちだ。安心する。

「ああ、よければ紅茶、どうぞ、丁度淹れたてだったんです」

「ありがとうございます」

久しぶりの用務員室もアリーさんも、特に変わりはない様子だった。彼はテーブルに紅茶を置き、いつもどおり私の向かい側に座ると、不安げに自分の手を握りしめる。

「……もう、大丈夫なんですか？」

「はい、その節は本当に、お世話になりました。ありがとうございます」

「いえ、僕は当然のことをしたまでです。ミスティアさんに感謝して頂けるようなことは、なにも」

絶対に、そんなことない。あの場にアリーさんが居なければ、私は死んでいた。間違いなく。ジェシー先生も、彼も、自分の命を顧みずに私を守ってくれていた。目の前に殺されかけた子供がいたら、助けるのは大人の責任かもしれない。でも、いつもそう心に留め置くことと、実際その現場に居合わせた時、どう行動するかはきっと違う問題だ。

「……あの人が言っていたプレゼントも、アリーさんが片付けていてくれていたって聞きました」

「あれは、誰か特定の靴箱や机ではなく、その学年もクラスも時々によって違っていたので、なにかの作業かと思って片付けていたんです。なので故意に荒らされていたなんて、思っていなくて……まぁ、頭のおかしな人の行動を当てることは難しいですけどね」

男子生徒は妄想によって、様々な女子生徒に執着したらしい。たしかにあの瞳は、間違いなく一つの狂気に染まっていた。ノクター夫人を襲った、あの男と同じ瞳。一人を殺そうとする、狂気の瞳。それが妄想でたまたま私に向かったらしいけれど、どうも納得できない。アリーさんと話をするまでそう思っていたけれど、今は不思議と納得できた。

「ミスティアさんには、なんの落ち度もありません。あれは、事故のようなものです。……なので、あの事故のことを無理に思い出して、自分に落ち度が無かったか、探したりなんかしては駄目ですよ」

アリーさんが、優しい声色で話す。前髪に隠れた瞳はきっと不安と、思慮に揺れているのだろう。

「僕にお礼なんていいんです。ミスティアさんが楽しく学園生活を送ることが、僕の役目です」

彼は、じっと自分のティーカップを見つめている。紅茶の湖畔《こはん》に映り込んでいるであろうその瞳を、こちらが窺い知ることはできない。でも、どちらの瞳も悲しげにしているかもしれない。

「どうですか、あれから。不安になったりすることはありませんか？」

「いえ……、今は、あまり」

「怖いことは？　夢を見たり、なにかが恐ろしく感じることは？」

「ありません」

「そうですか、なによりです」

アリーさんが紅茶を一口飲む。私も同じように紅茶を一口飲むと、ぽつりと彼が呟いた。

「あの男は投獄されて、もう出てくることはあり得ないと聞きました」

「そうなんですか？」

「はい、人を襲ったということもありますが、なにより貴族学園で刃物を持って暴れた、ということが大きいと思います。なので、なにも心配しないでください。貴女と会うことは、二度とありません」

裁判は、まだ開かれていないはずだ。それなのにもう決定したということは、相当学園側が動いたということだろう。アーレン家にさすがに司法をどうにかする力は無い。

「なので貴女の危険はありません。忘れてほしいなんて簡単には、言えません。……だから、楽しい話をしましょう、少しずつ、いつも通りに戻れるように」

アリーさんは、そう言って穏やかに笑ったのだった。


テストを終え、一週間が経過した奉仕活動当日の朝のこと。私は集合場所である校庭に立っていた。本日は教室ではなく、校庭でホームルームをして、班で分かれ馬車に乗りそれぞれの目的地へ向かう。そして私はアリスたちとフォルテ孤児院に向かわなくてはならない。

「おはようございます、ミスティア様っ！」

「あぁ、ルキット様おはようございます」

ルキット様がアイドル顔負けの微笑みを見せる。朝からキラキラだ。すごいなあと朝からプロ意識に感心していると、彼女がぐっと近づいて来た。

「あんたが来ないせいで、ずっと一人で俯いて笑ってる気味の悪い貧乏女と、辛気臭い根暗眼鏡に挟まれて馬車乗るところだったのよ。次からもっと早く来てくれないかしら」

根暗眼鏡……は確かルキット様がロベルト・ワイズを示す言葉だ。彼に根暗感は無いけれど……。

そして気味の悪い女。同じ班の女の子はアリスだけだ……ということはアリス一択になる。

え、アリス俯いて一人で笑ってるの？

「ふふ、んふふふ、むひゅふ、へへへ」

不思議に思いながら十三班が乗る馬車に向かうと、たしかに俯いて一人で笑うアリスと、じっとしているロベルト・ワイズがいた。ルキット様の顔を見ると、諦め、うんざり、絶望にも似た、死んだような目をアリスに向けている。おそるおそる、私はアリスとロベルト・ワイズに挨拶をした。

「おはようございます……」

話しかけてみると、両方とも顔色が変わった。特にアリスの変化は凄まじい。さっきまで「むひゅふ」とか言っていた人物には見えないほど、爽やかさが出ている。ヒロインスマイルを浮かべ始めた。

「ミスティア様はアリスさんの隣に座ってくれます？　いつも座席お隣ですから、その方がいいですよね？」

ルキット様がすかさずといった調子で私の横をすり抜け、ロベルト・ワイズの隣に座った。

二人の座席にまだ一人分の余裕がある。出来ればルキット様の隣に座りたいけれど、三対一の並びでアリスを一人にして座るのはそれはそれで苛めのようだ。レイド・ノクターもいないし大丈夫か……とアリスの方を見ると、彼女は満面の笑みを浮かべていた。

「ミスティア様、時間が来るまで馬車の中で待機だそうです。御加減はどうですか？　窓、少し開きましょうか？　それとも奥のお席のほうがいいですか？　替わりましょうか？」

「ここで大丈夫ですよ、ありがとうございます」

「いえ！」

なんだろう。なにかアイドルに対するマネージャーみたいだ。不思議に思っていると、閉じたはずの馬車の扉が開いて、レイド・ノクターの姿が現れた。

「おはよう、みんな」

ホラー映画で命からがら脱出する時、突然車を開くゾンビを見たことがあるけど、今の彼の開き方は完全にそれだった。というか、彼が何で来たんだろう。点呼かなにかだろうか。

「この班は、もう揃ってるんだね」

やっぱりそうか。これまでの「レイド・ノクター来ちゃった事件」というかかなり凄惨《せいさん》で、忌《い》まわしい事件の走馬灯があやうく再生されるところだった。

そうだよね、突然レイド・ノクター加入とか、そんな訳わかんないこと早々起きるはずが……、

「実は僕、この班に急遽入ることになったんだ、よろしく。ここ座るね」

「私ちょっとそ……」

「奉仕活動の時に使うエプロン、先生から預かって来たんだけどそこに置いてもいいかな？」

「ええ、今詰めますわ」

最悪なタイミングが重なり、レイド・ノクターがルキット様の隣に荷物を置いた。そして私の隣

に座る。彼は御者に出発するよう伝えて、馬車が走り出してしまった。

「実は僕、孤児院に興味があって、交代してもらったんだ」

誰かがここに来た理由を聞いたわけでもないのに、レイド・ノクターはひとりでに語りだした。あれだけ「レイド様！」と慕っていたはずのルキット様すら、彼を警戒しているし、周囲には気まずい空気が流れていた。もっと言えば、アリスが形容しがたい、とんでもない顔をしている。

私は考えることをやめ、フォルテ孤児院に到着するまでのあいだ、置物に徹したのだった。


御者からフォルテ孤児院の到着を知らされ、馬車を降りると、そこは懐かしい景色が広がっていた。暗い薄橙色の壁に、青みがかった灰色の屋根。縦型の窓が並ぶその建物は、施設と言うよりは二階建ての小さな城にも見える。敷地にはゆとりがあり、小さな学校にも見える建物――フォルテ孤児院だ。

懐かしい。幼少期は定期的に来てはいたけど、確か直近で来たのは入学前だ。入学してからは顔を出していないから、約三か月ぶり。門の近くには院長が立っていて、目が合うと彼は静かに微笑んだ。

「ようこそ、フォルテ孤児院へ」

院長は御年六十歳の初老の男性であり、舞台俳優のような雰囲気がある。確か十年ほど前に前任が辞め、後任で入ったから、院長として勤めて今年で十年目だ。

「おはようございます」

「おはようございます、ミスティア様……ではなく、本日は学園の奉仕活動でお越しとのことで、ミスティアさん、ですね」

「はい」

院長の言葉に頷くと、彼は改まった様子でぐるりと奉仕活動の面々を見回した。

「本日は、遠いところからはるばるお越しいただき、誠にありがとうございます、院長のバースと申します、見ての通りの、平民でございます。しかし奉仕活動の間だけは、私の指示に従ってくださいませ。どうか、ご理解、ご協力のほど、よろしくお願いいたします」

再度静かに礼をする院長。こちらも合わせて礼をすると、彼は門の扉を静かに開いたのだった。


エプロンに着替え、院長に通された先はいわゆるプレイルームだった。

大体幼稚園くらいの年齢の子供が、わんぱくに遊んだり元気に知育活動をする部屋である。

そうしてプレイルームに通され、一人ひとり子供達の前で自己紹介をして、じゃあ子供たちと遊んでくださいと放り投げられ、今に至る。

「レイド先生っ。絵本呼んでーー！」

「わたしもーー！」

「うん、順番にね。守れるかな？」

女の子の黄色い歓声に目を向ける。私の後方では、女の子がレイド・ノクターを囲んでいた。彼と対照的なのがルキット様だ。彼女は私の斜め前方で、男の子に囲まれている。

「ヘレン先生、結婚してください」

「うん！　おーきくなったらね」

男の子の突然の求婚に対して、模範解答を繰り出し可愛く微笑む姿は、街のモニターに表示される化粧品広告として表示されても違和感がない。隣では、ロベルト・ワイズが子供たちの質問攻めにあっていた。空が青いのはなぜ、草が緑なのはなぜとの子供たちの質問に、専門家顔負けの解答をしている。

本来であれば子供たちはきょとんとしてそうだが、子供達は熱心にメモを取っていて、まるでロベルト・ワイズの周囲だけ、講義が開かれている状態だ。

そして前方にはアリスがいる。アリスの周りは、なんだかとても「メルヘン」の感じがある。にこやかに読み聞かせをする彼女。男女問わず集まる子供達。若干ミュージカル映画のワンシーンのような、普通じゃない感じも出ているけれど、彼女はこの世界の絶対的ヒロイン。いわばプリンセス。キラキラオーラを発している。

私はというと現在、子供たちと一緒にぬいぐるみを用いて模擬葬式だ。遊んでいる、男女問わずの子供たちだが、ほかの四人と異なるのは全員顔見知りの相手ということだ。始めの自己紹介だって、「こんにちはミスティア・アーレンと申します」「知ってるー！」基本この繰り返しだった。

「ねえミスティア様、ほかの人は皆ミスティア様のお友達なの？」

眠れる熊の蘇生方法、もとい次の展開を考えていると、布を持っていた少年——スワンが首を傾げて質問してくる。しかし、即座に彼の弟であるオーツが否定した。

「ミスティア様は前に苦手なのなあにって聞いたら、友達作りって答えてたから違うと思うよ」

たしかにそれは言った。「一番苦手なことは？」と質問され、「対人に難があり人と接することが困難」なんて答えられないから、「友達作り」と答えた。

違う答えにすればよかった。子供達は楽しそうに私の友人関係の予想を立て始める。

「ミスティア様は私たちに嘘吐かないよ。同い年の人と話すのは特に大変って言ってたもん」

「なら、いても一人くらい？　皆じゃないよね、多分」

「誰だろー」

「ぼく、眼鏡の人が怪しいと思う！」

「私はねえ、あの髪の毛ふわふわの二つに結んでる人だと思うの」

「ほら、おままごと再開しましょう。私の友達については、おいおいということで……」

「えっ、ミスティア様、貴族の人が通う学園にお友達、いないの？」

皆があっと驚いた。フィーナ先輩とエリクというれっきとした友人が居なければ、無邪気さにめった刺しにされているところだった。

「いますよ、大切な友達が二人」

「本当？　良かったね！」

「じゃあ、学園に好きな人はいるのー？　結婚したい人は？」

しみじみと子供達の成長に胸を熱くしていると、私の裾をテイラーが掴む。彼女が悪意なくこの質問をしてきたことは十分わかるけど、聞かないでほしかった。

「いませんよ」

「じゃあ、あそこのレイド先生とロベルト先生どっちが好き？」

「あの、それ以前に……うーん、私……恋愛、できるんでしょうかね……」

呆然としてそう呟くと、子供達は私をじっと見た後、なんだかとても気まずそうな、哀れむような微温い目でこちらを見てきた。

「ミスティア様、大丈夫だよ」

「そうそう、恋はするんじゃなくて落ちるって言うし」

「ミスティア様を好きな人は、きっといっぱいいるから」

ぽんぽんと私の背中をさする子供たち。今までさする側だったけれど、さすられる側になる日が来るとは……。私はしんみりしながらも、奉仕活動を頑張ろうと心に決めたのだった。


奉仕活動二日目の昼のこと。私は鶏に囲まれていた。

孤児院では食育のために鶏を飼っていて、大体朝から昼にかけて卵を回収したり鶏の世話を行う。そして今日、私たちも卵の回収に参加することになった。鶏好きからしたら、たまらない光景だろう。しかも鶏は私にひっついてくるために、鶏の王みたいになっている。子供達は鶏に囲まれる私を見て、「ミスティア様閉じ込めてるみたい」ときゃっきゃしていた。さらに私が鶏を引き寄せることで卵の回収がしやすくなるため、助けてくれそうもない。

「どかないと唐揚げにしちゃうぞー」

ぼそっと呟いてみるも、当然通じない。さりげなく餌《えさ》を遠くに蒔《ま》いたりしたものの、お腹がいっぱいらしく微動だにしない。一匹ずつよけていこうかと体勢を低くしようとしたら、鶏たちは一斉に肩にのしかかろうとした為、それも出来ない。子供達が卵を集め終えるまで、このままでいるしかない。

「人間鶏集め機……」

「君はいったい、なにをしているんだ？」

鶏の群れの向こうにロベルト・ワイズが立っていた。どうしようもない冗談を聞かれてしまった。

私はいったい何を言ったんだろう。殺してほしい。おそるおそる彼の様子を窺うと、こちらを驚愕の目で見ていたものの、視線は鶏に釘付けになっていた。

「なにが起きてる」

「人質ですね」

「……は？　待ってくれ、今、そこへ行く」

一匹一匹、丁寧に鶏を除けていくロベルト・ワイズ。一瞬つつかれるのではと不安がよぎったが、鶏は特に抵抗することも、彼に乗っかることもなく置物のように静かに除けられていく。羨ましい。

やがてロベルト・ワイズは鶏をかき分け私の目の前に到着した。けれど彼がかき分けた道は、当然のように彼が居なくなれば鶏に埋められる。

「どういうことだ……これはいったい」

「私が除けようと屈むと乗ってきまして。強行突破も考えましたが危ないかなと。それで子供たちが戻ってくるまで、こうして棒立ちの状態と言うか」

「そうだったのか……じゃあ、俺が除けていく。君は一度この柵の外に出た方がいい」

そう言ってロベルト・ワイズはこちらへ来た時と同じように鶏を除けていく。後ろをついていくと、鶏たちは私の後方にぴったりとついて来た。彼が鶏を除けていっているのは分かっているけれど、鶏に追い出されるように誘導されている気がしないでもない。

「よし、出口だ。このまま進めば出られる」

ロベルト・ワイズが柵の扉を少し開き、こちらを出るように促す。言うとおりにすると、彼は自分も出て慎重に扉を閉じた。

「すみません、ありがとうございます、助かりました」

「いや、君は俺に感謝なんてしなくていい。されるようなことはいっさいしていない。じゃあ、俺は卵を運んでくる」

自然な流れでロベルト・ワイズと別れ、私は鶏小屋の見張りを再開した。さっきの状況が私ではなく、アリスならば良かったのだろうか。ふとそう思った。


「ミスティア様大変！」

奉仕活動三日目、孤児院の子どもたちとのんびりと窓を拭いていると、スワンがこちらに向かってきた。かなり緊急事態のようで、半ばパニックになっているのが目に見えてわかる。

「どうしました？　なにがあったんですか？」

「あのね、アリス先生の腕が取れちゃいそうなの、助けて！」

彼について行くと、アリスがなにかを抱えるようにしゃがみこんでいた。

「ミスティア様連れて来たからもう大丈夫だよ！　アリス先生！」

スワンがしゃがむアリスに声をかける。よく見ると、アリスの右腕はすっぽりと壺に入り込んでいた。腕が取れちゃうというのは、おそらくはまって取れなくなったということだろう。

「……ミスティア様」

アリスが私を認識したらしい。顔が真っ青になった。そんなに怯えられてしまうと、とても困る。

「大丈夫ですか……？」

「いえ、き、気にしないでください、洗ってたら、私、この壺、気に入っちゃって、ははは、取れないなんてことは無いです。はははは」

アリスは冷や汗をかきながら、目をぐるんぐるん泳がした。絶対に、取れなくなっている。

「取れなくなってますよね……？」

「斧を貸してください。腕を切ります。人様にご迷惑をおかけするこの腕は、我が人生に不要です！」

「人間の身体より大切な壺なんて存在しません。ちょっと待っていてください」

周囲を確認すると、ちょうど掃除中ということでバケツと水があった。近くの子供たちにアリスが変な気を起こさないよう見張りをお願いして、私は流し場へと向かう。そして石鹸を取ってきた。

そのままバケツの水で石鹸を溶かし、その水をアリスの腕と壺の口の間に流し込むようにかける。

ゆっくりとアリスの腕を動かすと、するっと引き抜けた。

「石鹸水使って一気です。腕切る必要なんかどこにも無いんですよ……じゃあ、逃げましょうか」

「逃げる？」

アリスが首を傾げた。

……逃げる？　思わず口から出た言葉だけれど、なんだ？　自分でもよくわからない。

「いや、あー……なんでもないです。えっと、壺……よろしくお願いします」

「はい！　ぴっかぴかにします！　ありがとうございました！」

敬礼するアリスに一礼して、その場を後にする。なにか、頭が痛い。手が石鹸水でぬるつく。その手の感触が、前にもあったような気がしてならない。

「前にも、した……？」

「ミスティア様？　どうしたの？　なにか嫌なことあったの？」

自分の手のひらを眺めていると、いつの間にか隣にいたオーツがこちらを心配そうに見上げていた。

「いいえ、ちょっと考え事をしていただけですよ」

「ちょっとって、どんな？　ちょうどいいから、遊戯室に行くまで聞かせてよ」

振り返って、絶句する。そこにいたのは、レイド・ノクターだった。

「遊戯室の整理をしていたら、君に関わるものが色々と出て来たから、探していたんだ」

「私に関わるもの？」

「うん、君の描いた絵とか、色々と出て来てね。バースさんは置いておいてほしいみたいだけど、最終的にはミスティアに任せるって」

レイド・ノクターと一緒に、孤児院の廊下を歩く。どうやらプレイルームへと向かっているみたいだ。

それにしても、私の描いた絵なんて嫌な予感しかしない。メロですら「素晴らしい作品なので凡人には理解できないでしょうね」とかなり微妙なコメントを残すくらいだ。事故の匂いがする。

「是非とも焼却処分の方向で進めたいです」

「それは駄目なんじゃないかな。子供達も喜んでいたし。そういえば、君の専属侍女とはここで出会ったそうだね。侍女と描いていた絵もあるのかな」

「はい。たぶん――」

メロとの思い出。たしかにここには彼女との思い出が詰まっている。

でも、考えてみるとこの孤児院に来て、メロとの記憶が甦《よみがえ》ってくることが本当に無い。

出会ったのは、たしか、冬で……孤児院で？　屋敷で？

それすら記憶がない。四歳の時に、メロと出会った。それは間違いないはずだ。でもどうやって出会ったか、なにを話したか覚えていない。

「……」

「ミスティア？」

「あ……ごめんなさい。なんでもないです。ははは」

どうして忘れているんだろう。メロは大切な友人であり、家族だ。ほかの使用人の皆との出会いはすべて鮮明に覚えている。なのに、メロだけ思い出せない。描いていた絵を見れば、思い出すだろうか。

「ほら、ちょうどそこの棚に隠すように置いてあってさ、裏に君の名前があったから驚いたよ」

プレイルームに入ると、レイド・ノクターが数枚の画用紙をこちらに渡してきた。

裏にはたしかに、幼少の私の字で、私の名前が書かれている。絵も、私の描いたものだ。私のお気に入りの話。メロとよく読んでいた話だ。私はたしかに、メロとここに、いた？

画用紙をぺらぺらと捲っていくと、前に図書館で見た、絵本を踏襲したような二人の絵が描かれている。完全にモブ村人の装いをした私。そして、もう一人、同じように村人の装いをした短い髪の、女の子。メロ……にも見えなくはないけれど、髪の色は彼女より暗く、瞳は橙のような色をしている。

「誰これ……？」

「どうしたの？　ミスティア」

絵をじっと見つめていると、レイド・ノクターが私の隣に立ち、絵を覗き込む。

「一人はミスティアだね、もう一人の子は……」

「たぶん、メロだと思います……なにかいろいろ、違いますけど」

たしかに、メロと読んでいた本の服だ。髪型はメロに似ているし、雰囲気もどことなく似ている。違うのは髪と瞳の色だけだ。絵を描いて、色をつけるものが無かったのかもしれない。

「そうなんだ。今度どんな本か、僕にも教えてよ」

「はい……」

返事をしながら、絵を折り畳んで、エプロンのポケットに入れる。絵は置いておくつもりだったけれど、なんとなく持っておいた方がいい気がした。

「それにしても、君は小さい頃、よくここに通っていたそうだね」

「まぁ、はい」

「僕と出会う前の君、どんなふうだったんだろうね」

「今と変わりませんよ」

「そう？　どんなふうに遊んだり、どんな話をしていたの？」

「今と同じ、あんまり人と関わらない感じだったので、遊んだり、話をすることは、あまり……」

「でも、孤児院にはよく通っていたと聞いたけど」

「まぁ、そうなんですけど……」

小さいころ、というかエリクに出会うまで、貴族の友人なんて一人もいなかった。それを見た父は、私をよく孤児院に連れていってくれた。

ということをありのまま伝えるべきか悩んでいると、レイド・ノクターは私を一瞥した後、徐にそばの棚へ手を伸ばした。

「ほら、チェスセット。これもさっき、絵と一緒に見つけたんだ」

レイド・ノクターの手にある、チェスセット。既に駒が並べられており、いつでも戦える状況だ。

「はじめて出会った時、一緒にやったよね」

「はい……五年前、ですよね」

「実は、君とやったチェスボードは、父のものだったんだ。父は、母の使用人だった過去があってね、その時、よくチェスをしていたらしいんだ。会話するより、ずっと、相手の心が見えるからって」

あのチェスセットは、かなり古そうでありながら、よく手入れされているものだった。それは彼の両親から大切に受け継がれていたからだったのか。

「今日、君としたいと思ったけれど、黒も白もキングが両方無いから、するのは難しそうだ」

盤を見ると、両方のキングの座が空席だった。じっと空席のキングを眺めていると、ぼんやりと霞《かす》みがかったような映像が頭に流れ込んでくる。

誰かが、黒のキングを持って、私は、白のキングを持って、キングが無ければ、誰もこのチェス盤は使わないからと、そう約束をしている、そんな映像が。でも、いったい誰と私はこの約束を……?

「……あの時から君は僕のことを——ミスティア?」

レイド・ノクターに問われて、はっとした。同時に、霞みがかった記憶が一瞬だけ鮮明になる。

黒髪とも灰色ともいえない、暗い髪をした女の子がこちらを見て、泣きそうな顔をしながら、こちらに手を伸ばす。彼女は少しだけ乱暴な言葉遣いで、そっけない。

そうだ、あの子と、確かに私は、このチェスセットで遊ぶ約束をして、勝ち負けを繰り返した。

「メロ……?」

でも、その子がメロであったのか思い出せない。メロなのか、そうじゃないかも、分からない。

いったい、その子は、誰なんだろう。


私の知らない、でも知っているはずの子供がいる問題。それは昨日、メロの日記によって無事解決した。というのも、昨夜メロの部屋に行きあの絵を見せたところ、彼女は自身の日記をぺらぺらとめくり読み込んだ末に、「私ですね」と答えたのである。

ちなみにあの村人の絵は村人ではなく、「初期装備の人たち」らしい。間違いなく私の言葉だろうなと思う。絵と髪色が異なっているのは、おそらく色が無かったとか、そういうことなのだろう。

しかしながら、はっきりとは思い出していないせいか、なんだかもやもやと霞みがかったような気がする。


そうして迎えた四日目。今日は奉仕活動最終日だ。

順番通りに行けば十五歳以上の部の子供達と接する日だけれど、まぁ十五歳以上の子供たちは、普通に勉強をしている。教育実習的な活動ならまだしも、今日は奉仕活動。邪魔をしてはいけないと、またプレイルームにてちびっ子との触れ合いである。

子供たちと遊び、彼らはお昼寝をしようと別室へ、私は水分補給をしに水場に来ていた。水を飲み終え、気を引き締めていると、ロベルト・ワイズが物を運ぼうとしているのが視界に入った。

おそらくおままごと用の人形を出しているのだろうが、子供たちに手伝ってもらっているといえど、明らかに手が足りていない。人形の頭部はロベルト・ワイズの人差し指でかろうじて支えられ、馬の人形は彼の親指の力で顔を潰され、完全に原形を保っていない。

それに箱のせいでロベルト・ワイズは前が見えていないようだ。このままでは危険すぎる。

「手伝います」

「えっあ、いい。俺が運ぶ――」

私は彼の視界を塞ぐ箱を二つ取った。ついでに、指で支えられている人形たちも救出していく。

「ミスティア様もおままごとするの!? じゃあ僕もやる！」

「私もお手伝いする！」

荷物を運ぼうと一歩進んだ瞬間、子供たちがわっと集まってきた。運ぼうと思っていた私の箱も、ロベルト・ワイズの運んでいる箱もみるみるうちに子供達の手に渡り、一瞬にして消失していく。

「ミスティア様！ 今日天気いいから外でしよ！」

「外で、暑さで家族が倒れちゃって、たまたまお医者さんが遠くに居て、応急処置を自分たちでしなきゃいけない設定ね！」

子供たちは楽しそうにおままごとを始めていく。しかしロベルト・ワイズは怪訝な顔で私を見た。

「……あの妙に具体的な設定はいったい……」

「ああ、あれは訓練です」

「訓練？」

「なんていうか、目の前の人が突然倒れたとして、なにかしら知識があれば、助けられる可能性が上がるじゃないですか」

人は、「僕今から血噴き出して倒れまーす」なんて言って倒れない。いつも突然だ。私だって突然トラックに轢《ひ》かれた。「今からトラックに轢かれまーす」なんて宣言して轢かれてない。

私だって想像していなかった。運転手だってそうだった。事故はそういうもの。それと同じように、いつなにが起きるかわからない。だから、応急処置とか、いろいろ調べた。

「そんなことまで……」

「人を助けることに資格は不要ですからね。医者になるには、もちろん必要ですが……」

「そう……か」

「はい、ふわっとした感じですよ」

「……俺は、君を知るたび、己の愚かさを知る」

ロベルト・ワイズが俯いた。彼は孤児院に来てから、日に日に元気が失われているような……。

「ミスティア様！　ロベルト先生遅いよー！」

「早く来て！　はーやくぅっ！」

子どもたちが、呼んでいる。

「行きましょうか」

「ああ」

ロベルト・ワイズと共に、私は中庭へと向かう。子供たちの笑顔は、庭で咲き誇る向日葵のようにきらきらと輝いていた。

奉仕活動最後の時間は、お別れ会だった。子供達から四日間の感謝のお手紙を貰い、半ば表彰されるような形式で、私達は孤児院の子供たちとお別れした。

「わたし、将来ここで働きます……！」

お別れ会を終え、戻ってきた応接室でアリスは手紙を見つめ、涙ぐんでいる。ルキット様の方を見ると、「読み辛いわね」と言いながらも手紙を大切そうにしている。

なんだか、今のルキット様が本当の彼女の姿だな、と思う。最初のころは、危機的状況に置かれていて、いろいろ精神的に不安定だったのだろう。

仲良くなれるといいな、これから。

といってももう夏休みに入るし、会う機会は再来月だ。再来月からは、宿泊体験学習、その次の月は前世時代で言う文化祭、そしてミスティアがアリスのドレスを裂いたりするダンスパーティーがある。

念の為、あの準備もしておかないと。……仕立て屋に行って……。

「ミスティアさん？　何をしているんですか？　もう皆さん馬車の方へ向かってますよ？」

手紙を読んでいたルキット様が、いつの間にかエプロンを脱ぎ部屋の外に立っていた。いけない。完全にぼーっとしていた。

私はエプロンを脱ぎ、さっとまとめ慌てて部屋から出る。ルキット様は既に廊下をすたすたと歩いていた。一度、部屋に忘れ物が無いかぐるりと見渡し、私は扉を閉じる。

「ミスティアさん」

ルキット様が歩く反対側に、院長が立っていた。彼は何か厚いものが入った、少し膨らんだ大きめの封筒を持ちこちらに向かってくると、それを差しだしてくる。

「今日までお疲れさまでした。どうか、これをお受け取りください」

「え」

「貴女に、それを託します。誰もいない時、誰にも見られていない時に見てください。どんなに信用している方にも、決して見せてはなりません。お屋敷の中も、です」

言われるがまま、差し出された封筒を受け取る。いったい、この封筒はなんだろう。顔を上げると、院長は幼子をあやすように笑っていた。

「奉仕活動で、貴女がここに来ることは、あり得ないと思っておりました。けれど、貴女はたしかにここに来た。運命の巡り合せは不思議なものです」

「え……？」

「昔であったら私はきっと消されていたのでしょうが、今ならば、私はずっとここに在り続けることができる。過去の貴女なら絶対に手にすることが不可能だったそれを、今、貴女は持っています」

院長の、いつもどおりの芝居がかった口調だ。でもその声から紡がれる言葉のひとつひとつは、とても大切で、聞き逃してはならない気がした。

「私は、台本に忠実な役者でありたい。けれど、即興劇もこの上なく好きなのです……」

院長に手を差し出され、私は握手をした。彼は私の手をぎゅっと握り、手を離す。

「それでは、お時間です。奉仕活動、お疲れ様でした。馬車までお見送り致しますよ」

彼は私をエスコートするように、孤児院の廊下を歩いていく。私はどこか不思議な気持ちで、封筒を抱え、孤児院を後にしたのだった。

孤児院から帰ってきた私は、念の為夕食を済ませた後、就寝ギリギリまで封筒を隠していた。そして部屋の電気を消し、さらに三十分ほど待った後、部屋の外に誰もいないのを確認して、封筒をベッドの下から取り出した。

バースさんは、お道化た調子でなにかを話すけれど、嘘はつかないし、冗談も言わない。だからこそ、「殺されていた」なんてことを冗談で言うことはありえない。

だからこそ、今私の手元にあるこの封筒がなんなのか、想像がつかない。

少しだけ心臓の鼓動が早くなっていくのを感じながら中を確認すると、大きめの記録帳が出てきた。記録帳には、名簿とだけ簡素に書かれている。時期は十五年前から、五年前までの期間。ちょうど私が生まれて、十歳に至るまでの期間の孤児院に入った子供の名前、出ていった子供の名前が、性別や年齢と共に記されていた。

「あれ……」

でも、あるはずのメロの名前が、無い。どこにも、メロの名前が無い。蝋燭の火で照らして、目をこらしても結果は変わらない。メロと出会ったのは、私が四歳の頃。メロはたしか、八歳の時だ。

私は十一年前の記録のページを開いた。

「……いたいた」

よく確認すると、たしかに八歳の子供の名前がある。同じ年に入ってきた子供は、後は二歳と、三歳。八歳より上の子供はいない。間違いなく、この子供がメロのはずだ。なのにそこには、メロという女の子ではなく、「ディリア」という、私の記憶には一切存在しない男の子の名前が記されていた。

異録　暮の道

SIDE：Eric

「こんにちは」

夏休みが始まる三日前のこと。僕は台車を引く野暮ったい用務員の前に立った。ゆっくりと持ち上げられた顔は、その長すぎる前髪で隠され、相変わらず口元しかわからない。

「はい、こんにちはどうしましたか？　なにか壊れたり、備品が……」

焦ったような口調で、おろおろと話す姿に不自然な動きは見られないけれど、逆に不自然な様子が全く感じられないところが、異常だ。

前々から、こいつのことは変だと思っていた。ミスティアに気に入られて、彼女が危ない時だけ、どこかで見ていたようなタイミングで現れる。彼女が誰かに助けてもらったと話をするとき、必ずこの男の名前が出ていた。

「今日は、用務員さんに聞きたいことがあってきたんだ。用務員さんって、今、どこに住んでるの？」

「え、えー？　と、突然ですね、何かの授業の課題ですか？　学園から、少し離れたところですけど」

――どうして、そんなことを聞くんだろう。そう言いたげな声色だ。焦りは無い。普通は警戒や、貴族に対しての恐怖が声にのせられているはずなのに。

やっぱり、こいつはおかしい奴だ。嫌いだ。邪魔者だ。下手したら、あの侍女よりも。

「じゃあ、出身は？」

「まあ……自分で言うのもなんですが、貴族の方は知りもしない、それはそれは劣悪な環境で育ったもので、生徒さんのお耳に入れるなんて、憚られるほどの土地ですね……」

「……用務員さんってさぁ、いったいなんなの？」

睨んでみても、目の前の男は首を傾げるばかり。普通はひるむはずなのに、怯えはまったく感じられない。おどおどしているふりをした、化け物。

「はは、いやだなあ、僕は、用務員ですよ？　生徒の方には、あまり馴染みが無いかもしれませんが」

「正直に話す気はない？」

「……どういう意味でしょう？　申し訳ないのですが、僕はあまり頭が良くないもので……」

「実は、用務員さんの事、少し調べたんだ。ミスティアの周りで、変なことたくさん起きたでしよ？　体育祭の塗料が無くなったり、作品壊されたり。そして、そのどれも、用務員さんがミスティアのことを、助けてるよね」

「偶然ですよ？　僕は生徒さんのものを盗んだり、壊したりなんてしません！」

「知ってるよ。作品を壊したのも、塗料を盗んだのも、この間刃物を持ち出した馬鹿でしょ？」

ミスティアを、運命の人だかなんだかって勘違いして、襲った奴。潰してやろうと思っていたけど、家に火を放って死んだらしい。元々侯爵家が落ちに落ちて男爵になったとかで、火の車だったのが本当に炎にのまれたと、そう聞いた。

「でもさ、僕用務員さんのこと疑ってたんだ。犯人が馬鹿だって分かるまで。だから従僕に用務員さんを調べるよう命じた。でも、結局なにもつかめなかった」

「まあ、僕ではありませんでしたからね……なにかごめんなさい。お手数おかけして。僕がもう少しちゃんとしてたら、疑われずに済んでいたかもしれませんね……」

目の前の男は、すまなそうに頭を下げる。白々しい。白々しいし、ミスティアに好かれているから、死んでほしい。

「……でも、おかしいんだよね」

「なにがですか？」

「調べても、あんたが学園の外でどんなふうに生活しているのか、なにもかもわからなかった。用務員さんを尾行してた従僕は、毎回毎回あんたを見失う。おかしいと思わない？　訓練された従僕が、平民に撒かれるなんてありえないよね？」

この男のことを、調べ上げた。でも、履歴書に記載された情報以外、なに一つ出てこない。交友関係も、なにもかも。住所は、貴族学園の宿舎と書かれていた。でも訪ねてみると、そこにこの男は住んではいなかった。次に身元を示す住所を調べた。でも、書かれていたのは隣国の名前で、調べることに時間がかかったけど、そこに家は存在しなかった。

「そんなこと言われましても……困りましたね……僕、影が薄いってよく言われるので。たぶん、わかってもらえなかったのではないでしょうか？　それにしても怖いな、後をつけられていたなんて。貴族でもない僕が……あはは」

ここまで追及されても、男がペースを崩す様子はない。絶対的にバレない自信がある……？

なにか言ってやろうと一歩踏み出した瞬間、鐘が鳴った。

「今度は、用務についての御用で呼んでいただければ幸いです」

礼をして、用務員は台車を引いて去っていく。あいつは、得体が知れない。ミスティアに近づけさせない方がいい。でも、ミスティアはあいつのことを気に入っているみたいだから、彼女にお願いしても、あんまり良くなさそうだ。

あいつのこと、消すか。もう少し調べて、夏休みが終わったら。相手は平民だし、きっといつもより簡単にできる。ミスティアの侍女よりも。

「はー、ご主人に会いたいなぁ……」

ミスティアは今奉仕活動中だ。それが終わればまた学園に戻ってくる。夏休みは彼女とお出かけができる。そして――侍女を消すことができる。窓の外を見ると、綺麗な青空に、白い雲が浮かんでいる。きっと、今日は綺麗な夕焼けになるだろう。夕焼け。真っ赤な空。ミスティアの瞳の色。

ミスティアに会いたい気持ちでいっぱいになりながら、授業に間に合うよう、廊下を駆けていった。

逃避行ができたなら

ため息まじりに、朝の空き教室で名簿記録を読む。今日は終業式。そして明日からとうとう夏休みだ。澄み渡る快晴に、天より高い入道雲。ぎらつく太陽光。いかにもな夏。絵に描いたような夏だ。

しかし、私の心は悶々としている。それは他ならない、あの記憶の中の男の子だ。

メロは実は男の子なんじゃないか……なんて思ってしまったけれど、私は彼女の着替え中に出くわしてしまい、裸を見たことがある。

そしてメロは突然の不審者の侵入でパニックになり、なにを思ったかこちらに背中を向けず、むしろ立ちはだかるような姿勢をとってきた。今でも、ものすごく申し訳ないことをしたと思う。

さらに、あの名簿をよく見ると、その謎の男の子が出現した翌年、確かにメロはいた。

私が五歳の頃に、「メロ、八歳、女の子」と記述がされていたのだ。一年ずれているのが気になるけれど、メロはたしかに居る。「ディリアくん」が単独で存在しているのは間違いないはずだ。

他の子は記憶があるのにその子に関する記憶だけ、まるで魔法で消えたように無い。「ゲームの強制力ですよ」ならまだしも、ゲームは関係ないから余計不安だ。

「ようミスティア、気持ちの悪い最悪な天気だなあ！」

だから、背後にクラウスの声がするのは、精神不安からくる幻聴だろう。この場所は、入ってくる時に内鍵をかけた。中に人がいないのも確認したし、クラウスが居るはずない。いくら情報チートとはいえ、ピッキングチートなんてあってたまるか。しかし、手元にあった名簿が浮いた。

「は？」

「人の好意どころか人すら無視するようになったのかてめぇは。末期だなカス。医者に診てもらえ、それかこっから飛び降りて一思いに楽になれよ」

名簿を目で追えば、それを手にしたクラウスが私の隣に立っていた。

「は……？　だって鍵かけて、入ってこられないはずじゃ……」

「いいか、鍵なんか付けてる限りぶち壊されて入られんだよ。誰も入れたくなきゃそもそも扉のあるところに入ってんじゃねぇよゴミ」

鍵を壊した？　おそるおそる扉を見ると、壊された形跡も無く閉じたままだ。わざわざピッキングして、侵入して、戸締まりをしたらしい。

「ああ、安心しろ？　俺は世界で一番律儀な人間だから鍵は閉めておいたぜ、ほかの奴は入ってこられねぇ。二人きりだ、仲良くしようぜ」

けらけら笑いながら、名簿をめくるクラウスに目眩がした。奪い返そうとしても彼はするっと翻し、机の上を歩く。

「あの勝手に見ないでくださいっ、私だけにって、約束して見せてもらったものなんです」

「はぁ？　こんな古臭え帳面のどこか約束するほど貴重なんだよ。ん？　フォルテ……、これフォルテ孤児院じゃねえか!!」

　突然クラウスが私の傍にどすんっと飛び降りてきた。

「お前、お前！　抜け駆けしやがったな！　俺様に内緒でなんでこんな面白そうなもん持ってんだよ！　もう手に入れた瞬間から言えよ！　薄情だなお前はっ……んにゃあ？　おかしいな……てめーはクソ馬鹿ゴミつまんねー平和主義カス馬鹿だ。この面白さに気付けはしないはず。なのに何でこれ目ん玉ひん剥《む》いて見てたんだ？」

　クラウスが私を見て驚いている。幾度となく彼は私を驚かせてきたけど、彼が驚いた顔をするのははじめてかも知れない。

「いや……なにかこの名簿、おかしくて。時期がずれてるっていうか……私の専属侍女のいる時期、一年ずれていて。それで彼女がいたはずの時期に、まったく記憶にない男の子がもう一人いて……」

「お前、奉仕活動で、たしかにフォルテ孤児院に行ったんだよな？」

「はい」

「そこで変なことなかったか？　昔遊んだらしい身に覚えのねえ玩具《おもちゃ》とか、一緒に描いた奴が思い出せねえ落書きとか、自画像とか」

「落書きは、あるにはありましたけど、でもすぐ見つかりましたよ」

「誰だよそいつ」

「専属侍女です、日記見て、確認してくれて」

そう答えると、クラウスは目を見開いた後、お腹を抱えて笑い始めた。

「本当か⁉ 侍女が！ そうかよ！ 最高だなあ！ そんなことあんのか‼ 最高だなぁ！」

「あの……」

「ひひ、あのヘレン・ルキット拉致ろうとした奴、叩きのめした女か！ 最高じゃねえか！ やっぱりお前最高だわ！ どこもかしこも泥沼じゃねえかミスティア！ 俺と結婚するか？」

クラウスは机から飛び降り転げまわる。なにがそんなに面白いのかさっぱりわからない。いったいなにを考えている……？ やがて笑いすぎて涙を零す彼が、はぁ、と溜息を吐いた。

「いーこと教えてやろうかミスティア」

「はい？」

「てめえが教会から連れ帰って来たガキじゃねえの、こいつ」

「……は？」

「俺の近くの教会が潰れたって話しただろ。んで調べたんだけどよー……それ潰したのお前だったんだわ。バグラ教会」

「私、そんなことしてませんけど」

「まぁ、十一年前の話だからなあ！ 覚えてなくても無理ねーよ。でもなあ、てめえが地下でガキ引っこ抜いてきて、おとーたまにべらべら話して、明るみになったたって記録はたしかーにここにある。礼拝に来たアーレン家の少女が、地下で人身売買として売られていた子供を発見し、勇敢にも救出ってな」

クラウスはどこからともなく新聞の切り抜きを取り出すと、わざわざ紙飛行機にして私に飛ばした。広げると、そこにはたしかに彼の言った内容が書かれている。

少年少女の枷を、四歳とは思えない機転で外した、など、身に覚えのない内容たちだ。

「しっかしなあ、残念だったなミスティア。この新聞は、てめえの家が圧力をかけて出回らなかったらしいぜ、可哀想にな！　まぁさすがに親としては？　知らなかったと言えど？　そして正義の救出劇をしたと言えど？　可愛い可愛い娘ちゃんのミスティアちゃんが、人身売買のガキどもを捕らえた場に行っちまった！　なんて記録なんか残したくねえだろうしなあ！」

「はぁ……」

「んでぇ、問題はそこじゃねえんだよなぁ……この新聞の発売されるはずだった時期、ここだ。こと、てめえの言ってるガキが孤児院に来た時期、すんげえ一致してると思わねえか？」

クラウスが近づいてきて、新聞と名簿の記録を指で示す。確かに、時期が一致している。

前後の背景はともかく、教会から出て孤児院に入ったとしたら、この二つの時期は極めて自然だ。

「こんなに興奮できることねーのに。てめーにはその時の記憶がねえんだろ？　俺が教会潰れた話した時、お前なに一つ反応してなかったし」

そう言って、「ああ、このカス頭がこれ以上馬鹿になりませんように……」とクラウスが私の頭を擦る。人身売買をされ、拘束されている子供なんて見たら、普通は覚えている。記憶を辿ろうとすると、バグラ教会の記事を読んだとき、奴隷の刻印がされている髪の長い女の子の背中を思い浮かべた――気がする。あれ、でも、女の子……？

「俺が、バグラ教会に連れていってやろうか？」

「え……？」

「あんな土地触りたくねえって、買い手つかずに解体する人間も居ねえし。建物は当時のままましっかり残ってる。だからよく見て、しっかり思い出して、この夏を気持ちよーく過ごせばいいんじゃねえの？　俺と行くのが怖いなら、すっげえいい助っ人用意しておくから。そいつとの茶会に行くとでも言って、屋敷の連中が付き添わねえようにしてさ。くくく」

私は、なにを忘れている？　なんで今まで、忘れていたことに、気づかなかった？

「今年の夏は、何だか最高の夏になりそうだな、ミスティア」

クラウスは笑いながら部屋を出て行く。扉が開くと同時に、ぬるい風が頬を撫でた。

「なにが、起きてる……？」

思い返そうとしても、ただ頭が痛むだけで思い出せない。やがて霞む思考を食い止めるように、予鈴の鐘が鳴り響いた。

クラウスの案内のもと、バグラ教会へ向かう。不安しか無いけれど、やはり大切なメロと、記憶が抜け落ちているかもしれない不安によって、私は彼を頼ることにした。

そして、夏休みのはじめ、クラウスとの待ち合わせ当日のこと。私は屋敷と外を繋ぐ門の近くで、クラウスの用意した助っ人の到着を待っていた。

両親やメロ含む使用人の皆には、夏休みの課題研究としてセントリック家へ行く、迎えが来るから護衛も送迎もなしで大丈夫と伝えており、準備は万端。後は来るのを待つだけだ。

しかし、クラウスの用意した助っ人……今更ながらに、不安になってきた。彼のことだ。「自分の一番の味方は自分」なんて言って、いつまでも訪れない助っ人を待つ私を見てせせら笑う可能性もある。

でも、それは無いと信じたい。クラウスにとって「面白い」であるうちは、彼は協力を惜しまないはず……。疑心暗鬼に陥る思考を散らし、顔を上げる。やがて見覚えのある。むしろ見覚えしかない馬車が目の前に停まった。

そこから見覚えのある御者が出てきて、馬車の扉が開かれていく。

「じゃーん。助っ人に来たよ、ご主人！」

「エリク……？」

馬車から現れた、日差しを艶やかに反射する美しい赤墨の髪、翡翠《ひすい》の瞳。クラウスの、用意した、助っ人——その人物は、どこからどう見てもエリクだった。

「んー、風が気持ちいいねえご主人。すっごくいい気分」

馬車の窓を開き、エリクが髪を風に靡《なび》かせ、気持ちよさそうに伸びをする。私はエリクに促されるまま、ハイム家の馬車に乗って、バグラ教会のある隣街に向かっていた。けれど、さっぱり状況が掴めない。どうして彼がここに……？

「あの、エリク……先輩は、クラウス・セントリックさんの紹介で来たんですよね……？」

「そうだよー」

「ふ、二人って、お友達だったんですか？」

エリクが、クラウスの紹介で来た。それも驚きだが、エリクとクラウスが知り合いというのも驚きだ。クラウスはサポートキャラという位置づけであるから、顔見知りであってもおかしくない。でも、あのクラウスが、助っ人、協力者としてエリクを指名したのだ。ある程度の交流はあったわけで……。

「友達なんかじゃないよ。まぁ、知り合いかな？」

「い、いつから……？」

「うん、入学してちょっと経ったころかなあ。人手が必要な時に、お手伝いができないかってあっちから声をかけてきてくれたんだ。それからかな。後は顔が合えば挨拶くらいはする感じ？」

すごく、クラウスのやりそうな手段だ。

「……あの、紹介のこと、頼まれた経緯を聞いても？」

「ん？　普通に自分が案内してあげたいけど用事があるから、代わりに行ってほしいって頼まれたの」

ということは、私はただバグラ教会に興味があるだけ、って感じで話をしているのだろう。

クラウスの用事……案外後ろの方で様子を窺っていたり、と言う可能性もある。注意していないと。

「まあ、ほかの人間の案内なら絶対断ってるけど相手はご主人だしね。バグラ教会について案内する内容は聞いてあるし、立ち入り許可も貰ってるから、今日は安心して僕に任せてよ！」

「案内する内容？」

「うん、ばっちり勉強しておいたから。何が起きたとか、……何があるとか。ランタンとかも用意したし、準備も万端！」

ランタン。私も持ってきている。二人分の光量は心強いと考えていると、あることに気づく。エリクは、事件のことを知っている。それは当然だ。バグラ教会を知るうえで、あの事件を知らない訳がない。そのわりに、なぜバグラ教会に行くのかエリクはまったく尋ねてこない。普段なら、聞いてきそうなのに。もしかして、気をつかわせてしまっているのだろうか。

「エリ……」

「ふふ、それにしてもなんだか、ご主人とデートしに行くみたいだねえ」

エリクは嬉々として笑う。たしかに年頃の男女が二人、通学でもなんでもなく、馬車に揺られている訳で。傍から見れば完全にデートだ。絶対アリス、他関係各所に見られてはならない。エリクの風評に関わる。

「いやいや……」

「じゃあ、ピクニックかなぁ？　あっ！　僕ね、紅茶持ってきたんだ！　まだまだ到着まで時間がかかるでしょ？　だから一緒に飲もうと思って」

どうぞ、とカップを渡され、エリクが紅茶を注いでくれた。カップの中はくるくると渦がまいている。

「僕が淹れてきたんだ！　ねぇ、どんな味？」

「いやまだ飲んでないので……待ってくださいね」

急かされるように私は紅茶を飲む。味は、どことなくスパイスと柑橘が香っている。美味しい。

「なんだか、爽やかな味ですね、少しピリッとするようら……」

あれ、舌が回らない。何だか瞼が重い。身体が重く沈んでいくような感覚がする。

「ご主人、眠たい？」

「いや、だいじょうぶれ……す」

言葉も溶けていくような。瞼を開いているのが辛い。私は目眩に似た怠さを感じて、目を閉じた。


「ご主人、ごー主人っ！　起きてってば！」

とんとん、と頬を緩い力で叩かれて、ぼんやりと目を開く。視界に映る景色はなにもかもが見慣れないのに、こちらを覗き込んでいたのはほかでもないエリクだった。

「エリク……なんで……？　ここどこ……」

「もう昼だよ？　昨日教会着いたのにミスティア全然起きなくてさぁ、慌てて近くの街に戻って宿とって～、もう、まだぼーっとしてるじゃん！　昨日、あんまり寝てなかったとか？」

「いや……そういうわけでは……」

なんだか、まだ頭の中がぼんやりする。エリクに水の入ったグラスを渡され口をつけると、彼に貰った紅茶の独特な風味が香った気がした。

「私、どれくらい眠って……？」

「昨日のお昼からだから……二十二時間くらいかなぁ？　大変だったんだよ？　アーレン家に連絡したり僕の家に連絡したり」

「ごめんなさい」

謝ると、エリクは「いーよ！」とぽんぽん頭を撫でてくる。改めて周囲をうかがうと、私はベッドの上で、隣にもシングルベッドがあった。

「それにしてもミスティアが起きてくれて本当に良かったぁ。まぁ、教会の立ち入り許可、一から取り直しになっちゃったから、良くはないけど」

立ち入り許可の、取り直し――？

「ああ、安心してよ。セントリックにはもう一回許可が下りないか連絡してるから。ただ許可下りるとしたら最短で明日なんだって。だからアーレン家と僕の家にもまた連絡してさぁ。だから今日は、とりあえず街見たりして過ごそうよ。僕行きたいお店があるんだ！」

「な、なにから何まですみません」

「いーえ。僕ご主人と夏休み過ごせてうれしいし、気にしなくていいよ。とりあえず、お風呂入って朝ごはん食べに街に出よう？　僕も準備するから」

エリクは部屋を出ていく。私はおそるおそる支度を始めたのだった。

バグラ教会に一番近いその領地は、運送や移動は歩道だけではなくゴンドラによって行われている。街並みに流れる川は当然海へと繋がっていて、この地には川と海から釣り上げた新鮮な魚料理が食べられることでも有名だ。よって朝から豪華すぎる魚料理で朝食を済ませた私たちは、街に出ていた。

教会のことは気がかりだけど、私が寝過ごしてしまった以上、今日、教会に行くことは出来ない。エリクに迷惑をかけてしまったわけだし、せめて彼の願いを叶えられるならと観光することになった。

「エリク先輩はどこか行きたいところがあるんですか？」

「エリクって呼んでよ。もう学園の奴らなんていないし、僕たちだけなんだからさ」

「でも……」

「いーじゃん！　っていうか呼んでくれないと教会連れていってあげないもん。僕の名前で立ち入り申請してるから、僕がやだって言ったらご主人入れなくなっちゃうよ？　いいの？」

エリクがじっとりとした目で見つめてくる。教会を天秤にかけられてしまうと、もうどうしようもない。屋敷を出た目的でもあるし……。私がおそるおそる「エリク」と呼ぶと彼は嬉しそうにして、私の腕をとり「こっちの店に行きたいんだぁ！」と真っ黒い屋根のお店を指して駆け出したのだった。

エリクが入りたいと指さしたお店に入ると、どうやらそこは香油などを取り扱うアロマショップのようだった。木目調で独特な色味のランプに照らされた店内には、精油の瓶が壁沿いに所狭しと置かれている。窓を隔てて見える店の奥には、何人もの職人が精油をピペットでとり、ブレンドしていた。

「いらっしゃいませ。なにかお探しですか？」

色々と店の中を見て回っていると、やがて店員さんが話しかけてきた。エリクはすっと私の前に立つと、「予約をしていたハイムです」と答える。

「ハイム様、お待ちしておりました。奥へどうぞ」

店員さんは店の奥にある扉を開く。予約？　いったいどういうことだろう。不思議に思いながらも店員さんもエリクも進んでしまい、私は跡を追う。辿り着いたのは、レストランの個室にも似た一室だった。先ほどのお店の中は温かみのあるブラウン系の色みだったけど、この部屋は黒地の床に、ダークベースの机と椅子が二つ並んでいる。そして机には、先ほど店内で見た精油の瓶がいくつも並んでいた。

「では、こちらでいくつか選ばせて頂きましたので、後は好きな精油を選び、瓶がいっぱいになりましたらそちらの鈴を鳴らしてお呼びくださいませ」

「はい」

店員さんは私たちが部屋に入るなり、そのままさっと出ていってしまう。疑問に思ってエリクに顔を向けると、彼は私が質問をする前に「昨日さぁ、ミスティアが寝てる間予約取ったんだよねぇ」と言って、椅子をひいた。

「精油を好きなように混ぜて、自分だけの匂いを作るんだって」

「自分だけの、匂い……」

「とりあえず、座ってよご主人」

言われるがまま、私は椅子に座った。

「なんかねえ、精油って何百種類もあるんだって。だからご主人の雰囲気とかどんな子かっていうのを予めお店の人に言って、僕も好きな色とか話して、いらない匂いは全部除外してもらったんだ」

「そうなんですか……」

瓶を見てみると、ラベンダーやバラ、ローズマリーにミント、タイムなど色々種類がある。机の上にあるのはざっと数えて三十種類はあるだろう。これでも除外されているのだから、驚きだ。

「お互いの雰囲気とか、こういうの似合うなって香油作るのいいと思ってさぁ、ご主人としたいなぁって思って。どう？　やりたくない？　やだ？」

「いえ……」

「じゃあやろう？　僕ねえ、ご主人にはローズマリーとかいいと思ってて～」

エリクは精油の瓶を開きながら、早速容器に入れ始める。こんなことをしている場合かと思いつつも、寝落ちしてエリクの貴重な時間も潰してしまった以上、償わなければ。

「エリクの嫌いな匂いって、どんな匂いなんですか？」

「色々あるよ。パンが焼けた匂いとか、青っぽい石鹸の匂い」

「青っぽい？」

「あと、ダリアも嫌い。百合も駄目、あと橙と紫も桃色の花の匂いも嫌い。薔薇は赤とか黒ならいいけどそれ以外は大嫌い。あと香水も殆ど駄目」

「なるほど……私気づかない間に石鹸とかで使っちゃってないでしょうか……？」

エリクの嫌いな匂い、多い気がする。基本花類は全滅しているのではないだろうか。不安に思っていると、彼はピペットを片手にこちらに視線を向けた。

「大丈夫だよ。ご主人基本的に無臭じゃん。自然と同化してるし」

「ええ……」

「あと、ご主人は赤ちゃんの匂いがする。あと甘くて優しい匂い。美味しそうな赤ちゃん」

「かなり猟奇的な印象を受けるのですが……」

「でも、いい匂いだよ。僕は落ち着く。毎晩抱きしめて寝たら、ぐっすり眠れるんだろうと思う」

エリクは最近、よく眠れていないのだろうか。私は色々瓶の香りを嗅いでみて、落ち着けそうなものを選んでいく。クロモジに、カユプテ、香水とはかけ離れた、入浴剤で嗅いだことのある木やハーブの香りを選んでいると、彼がこちらをじっと見ていることに気がついた。

「なんですか？」

「すごい集中してるなと思って」

「集中しますよ。嫌いな香りだったら申し訳ないですし」

「どれどれ」

瓶を取っていた私の手首を掴み、エリクが顔を近付けた。「わりと好きかも」なんて言いながら、彼は今度私の手首を、私の顔へと向けてくる。

「いい匂いだね」

「なら、良かったです」

彼の顔は結構近づいてきていて、私は少し顔を離した。

「ご主人さぁ、男のこと嫌いだったりしない？」

「別に男女どちらかに強い嫌悪を持っているわけではありませんが」

「そうかなぁ。ご主人、女に対して甘くない？」

エリクに言われて、言葉に詰まる。私は自覚がないけれど、指摘されるということは誤解を受ける振る舞いがあったということだ。「そんな風に見えます？」とおそるおそる聞き返すと、「すごく見える」と頷かれてしまった。

「そんなに……？」

「うん。男嫌いって思われて、馬鹿な男がご主人に近づかなくなるのはいいけどさぁ、僕にだけは意地悪しないで優しくしてほしい！」

「エリク、私に意地悪されてるんですか？」

「常にされてる。結婚してくれない」

頬を膨らませるエリクに、肩の力が抜けた。なんだ、その話か。彼も私が安堵したことを感じたのか、より不機嫌そうな目で見てくる。

「それはまぁ、婚約もしてますので」

「じゃあさぁ、ノクターとの婚約がめちゃくちゃになったら僕と結婚してくれる？」

「めちゃくちゃにはなりませんよ」

いや、私がめちゃくちゃにするけど、さすがにエリクの言い方は不穏な感じを覚える。災害が起きたらとか、そういう感じの。

「というか、エリクは先ほどから手元を見ていませんが、大丈夫ですか……?」

「だいじょーぶだよ！　ばっちりだから。僕ほどご主人の香りに詳しい人はいないからね」

「えっと……ではよろしくお願いします」

「任せて！　僕、ご主人にはベルガモットとローズマリーと柑橘系がいいんじゃないかと思ってて」

彼はあらかじめいろいろ決めていたらしい。クラウスの代打と言っていたから土地勘があるだろうし、アロマショップに行きたいというくらいだから元から興味のあったジャンルなのだろう。今日は私が眠ってしまったことで観光をしてしまったけれど、明日こそ教会に行かなければ。

私は落ち着かない気持ちのまま、一生懸命精油をブレンドするエリクを眺めていた。

オリジナルアロマオイルが完成して店員さんを呼ぶと、完成したものを特製の硝子の小瓶に詰めて渡してくれた。口の部分が細く、下に向かってひょうたんだったりひし形の形をしている独特な小瓶と色々あったけど、私がブレンドしたのはワイン瓶っぽい、曲線を描いた部分が角ばっているようなもので、エリクがブレンドしたのは林檎に鎌が刺さった形をしている小瓶に納められた。そして私たちはアロマオイルが入った小瓶を交換して、店を出た。

「ご主人の作った僕の香り、なんだか眠たくなるねぇ、おやすみする時に使おうかな」

「あの、もしかして最近あんまり眠れてないんですか」

さっきもエリクは眠りについて少し不安になるようなことを言っていた。

「学園に入学した後も寝れないことあったけど、最近はもっと酷いんだよねぇ。進路のせいかな」

「進路ですか……」

進路。確かにエリクは二年生だから来年は三年生なわけで、進路を考える必要が出てくるのは確かだ。ハイム家を継ぐ、ということは決まっているし本人もそれを望んでいるようだったけど、漠然とした不安があるのかもしれない。

「まぁ、今は夕食のこと考えようよ。お昼に食べたクワの実とスグリのソースがかかったムース、もう一回食べることは決定としてさぁ、今日の主菜はどうする？　どんなお魚がいい？」

エリクは不安げな表情からぱっと明るい笑顔に変わり、浮かれるように歩き出す。私のひじのあたりを子供のように掴んで、周囲の店を見渡している。

「ムースは決定なんですか？」

「うん！　ご主人美味しそうに食べてたもんね」

「そんなに顔に出てましたか？」

「僕にだけはわかるよ。ご主人美味しいもの食べるときにへ～ってするもん」

「えええ……」

「安心してよー、どうせ他の奴らは分かんないから」

彼はくすくす笑いながら「何食べたい？　お昼ほかに食べておいしかったのなに？」とほほ笑む。私は「パセリの混ざった衣のフライは美味しかったですね」と返して、一緒に店を選び始めたのだった。

思い返してみれば、五年前の夏。私はエリクとずっと一緒に過ごしていた。それはもちろん彼が攻略対象と知らず、エリーという一人の女の子だったことが大きいけれど、彼がきゅんらぶの登場人物の一人だと知った後も、レイド・ノクターと異なり誘いを断るなんてことは少なかった。

それは偏に、エリクが気持ちの面で不安定だったこと、攻略対象といえど友達として約束をしていたこと、もっと言えば一緒にいて純粋に落ち着く、楽しいということが理由としてあったけど、ここ最近は前のことが幻だったかのように一緒に過ごす時間が減っていた。

「さぁて、寝よっかご主人」

湯あみを終え、明日のために早めにベッドに入ろうとすると、当然のように隣のベッドにエリクが座っていた。ツインタイプの部屋だからベッドとベッドの間にきちんと人が通れる隙間はあるけれど、そもそも同室は問題がある。

「な、え、私空き部屋に行ってきましょうか」

「なに言ってるのご主人、空き部屋なんて無いから一緒のお部屋にいるんでしょ？」

彼は「おばかさんになっちゃったの？」なんて間延びした声で言いながら、自分の枕を抱きしめる。

「本当だったら日帰りだったのに、ご主人起きないから無理に宿借りたんだよ？　一室しか借りれなかったけどさぁ、わがまま言っちゃだーめ」

エリクの言葉に、昨日今日の自分の行いを恥じた。申し訳ない。私が起きなかったせいで迷惑をかけ、挙句一緒の部屋に泊まらせるなんて……。

「せめて、ベッドの位置を離しますね」

「いいよ。っていうかもう夜だよ？　今ベッドなんて動かしたら、迷惑になっちゃうよ」

彼は「もう寝ちゃいな」と私をベッドに押し込むと、親が子供にするように毛布の上からぽんぽん叩いてくる。

「なんかこうしてると、大きな赤ちゃん寝かしつけてるみたい」

「私もそんな気がしてきます……」

「ねぼすけ日没ベッド移動騒音赤ちゃん」

「申し訳ない限りです……」

返す言葉がない。できるのは謝罪だけだ。やがてエリクはなにか思いついた顔をして、ベッドサイドに手を伸ばした。

「そうだ。僕が選んだご主人の香油、ちょっと焚いてみようよ。僕のでもいいけど、せっかくだし」

彼は慣れた手つきでマッチを使って火をおこすと、備え付けの用具をいじって香を焚いた。ふわっとローズマリーが香ったあと、鼻先に香ばしさが抜けた。新鮮だけど、いい香りだと思う。嗅いでいると、徐々に瞼が重くなってきた。

「ご主人、もうおやすみしたい？」

つん、と頬を引っ張られるけど、なんだか目がぼやけてきた。エリクの顔が笑っているのか、まどろんでいるのか、泣いているのか、分からない。

「ん……」

「そっか。ならおやすみ、ご主人。明日、新しい一日が始まるといいね」

言葉をかけられ、頷く。瞼が開けなくて、私はそのまま眠りについたのだった。


翌日、きちんと起床して、私たちは街の外れ森の、さらにその先にあるバグラ教会へ発った。

「ねえ、このまま旅に出ちゃわない？」

馬車に揺られていると、エリクは嬉々として笑う。状況的にもちろん冗談だろうけど、目や声色は本気で返答に困る。彼は「どこがいいだろう……」と窓に視線を向ける。

「どっか、遠いところがいいよね。ご主人と僕の事を、だーれも知らないところに。……ねえ、本当にこのままどっか逃げちゃう？」

「駄目ですよ、夏休みは永遠じゃないんですから」

「へへ、そうだよね」

エリクが窓からこちらに顔を向け、今度は泣きそうに笑った。

冗談か、本気か分からない。

いや、もちろん冗談のはずだ。でも、肯定してはいけないような気がしてしまって、つい否定してしまった。あまりに非現実的な話で、そんなはずないのに。もっと軽く返しておけば良かったかもしれない。

「……はい」

「……そー、だよ、ねぇ……」

エリクはまた窓に視線を向ける。今度は「あ」と声をあげた。

「ほら、ご主人！　見えて来たよ！　こっちこっち、あれがバグラ教会！　あの白いやつ！」

エリクが私を抱えるように肩を抱き寄せ、窓の外を指し示す。木々の奥に白い屋根が見えた。図書館で読んだ本でもその姿を見たけれど、それよりもっと前に見覚えがある気がしてならない。しかし、それ以上なにかを思い出すことはなかった。

どこか落ち着かない心のまま馬車に乗っていると、やがてゆっくりと停車し、ハイム家の御者が扉を開いた。エリクは先に降りて、こちらに手を差し伸べる。

「どうぞ」

「あ、ありがとうございます」

「いーえ」

エリクの手を取り、馬車を降りた。周囲は木々で覆われ、物語の中に出てくるような、森の中の教会、と表現する事が一番正しい様な、そんな場所が広がっている。そして私たちの目の前に建つのは、森の中にぽつんと佇むようにありながら、まるで森を支配するかのような純白の教会、バグラ教会だ。

「ここが、バグラ教会だよ」

エリクが一歩進み、入り口の門に手をかける。その門には、教会とはどこか不釣り合いな蜘蛛の紋章が刻まれていた。その紋章を見た瞬間、電気が走ったかのように頭痛が起きた。

さらに、映像が頭の中に流れこんでくる。無邪気に遊ぶ子供達を、ただじっと、見ている私。ふと周りをきょろきょろ見回し、探検でもするかと、私はこの教会の裏に行って……。

そうだハイム家で、エリクとお茶をした時と同じだ、私は子供達の無邪気に合わせるのに疲弊した。そして、しばらくいなくなるかと、探検を始めたんだ。

「エリク、とりあえず、中から入らないで裏から見てもいい？」

「うん。ご主人の好きなように」

隣にいるエリクに声をかけ、承諾を貰って教会の裏へと歩みを進めていく。教会の前は、雑草一つも生えていなかった。けれど、裏へと進むたびに雑草は増えていく。なんとなく、同じようなルートで私はここを通った気がした。

前だけ雑草抜いてる――ということは、ここは誰も来ないはず……なんて考えた、ような。

周囲を見回しながら教会の裏に到着すると、極彩色のステンドグラスが視界に入った。教会の裏側の壁はステンドグラスで出来ているらしい……が、あたりは完全に膝下ほどまで伸びている雑草で生い茂り、全体像は見えないし、裏面だから分かり辛い。反対側は崖になっていて、先には進めない。

……来た覚えが確かにある。崖の方へ近づいて、下をのぞき込みたいのに足がすくんだ。高いところは落ち着かない。でも、ここに来た時は犯人が自白する系の崖だ！　とテンションが上がっていた。無意識に、前世で見ていた刑事ドラマやサスペンスドラマを思い出して、楽しんでいた気がする。

ほかになにか思い出すことがないか周囲を見渡す。教会の裏の壁はステンドグラスで出来ているけれど、さすがに硝子だけだと耐久に問題があるらしい。ところどころはしっかりとした壁になっている。

その壁に近づくと、草に覆い隠されるように壁に穴が空いていた。

「なんだろこの穴、小さい子だったら通れそうだね。いつから空いてるんだろう。案外小さい子の秘密の遊び場になってたりして」

「この穴、たぶん、すごく昔から空いてます……」

私はこの穴を見て、「うわ、ダンジョントラップ」などと思って――入った。

「そうなんだ……入ってみた方がいいんだろうけど、僕らじゃ無理だね。入り口から入って、この穴の先を目指そうか」

「うん……」

エリクに促され、穴から離れる。その瞬間、また頭に痛みが走って、映像が流れる。

誰かに向かって、怒りを覚えて私が何かを……言っている？　誰に怒っているかは、分からない。

けれど、この穴と繋がっている場所に行けば、なにかがわかる。そんな気がした。

教会に入ると、祭壇と、入り口からそこへ目指すようにして並ぶ石膏像が視界に入った。光が降り注ぐよう設計されているのか、極彩色のステンドグラスにより、真っ白な石膏像が彩られて見える。

周囲は埃っぽく、何年も閉じられていたような匂いがするけれど、光の差している場所は時が止まったようにきらきらと輝き、どことなく歪んだ雰囲気を醸《かも》し出していた。

確かあの穴がある位置はちょうど祭壇のほう――礼拝や結婚式がある時、神父が立つような位置だった。

「エリク、あっちに行こう」

神父の立つ場所、書物や読み上げる紙を置く台の下に扉があり、立ち入り禁止、危険、と衛兵の張り紙が貼られていた。年数が経っているのか、ところどころ茶色く汚れている。

「これは地下に行くための扉だよ。どう？　ご主人。なにか思い出した？」

エリクは、私がなんの目的を持ってここに来たか、知らないはずでは……？

「え……？」

「あれ？　違う？　ご主人、なにか思い出したそうな顔してるなって思ってたんだけど」

「あ、あぁ、なるほど……そんな顔に出て……」

「ふふ、何年一緒に居たと思ってるの？　もう、五年一緒に居るんだよ？　僕たち」

エリクは私の傍にしゃがみ込み、張り紙をなぞった。

「僕はもう少し早く会いたかったけどね。始まりは自分じゃどうしようも出来ないから、仕方ないか」

そう言ってエリクは、扉を閉じるように貼られている張り紙を破いた。ふわっと、ここでは場違いな紅茶の香りを一瞬感じる。いや、それどころじゃない。

「ちょっとなにしてるんですか？」

「ここ、入っちゃおうよ。もう十年とか経つんでしょ？　僕たちが入って破けたなんてわかんないし、今破こうが一緒だよ。もしかしたら何度も破けて、何度も張り直してるかもしれないし」

エリクは扉を開いてしまった。地下へ続く階段があり、どこまでも延びている。

「ほら、行こうご主人。全部思い出して、綺麗さっぱりにして、屋敷に帰るんでしょ？」

エリクがこちらに手を伸ばす。しばらく間をおいて、私はその手を取った。

ランタンの明かりを頼りに、階段を降りていく。洞窟の様な形状を想像していたけれど、窓が無いだけで無機質な一本道の廊下が続いていた。

左右の壁には扉が設置されていて、扉は煌びやかな装飾がされている。鍵はかけられていなくて、すんなり開いた。どの部屋も、中はただ部屋に赤い絨毯《じゅうたん》が敷かれているだけで、後はなにも無い。

「地下だって知らなきゃ、普通の屋敷みたいだねえご主人。扉も、部屋も、全部綺麗だし」

「うん……」

順を追って扉を開くものの、やはり部屋は赤い絨毯が敷かれているだけでなにも無い。見ていくと、蜘蛛の紋章が描かれた扉を見つけた。もしかしたら、ここはバグラ神父の部屋かもしれない。

扉を開くと、部屋の中はベッドと机、椅子が簡素に置かれているだけだ。中に入って引き出しを確認するも、中にはなにも入っていない。しかし、これまでの部屋とは明らかに異なっている。となると、ここがバグラ神父の部屋か。引き出しの中に何も無いのは、捜査の時に押収された可能性が高い。

「ここはなんにもないんじゃないかな。もっと奥へ行ってみようよご主人」

「うん……」

エリクの言う通り、部屋から出てまた奥へ進む。やがて、Uの字型、引き返すような形で廊下が続き、すぐ大きな扉に突き当たった。

「うーわ、大きな扉だあ。部屋っていうより、廊下を隔ててるみたいだね。行こう行こう！」

扉が開き、視界いっぱいに広がる洞窟――最初に想像していた、ダンジョンそのもの。

それを見て、「教会の地下で人を売っていた」ということについて、知りはしていたけれど、分かってはいなかったのだと思い知った。あの赤い絨毯が敷かれている部屋は、人間を売買する部屋。そして、この洞窟のような場所で、神父は人を育てて、いや、育ててなんかいない。生かしてもいない。死なせないでいたのだ。この教会が――潰れるまで。

洞窟には、左右にいくつか扉が付けられている。けれど、先ほどの部屋のように装飾は一切無く、代わりに数字が記されていた。番号をふって、管理する。名前すら与えず、人をここに閉じ込めていた。扉は外から閉じる仕組みになっていて、開くとただ、土を掘って寝る場所を作った空間になっている。こんなところ、人が住んでいい場所じゃない。なのに、奥には布のようなものと、その近くに小さな穴があり、ここで寝泊まりして用を足していたということがありありと伝わってきた。

「こんなところ、人間が住んでいい場所じゃない」

「僕もそう思う。でも、たしかに住んでたみたいだよ。ほら――」

エリクは一つ一つ、扉を開いて私に入るよう促す。なにかがかけられていたような部屋、脱出を試みて土壁に穴が掘ってある部屋、血の跡が付いた部屋、どの部屋を見ても、苦しみの痕があった。

歩いて行くと、また、廊下の奥に扉を見つけた。けれどさっきの大扉と異なり、他の番号が振られた部屋の扉と同じ作りだ。教会の広さや体感的に、この部屋が完全な突き当たりのはず。私はおそるおそる、扉に手をかけ開いた。

「わ……」

中は土を掘って作ったような出来だけれど、広間のようになっていて、土壁には何かを設置していたであろう形跡がある。そうだ。ここに繋がれていた誰かの腕を、枷から外して、掴んだんだ。

そして、逃げた。逃げたんだ。

壁を見ると私の背より高い、天井近くの位置に穴があった。子供ならば――幼少期ならば、通ることが可能である穴が。先程見た地上の穴とここが繋がっているんだ。直感的にわかった。

だって、私は確かに穴を通り、ここにいた子供と話をした。その子供は、鎖で腕を繋がれていて、その鎖があるから出られないと、せっけんの水で滑りを良くして、私は……。

「ディリア」

顔も、名前も、声も、全てはっきりと思い出した。私と似たような目の色をした、女の子。最初は髪が長くて、華奢だからと、女の子だと思った。でも、彼は男の子だった。

私は教会に来て、退屈で探検をした末に、この場所で繋がれていた子……ディリアと出会った。私は彼を助けて、フォルテ孤児院に引き取られた。そうだ。私は彼にディリアと名前をつけて、話をして、沢山遊ぼうと約束をした。でも、ディリアは里親に引き取られたとかで突然いなくなった。

どうして忘れてしまっていたんだろう。

「窓が無いね。夜、星を見ることも出来なかったんだろうね」

不意にエリクは天井を見上げ、そう呟く。

「え……？」

「ご主人は、その子に見つけてくれてありがとうって言われた？」

それは、前に私がエリクに言われた言葉だ。なんで今、その話を……？　視線を向けると、エリクは穏やかな笑みを浮かべたまま、じっと私を見つめた。

「ふふ、やっぱりなんでもなーい。そろそろ帰ろ？　見て回る部屋は、ここで最後みたいだし」

「…そう、だね」

エリクは、なにかを急ぐ様子で扉の方へ足を向ける。ディリアのことは思い出した。何だか落ち着かない気持ちだけれど、この部屋で思い出せそうなことは、もう無さそうだ。私はエリクの跡を追い、部屋を後にする。

「まだ、すっきりしてないみたいだね」

長い廊下を歩いていると、エリクが私の肩に触れた。たしかに、もやもやはまだ残っている。孤児院でディリアと共にすごした記憶を全部思い出した。でも、メロの記憶は何一つ思い出せない。

それに、メロと過ごしていたはずの記憶が、ディリアとのものだったと、今私は確信を持っている。

つまり今までのメロとの記憶が、漠然と正しいものではなかったと、そう思ってしまっている。

「大丈夫だよ」

優しくあやすような言葉に、顔を上げる。エリクは私の頬を撫でた。

「全部、新しくなるよ」

彼は、地上につながる階段を登るよう促した。私は頷き、階段に足をかけた。

「おかえりなさいませ、ミスティア・アーレン！」

そうして階段を上がり、教会に戻ってくると、祭壇の机の上にクラウスが立っていた。あまりのことに、思考が停止する。

「……は？　どうしてここに、貴方が」

「は？　ってなんだよ、てめえはいっつもそれだな。相変わらず挨拶もなしかよ？」

クラウスは眉をハの字にしながら、馬鹿にした笑みを浮かべた。

「俺は義理堅いから、来てやったぜ！　最後の御案内をしになあ！」

クラウスが嬉々として祭壇から飛び降りる。エリクの顔を見ると、エリクはじっと睨むようにクラウスの様子を窺っていた。クラウスは祭壇の陰からある肖像画を取り出し、こちらに放り投げた。大きな音を響かせながら、肖像画が床に叩きつけられる。そこには図書室で見たバグラ神父と、幼い白い髪の、女の子が描かれていた。間違いない、この子は……。

「メロ……？」

「御名答！」

クラウスは称えるように拍手をする。なんで、バグラ神父とメロが一緒に描かれている？　メロが被害者だったならば、こんな絵は、描かれないはずで……。

「っつーことで？　アーレン家の令嬢の専属侍女、メロ。その女の正体は、投獄され、関係者は軒並み死を以ってその罪を償った、バグラ教会の生き残りでしたー！」

「は……？」

「アーレン家の専属侍女は、バグラ教会の生き残りの間者なんだよ。行方不明になった」

ばさ、とクラウスが新聞を差し出す。ひらひらと舞い落ちるそれを一枚手にすると、そこにはバグラ教会に近い者がアーレン家への復讐を企んでいたが、すべての悪行を突然密告され、計画が失敗に終わったこと。間者を送ったものの、その間者は行方不明で見つかっていないことが記されていた。

「なにを根拠にそんな話を……」

「なによりの証拠が、その肖像画だろ。それに、なーんにも思わなかったのか？　今まで。ヘレン・ルキット拉致ろうとした奴らを叩きのめすあの専属侍女の強さ見て、ほんっとーに？　なにも？　思わなかったのか？　一緒に生活してたんだよなあ？　明らかに侍女としての域を超えたそいつの身体能力に、おかしいっなぁー、変だなあって、少しも思わなかったのか？」

「いや、それは、メロが、強いからで」

「仕方ねえなぁ。そんなに信じられねえなら、証拠を見せてやるよ」

クラウスが石像の一つを蹴り倒した。すると、真っ青な顔をして口元を押さえたメロが立っていた。

「これを見れば、信じてた侍女が、いっちばんの裏切り者だったって分かるよなあ！」

そう言ってクラウスは、メロの袖を強引に掴むと、ナイフで切り裂いた。

「メロっ」

慌ててメロに駆け寄ると、彼女の背中には、この教会の紋章——蜘蛛の印が施されていた。

「メロ、それ……」

この、印を、私は見た。霞がかっていたもやがすべて晴れて、頭の中に、記憶が巡っていく。

ああ、これは。

メロが私を殺そうとした時——あの、アーレン家の入ってはいけないと、止められた部屋で、メロが、私に見せた印だ。

異録　深夜の私　白夜の貴女

SIDE：Ｍｅｌｏ

ミスティア様が私の身体を、私の腕に浮かび上がる紋章を見て言葉を失っている。そうだ。あの時の貴女も、そんな目をしていた。私が貴女を突き落とす直前、私の全てを明かしたときと、まったく同じ顔をしている。

――ああ。私は結局人形だったのだ。貴女の幸福に一番邪魔なものは、ほかでもない私だった。

人攫いに攫われ、店に商品として出されたとき、私を見つけたのは御嬢様ではなかった。奴隷の市場を出入りするには、少し小綺麗な装いをした男。インジーム・バグラ。後に、教会の地下で少年少女を売り、聖職者としてあるまじき残虐な行いをしたことで投獄、そして死罪を受け、この世を去った男。その男に私は買われた。

そうして私が行きついた先は、教会の地下だった。男は、教会で神父として働いているのだと私に語った。それを聞いた私は、慈善活動の一種かと思ったが、私を奴隷として買ったのは護衛として育てたいからと言った。今日からここがお前の家で、今日からお前は私の子供だ。そう言って通されたのは、土で作られた窓の無い部屋だった。

場所柄なのか、頻繁に動物の鳴き声が聞こえて来たけれど、私は自分を幸運だと思った。ゴミを拾って働き、次は攫われ奴隷として売られて、次は護衛。今までよりはマシだ。それどころか、きちんとした仕事だ。これから先、少しはいい暮らしができるかもしれない。私の人生が、すこしはまともになるかもしれない。その考えがどこまでも甘かったと知るのは、その後だ。

奴隷で生活していた頃と異なり、私には三食食事が提供された。しかしその三食全てに毒が混ぜられ、食べれば最後、想像を絶する激痛にもがき苦しむ。残そうとすれば、無理やり口に詰め込まれ、吐きだせないよう口枷をされた。食事が終われば、鍛錬の時間だ。

護衛と称し受けた手ほどきは、今考えれば身を護るものではない、他人を始末するもの。暗殺の手法だった。素早い動き、正確性を求められ、その日設定された習熟の度合いを満たしていなければ、折檻され罰を受ける。水責めであったり毒であったり、悪戯に身体に刃を突き立てることであったり。罰は効率が重視されていた。

水責めも、毒も、痛みも、全てそれらに耐性をつけるため。感情を持たない人殺し人形を作り出すための訓練だった。睡眠はほぼ与えられず、食事や罰を受け気を失っている時だけが意識をなくすことができる唯一の瞬間。

基本的に私室から出ることは許されず、外に出ることが許されるのは訓練の時間だけ。後は部屋に閉じこもる生活を続けていた。だからか、日付の区切りがあいまいだった。訓練をしている間は、夜明けと日暮れが分かる。けれど曇りや雨だと、途端に分からない。

そういった生活を続けるうちに、毒や罰に耐性ができて気を失うことが無くなった。しかしそのころになると、男の期待を裏切ることは滅多になく、褒美として睡眠時間を与えられるようになった。おおよそ、人間としての扱いを受けていない。けれど男はことあるごとに「期待しているからつい厳しく当たってしまう」と言って、私を抱きしめ頭を撫でた。そして大抵、こう続けた。

「お前はやればできる子だと、私だけは信じている」

「お前の事を愛しているんだ」

「実の娘のように思っているんだ、お前しかいない」

「家族の証に、肖像画を描いたんだ、部屋に飾ってくれ」

今ならば、粗末な洗脳だと思う。安全を揺るがし期待の言葉を投げかけ、思い通りにする。でも、その時の私は酷く愚かだった。途方も無いほどに愛を知らず、飢えていたのだ。愚かな私は男を信用し、その恩に報いたいと考えていた。

男は私に、肖像画を差し出したその日、私に毒を飲ませた。苦しみに喘ぐ姿を見て「役にたたんな。いつ使い物になるのだ、お前は」と言葉を発していたのに。私は男の役に立つことが、私の生きる意味だと疑わなかった。食事も部屋も与えられるのだから。それに感謝しなければいけない。私の親のような存在なのだ。

本気で、心の底からそう思っていた。そして、運命は巡った。

ある時男は切羽詰まった状況で私を呼びつけると、自分の服を着せ、外に出るよう促した。我儘な令嬢の気まぐれで嵌められ、ここを出なくてはならなくなったこと、その者のせいで、私も、男も苦しむようになると言った。絶対に、その者に復讐をしなければならない。けれど男はここに来る衛兵と話をしなければいけない。

衛兵たちに私の事が明るみになると、非常にまずい。だからここを出て生きろと、男は私を逃した。

——教会に破滅をもたらした者の名は、ミスティア・アーレン。その者を、どこまでも苦しめてから殺せ。そうすれば、アーレン家への復讐になる。私の復讐をしてくれ。そういいのこして、男は衛兵に連れて行かれた。私は男の紹介した教会の信者の下へ身を寄せ、復讐の計画を練ることにした。

どうやって殺そうか。単純に殺すだけなら簡単だ。けれど、どこまでも苦しめてから殺せと言われた。毒で苦しめてから？　傷を与えてから？　毒や傷は、訓練をしなければ、しっかり頑張ったいい子でなければ、すぐに死んでしまうと男は話していた。

ならば、悪い子のミスティア・アーレンは死んでしまうだろう。気まぐれで教会を潰した御嬢様は、きっと頑張っていない悪い子に違いない。

どうすればいいのだろう。悩む私に、教会の信者たちは心を壊せばいいと言った。殺すには、どうせ近づかなければならない。だから親しくして殺すのが一番いいと信者に勧められ、私はアーレン家が懇意にしている、フォルテ孤児院に身を寄せることに決まった。

フォルテ孤児院の子供になれば、アーレンの家の使用人の道もあるらしい。使用人になれば、簡単に屋敷に出入りできるようになる。

私の歳ならば、ミスティア・アーレンに気に入られれば、見習いとしてすぐに屋敷の使用人として使われるだろう、そう信者に言われた。私は、まず下見をすることにして、遠目からフォルテ孤児院を観察した。

ミスティア・アーレンは、十日に一度、孤児院で過ごす。彼女を初めて見た時、憎しみでも殺意でも無く、こんな子供が気まぐれに教会を潰したのか、という疑問を覚えた。

人柄も、特に我儘には見えなかった。子供の食べ残しで服を汚されても平然としているし、泥に濡れた子供を率先して洗う。こんな人間が果たして教会を潰したりするかと思った。

けれど、あの男が言ったのだ。ミスティア・アーレンは、悪い子だと。死ぬべきだと。

そうして観察を続けていくうちに、ミスティア・アーレンと親しくしている者の日記を一冊盗むことができた。その者の書いていた内容はバグラ教会を貶める妄想で、気分が悪くなり読むのをやめた。

それから半月後のことだ。転機が訪れた。ミスティア・アーレンと一際親しくしている者が、突然姿を消したのだ。ミスティア・アーレンは、元から愛想が無い子供であったけれど、目に見えて元気が消えていた。間違いなく、好機だった。私は、すぐにフォルテ孤児院に身を寄せ、ミスティア・アーレンと出会った。初めての会話はこうだった。

「はじめまして、ミスティア様」

「……はじめまして」

「一緒に、遊びませんか」

ミスティア・アーレンは観察する限り、変な子供だった。基本的に考え事をしていたかと思えば、一人で笑うこともある。本を読み、大人のような言葉で話し、玩具に興味を示さない。けれど、子供が遊びに誘えば承諾する。しかしミスティア・アーレンは、私の予想に反して断るそぶりを見せた。

「私でいいんですか？」

どこか悲しげに話すミスティア・アーレン。その後はっとした瞳をして、気まずそうに口を開いた。

「遊びたくないわけではなくて、私と遊んで、楽しいのかな、って……つまんない、と、思います」

「そんなことありませんよ」

否定をすると、ミスティア・アーレンはどこかほっとしたような表情をした。

それからは、彼女と遊び、よく話をした。私に名前が無いことを知ったミスティア・アーレンは、私に「メロ」という名をつけた。「豊かで美しいという意味をもじっていて……」とおそるおそるこちらを窺う瞳が、なんだかとても不愉快に思えたことを覚えている。

ミスティア・アーレンは、社交的な性格ではない。どんなものに興味を示し、関心があるのかは把握済みだ。私はミスティア・アーレンの話に的確で最適な答えを提示し、彼女と親しい関係を築き上げ、彼女の両親の信頼を勝ち取り、とうとう彼女の侍女としてアーレン家で働くことになった。

家に入れば、簡単にバグラ教会を潰した者たちに復讐が出来る。家に入ったら、すぐに屋敷を焼いてしまおう。そう思って、屋敷に入り二月が経過した。

計画が失敗したわけではない。実行すらしていなかった。私はただただ躊躇《ためら》っていた。

本当に、ミスティア・アーレンが気まぐれを起こしたのかと。本当は、違う人間の仕業なんじゃないかと。そう思って、事件を調べた。そのたびに、ミスティア・アーレンがしたこと、あの男が本当にしていたことを知った。

バグラ教会の神父は、見目のいい子供を買っては、教会の地下で展示し、春を売らせていた。きっとアーレン家の弾圧によって、新聞記者が嘘を書いた。バグラ教会に恨みがあるのだ。あの男は、私を拾ってくれたのだ。私に期待してくれていた。私を必要としてくれていた。

なのに、ミスティア・アーレンが殺した。だから、私はミスティア・アーレンに復讐しなければいけない。私は、殺すためにミスティア・アーレンを応援した。

「ああ、ピアノの稽古……」

「大丈夫ですよ、ミスティア様ならきっと出来ます。私はミスティア様のこと、陰ながら、ずっと応援していますので」

「……では、頑張らなくてはいけませんね。ありがとうございます」

私は、殺すためにミスティア・アーレンの悩みを聞いた。

「私、人付き合いがどうにも苦手で、人の気持ちが分からないんですよね。仲良くしてたけど、本当は、あんまり好かれて無かったとか、後から知ったりして……」

「私は、ミスティア様のことが好きです」

「そうですか？　すみません、ありがとうございます。私もメロのこと、好きですよ」

私は、殺すためにミスティア・アーレンを祝った。

「ミスティア様、お誕生日、おめでとうございます。ミスティア様がこの世に生まれてきてくださり、お仕えすることが出来て、私は幸せです。これからもよろしくお願いいたします」

「私も、メロとこうして誕生日を過ごせて幸せだよ、ありがとう。これからもよろしくね」

一緒に暮らす日々の中で、私の期待に応えようとするミスティア・アーレンを見た。会話を交わしていく中で、私を好きだと言うミスティア・アーレンを見た。互いの心の内を知る中で、私に感謝するミスティア・アーレンを見た。そうして、嘘偽りの友達ごっこを繰り返して、充分にミスティア・アーレンの信頼を得て、私は彼女を殺そうとした。

屋敷の三階奥の部屋。いつも一緒に話をして遊んだ部屋。そこにミスティア・アーレンを呼び出した私は、彼女に私の出自、復讐のこと、今までどんな感情を持って近づいたことなどすべてを話した。傷つけるような言葉を選んで、お前さえいなければと、胸に抱く殺意を全て明け渡した。なのに、ミスティア・アーレンは私をじっと見つめ、怯えることなく悲しそうな、それでいて諦めた瞳をして私を見ていた。

「だから、私は、貴女を殺さなくてはならないのですよ」

そう伝え、ミスティア・アーレンの肩を掴み、そのままあらかじめ開いていた窓の外へ押し込もうとすると、彼女は抵抗もせず言ったのだ。

——ごめんね、苦しませて。

好都合のはずだった。そのまま、窓の外へ放り投げるだけでいい。一思いに突き飛ばしてしまえばいい。突き飛ばしてしまえばいいのだ。ただそれだけなのに。手が震えて仕方がなかった。できなかった。殺せない、殺したくない。そう思ってしまった。

私は、育ての親に報いることができない。ミスティア・アーレンを殺すことだけが報いる方法なのに。けれど、もう、その時はすべてわかっていた。痛いほどわかっていた。当時、私が動物の鳴き声だと思っていた声が、子供が虐げられ泣き叫ぶ声だったということも。自分を育てた者が人でなしで、復讐され苦しめられるべきは、それに加担した私だということも、全て。あの男から与えられたものは、愛ではなかった。私を利用するための洗脳だった。ミスティア・アーレンは、ただひたすら私を人として扱い、洗脳することもなく傍に置いてくれていた。私を求め、私の言葉に感謝して喜び、私をなんの打算も無く想ってくれていた。名前をつけてくれた。すべてわかっていた。

だから、日記の持ち主がひたすら羨ましかった。私もこうして出会っていればと、何度も何度も考えた。けれど認めたくなかった。認められなかった。私はずっとずっと、ミスティア・アーレンを傷つけようと、殺そうとしていたのだ。今更後戻りなんかできない。殺したくない。でも、もう、戻れない。

どうにもできない。

そうして私は、ミスティア様を抱えて闇の中へ飛び込んだ。屋敷の池の中で目を覚ました時、私は、バグラ教会で育った記憶が全て抜け落ち、教会での記憶は盗んだ日記に書かれたものに変わっていた。

あの時私を拾ったのは、神父ではなくミスティア様。私はミスティア様に助けられ共に生活をして、彼女の役に立ちたいと、屋敷で働きたいと願った使用人。だからあの日――ミスティア様を殺そうとした日。あの日、私がミスティア様を落したのではなく、彼女が勝手に落ちたのだ。たまたま夜の散歩をしていた私が通りがかって、助けた。

そんな妄想が私の頭の中で作り上げられ、事実がねじ曲がった。バグラ教会の信者たちと集めた資料は、ミスティア様に仇なすものを私が秘密裏に調べ上げたと解釈した。信者たちは私の密告で根絶やしにされ、全員投獄された。そこで私が間者だと明かされれば良かったものの、信者たちは私の復讐を信じていたのか、私については明かさず、バグラの間者は行方不明として処理された。

本当に、どこまでも愚かだ。

すべて、ミスティア様を殺そうとした挙句、彼女の傍に在りたいと思った結果だ。なんて愚かなのだろう。なんて我儘で、自分勝手で気まぐれなのだろう。そしてなんと数奇なことか、ミスティア様には落ちた記憶がすべて抜け落ち、結果的に私の歪んだ妄想は、誰からも疑われることなく、私自身も気付くことなく今の今まで、のうのうと私は彼女の傍にいた。

しかし、それも今日で終わりだ。

「ミスティア様　今まで、申し訳ございませんでした」

呆然としてこっちを見るミスティア様に、深く深く、頭を下げる。当然、許されないことはわかっている。そしてきっと、ミスティア様は私に罰を与えようとしないことも、わかっている。だから、私は自分で罰を与えなければならないのだ。

「さようなら」

ミスティア様に別れを告げ、私は地面を蹴った。

追葬

「さようなら」

そう言ってメロは飛び出した。追いかけなければ絶対に後悔する。けれど普通に追っても追いつけるはずがない。今からメロは、死のうとしている。直感で分かった。そして、いつだって自分の行動は短縮しようとする彼女のことだ。この場所で死ぬとしたら――。

壁にかけてあった燭台を手に取り、私は思い切り壁のステンドグラスに叩き付けた。硝子は一気に砕けて、極彩色の欠片から崖の景色が広がり、その先にメロが駆けていくのが見えた。

「メロ！」

私は声を張り上げる。今まで名を呼べば、必ずメロは行動を止めた。今もそうだ。彼女は反射的に足を止め、こちらを振り返った。

「変な動きしたら、私は、これで自分の首、掻き切るから！」

砕けた硝子を拾いあげながらそう伝えると、メロは一瞬顔を歪め、崖へと後ずさる。

「……御嬢様も、すべて思い出されたのでしょう。あの夜のことも、私が何者かであったことも、すべて」

「うん」

教会のこと。教会で見つけたディリア。本当に仲が良かったのに、ある日突然ディリアは別れも告げず、里親の下へ向かった。

私のこと嫌いだったのかなとか、馴れ馴れしくしすぎたのかなと思って、辛かったことも思い出した。普通に考えれば事情があると分かるのに、感情的になりすぎて、そうは考えられなかった。そんな時、メロと出会って励まされたのだ。

そしてメロと友達になって、彼女は私の専属の侍女になった。けれどある夜、三階のあの部屋に呼び出されて、メロの口から全てを聞いた、神父に拾われた子だということ、私のことが憎くてずっと殺したいと思っていたことを。

悲しくて、辛くて、ディリアの時と同じように、私は相手の事情を考えることができず、冷静になれず、もういいやって思ってしまった。もう全部どうでもいいやって。

だから一緒に落ちた時、全部忘れてしまったのだろう。そして今は全てを思い出した。

「私は、醜い人間なのです。いいえ、人ですらない。人でなしです。身勝手に貴女を殺そうとして、妄想に憑りつかれ狂った獣です」

血を吐くように話すメロは、あの夜と似ていた。けれどあの時は、ただただ苦しそうだった。今の彼女は、悲しみも混ざっている。

「毎日、毎日、毎日、貴女に自覚すら無く嘘を吐き続けました。本当は自分の手を汚し、薄汚く生き続けた身の上でありながら、貴女の隣に居続けました。それは決して、許されることではありません。私は、貴女に救われたのに」

「メロ……」

「私はずっと、貴女の隣に、私を！　一番貴女に害をなす、化け物を置いていた！」

「メロは化け物じゃないし、私はそんな敬われる人間じゃないよ！」

「……いいえ、貴女は、貴女は知らないからそう言えるのです。ずっと、ずっと、心を殺され、それを愛だと教えられた化け物が、ただ純粋に感謝され、笑顔を向けられる。とりとめのない会話をしてただ共に在ることそれが、どれほどまでに痛むことなのかを。どれほどまでに救われることなのかを。私にとって……どれほど！　あなたが！　大きな存在になっていったのかを」

切実に私に訴え、涙を流すメロ。そして彼女は、自分の胸元をぐしゃりと握りつぶすようにして、瞳を閉じた。

「なのに、私は、認めることが出来なかった。貴女の愛を。そして自分の持つものが、呪いであったことを。でも――もう終わりです」

一歩、また一歩と、メロは崖に向かって後ずさっていく。

「死んで償うとか、私は求めてないから！」

叫ぶと、彼女は静かに首を振った。

「これは、偽りを知られ、これ以上貴女に己の汚さを見せたくないだけ……逃げなのです。償いですら、ありません」

メロは、きっと何を伝えても飛ぶ気だ。ここで私が首を切ろうとしても、きっと私を昏倒させて飛び降りてしまう。

「メロ。前にした約束、覚えてるよね」

彼女は強いし動きも早い。絶対どうやったって敵わない。

こっちに来いと呼びかけ、私のほうに来たようにみせかけて落ちるなんて簡単に出来るはずだ。

メロを助けたい。ただそれだけの考えだったなら、きっと全部読まれる。

「ちゃんと果たすよ」

だから。私にできることは、一つだけだ。勢いよく地面を蹴り、メロの方に走って向かっていく。

彼女は目を見開きながら一歩後ずさった。

私はそのままメロに突っ込むようにして、彼女ごと崖下へと飛び込んだ。

風を切り、ゴボゴボとした大きな水音が耳をかすめる。身体全体が痛いし、冷たい。水の中で目を開けると、誰かが私を抱え必死に泳いでいるのが分かった。ああ、やっぱり、メロはそうだ。いつだって彼女は私を助け、守ろうとする。やがて私たちは浮上して、一気に空気が身体に流れこんだ。

メロは私を抱え少し泳ぐと、岩場に私を横たわらせた。怪我がないか覗き込んできたところで、私は彼女の腕を掴む。

「はは、やっぱり、一緒に突っ込めば、運動神経の良いメロは、支えてくれると思ったんだよね」

「貴女は……」

「メロの善意、利用して、ごめんね」

ゆっくりと起き上がろうとすると、メロが私の肩を支えてくれた。表情は今にも泣きそうで、胸がしめつけられる。

「……それと、メロのこと色々、忘れて、ごめん」

「そんな、私は、貴女に謝罪をされる価値なんて……」

メロがまた首を横に振った。崖から落ちる前も、あの夜も彼女は私に話をした。けれどあの時、私は話を聞くばかりで、自分の意見をあまり伝えることができなかった。

「私はメロと一緒にいられて幸せだから」

「御嬢様……」

「……だからこれからも、その幸せを私は欲しいと思ってる」

「いけません、私は貴女を殺そうとしたのです、そして最後には、貴女を巻き添えに……」

「メロは、確かに私を殺そうとした。けれどその罪が、許されるか許されないかは、メロが勝手に決めることじゃなくて、私が決めることだよ。だって、殺されそうになったのは私だし」

メロにきっぱりとそう言い放つと、彼女はどう答えていいかわからない表情で口を閉じた。

「それに一緒に飛んだのも、メロは巻き添えって言ったけど、一緒に飛んだからこそ、今と同じで生きてるんじゃないかな」

メロはあの日、私だけを突き落としたりはしなかった。直前までは巻き添えにしようと思っていたかもしれない。でも、それが最後までかは分からない。そして今、メロは私に生きてもらいたいと思ってくれていた。

「私はメロの言うように綺麗なんかじゃない、いつだって、汚い生き方をして、他人の気持ちが分からなくて、楽しい話も出来ない、自分のことしか分からない、強欲で、汚い人間だよ」

「そんなことはっ」

「だから、今だってこうして、メロが辛くて逃げたい気持ちを無視して、一緒にいたいって我儘を平気で言う。法律を無視して、許したいって言う。そういう人間なんだよ、私は」

どうしようもなく死にたい。生きたいと願うことと同じように、死だって尊重されていいと思う。

でも……、

「死ぬことがメロの救いだとしても、私の傍で生きてほしい。身勝手でごめんね」

私は、あの日、確かに諦めたのだ。メロが復讐のために近づいて、彼女の言葉に偽りが混ざっていたことがショックだったから。だから軽率な判断で、メロは私のことなんて好きじゃないんだと結論づけた。自分は誰にも好かれないと思い込むほうが、傷つかずに済むからと、逃げた。

「メロ、生きてよ。メロは苦しいだろうけど、生きて一緒にいて。そう思う私を、許して」

「ミスティア様……」

「メロはいつだって私の家族で、一番の友達で、天使で、私の大切な一部だから、これからもずっと、一緒にいてください」

メロの手を掴んで、握る。彼女は俯き、ぼたぼたと大粒の涙を流し始めた。

「貴女は、馬鹿です……」

「まぁ、頭は良くない自覚はあるよ。後悔もするし、失敗も大分するし」

「大馬鹿です……」

「そうかな」

私のメロの手を握る手に、空いているメロの手が重なる。

「ミスティア様……」

「ん？」

「ありがとうございます……」

「いーえ」

私は立ち上がった。そしてメロに手を差し出す。

「じゃあ、帰ろう。メロ」

彼女の目を、しっかりと見据える。やがて彼女は静かに微笑み、「はい、ミスティア様」と涙を流しながら頷く。その銀髪も優しい藍色も、真っ赤な夕日に反射してきらきらと輝いていた。

「実は、屋敷に帰ったら話をしたいことがあるんだ」

真っ赤な夕日が照らす岩場を歩きながら、私は手を繋いでいるメロに声をかけた。

「ずっと、言ってなかったことで、本当に、驚かせることだとは思うんだけど」

「ミスティア様の言葉なら私は全て信じますよ」

「ミスティア！」

怒鳴るような声にメロと共に振り返ると、エリクが護衛を伴いこちらに向かって駆けてくるところだった。彼はそのままぎゅっと私を抱きしめ、どんどん腕の力を強めていく。

あれ、ご主人呼びが消えてる……？　いや、今はそんなこと言ってる場合じゃないからか。

「ミスティア、生きてる。良かった」

「エリク……」

「本当に……、なんて無茶をするの……？　ああもうこんな濡れて……、侍女の分も服用意させるから、毛布はおって……。良かった馬車に色々積んでて……」

彼は私に毛布をかけた。今日は、とんでもないことに巻き込んでしまった。本当に申し訳ない。教会の中を連れまわした挙句、心配までかけて。

「今日、本当にありがとう。エリクには、すごい迷惑と心配をかけて……」

「いーよ、僕も、今日ここに居られて良かった。やっと答えが見つかったから」

エリクは私の頭に追加で毛布をかぶせ、わしゃわしゃと頭を撫でる。

「ミスティアはなにも気にしないでいいんだ。おうちに帰ろ。俺は馬車呼んでくるから」

エリクは立ち去る。空を見上げると、あれだけ赤く染まっていた赤が薄れ、濃紺が滲んでいた。

異録　夢から醒める時

SIDE：Ｅｒｉｃ

ミスティアの一番になりたかった。だから、彼女の傍にいる奴ら、みんな邪魔だった。

ミスティアに嫌がられているくせに、隣に居座り続けるレイド・ノクター。ミスティアのことを嫌いながらも執着するロベルト・ワイズ。ミスティアを利用しようとしていたのに、友達を自称するフィーナ・ネイン。ミスティアに馴れ馴れしく接する、クラウス・セントリック。ミスティアに近づき、変な目を向けるアリス・ハーツパール。ミスティアに慕われるように仕向けて行く平民の用務員。

いっぱいいるけど、一番邪魔だったのはミスティアの専属侍女だった。僕が学園に通っている間も一緒に居て、朝、昼、夜と一緒。起きてから眠るまで傍にいる。そしてミスティアに一等大切に思われている。女だからミスティアを無理やり奪えないし、結婚も出来ないけれど関係ない。ミスティアの心の中で、僕より上位……、ミスティアの、一番になっているだけで邪魔だ。忌々しい。ミスティアの近くの男の中で好かれているのはきっと僕だけど、僕はミスティアの一番になりたい。本当の一番。絶対の一番に。だからずっと、ずっと侍女の場所を奪うように僕はミスティアを「ご主人」と呼んでいた。ミスティアの心の中の、侍女の場所を塗り潰すように。

そんな奴が、ミスティアの命を狙う教会の間者だと聞いた時は、ミスティアの身を案じると同時に、好機だと思った。邪魔者を消す好機だと。僕にそれを教えたクラウス・セントリックは、ミスティアと因縁のある教会がある領地を統治している家の子息で、教会の事情について詳しく、いろいろと興味深い情報を僕に提供してくれた。

ミスティアの専属侍女が、その命を奪うべくミスティアに近づいたこと。その後衛兵に匿名の密告があり、ミスティアやアーレン家に復讐を誓っていた教会の残党が軒並み摘発、排除されたこと。そしておそらくその件に侍女が絡んでいること。要するにあの侍女はミスティアに近づき、ミスティアが欲しくなって、自分の素性を全て隠し過去を清算したつもりで教会について密告、自分はのうのうと専属侍女としてミスティアの傍にいたということだ。

なんて忌々しい、図々しい奴なんだろう。今すぐ消そうとする僕に、クラウス・セントリックは「いい案」があると言った。クラウス・セントリックが言うには、ミスティアは教会についての記憶がおぼろげらしい。教会のしてきたことも資料としての知識しか無く、指摘されてなんとなく思い出す程度。

だからミスティアと教会に行き、教会のしてきたことを思い出させてから、侍女が教会と繋がっていた間者だと知らせる方が、普通に伝えるよりもミスティアは専属侍女を拒絶しやすい。

素晴らしい計画だ。でも、不思議にも思った。クラウス・セントリックはなにがしたいんだろう。問いかけると奴は「面白いことが好きだから」と答えた。

そして、「先輩や婚約者様みたいな感情は抱いてないから、勘違いはしないでほしい」と付け足した。確かに奴のミスティアを見る目は、子供が玩具を見る目に似ている。それか、盟友を見るような目に。それはそれで不愉快極まりないし消してやりたいけど、奴に利用価値を見出した僕は、しばらく消さないことにした。

そうして、夏休み、ミスティアと一緒に教会へ行くことになった。レイド・ノクターがアーレンの屋敷へ行くことを画策していたらしいけど、それもクラウス・セントリックが何とかしたらしい。なんてことのないデートをして、僕とミスティアは教会へ向かった。

教会には、一度下見をしていたから、特に入って何かを思うことは無い。けれどミスティアの瞳が、教会の凄惨な行いの証拠を捉える度に、これであの邪魔な専属侍女がミスティアの前からいなくなると思うと、胸が昂った。

あの専属侍女は普通に脅したり、暴力だけじゃいなくならないだろうし、侍女に向けている僕の嫌悪をミスティアに気づかれたら、嫌われてしまう。ミスティアを殺そうとした邪魔者。知らない男の子供を孕ませることも考えたけれど、専属侍女に隙は無かった。というより、ミスティアの屋敷の使用人は皆隙が無い。その分ミスティアが安全なのはいいことだけれど。

だから、専属侍女の消し方に悩み、結局今の今まで放置してしまっていた。けれどそんな日々も、今日で終わり。今日さえ終われば、ミスティアの一番は僕になる。新しい日々が始まる。でも、僕が一番になったとして、二番、三番目がまだいる。世界で僕とミスティアだけになればいいけれど、そんな世界は創れない。ミスティアを部屋に閉じ込めて、二人っきりの世界を創ることはできる。でも、食べ物とか水も必要だし、そうなるとずっと二人っきりではいられない。

小さいころよく二人で部屋で遊んでいたけど、それくらいの時間しか永遠が保てない。いいや、永遠じゃない。だって限りがあるのだから。終わりがあるのだから。永遠じゃない。僕は、永遠が欲しいのに。ミスティアの絶対的な一番。ずっとずっと続く、二人きり。本当の僕だけのミスティア。

「メロ。前にした約束、覚えてるよね」

ミスティアは優しいから、暗闇から見つけたのも僕だけじゃない。そこから助け出したのも僕だけじゃない。そして許したのも、僕だけじゃなかった。

「ちゃんと果たすよ」

ミスティアは専属侍女と一緒に、飛び降りた。真っ赤な夕日が海に沈むみたいに、ゆっくりゆっくりと落ちるミスティアに手を伸ばしても届かなくて。ミスティアは、専属侍女を抱きしめていて。きらきら、きらきら、ミスティアの真っ黒な髪が夕焼けと風を受けて反射して、最後には大きな音を立てて、水しぶきが全部飲み込んだ。僕はその時の光景を、絶対忘れることはないだろう。

気が動転して、死にたくて、辛くて、でも生きているかもしれないと期待する。ぐちゃぐちゃになった気持ちのままミスティアの落ちた滝壺へ向かうと、ミスティアは生きていた。生きて、自分の命を狙っていた間者といつも通り、普通に、本当に普通に話をしていた。殺されかけたのに、許した。一緒に、死のうとした。そんなミスティアを見て、自分の考えはずっとずっと間違っていたことに気づいた。

一番じゃ駄目なのだ。一番になってしまったら、いつそこを塗り替えられるか分からない。僕が塗り替えられるなら、その場所は「変わる」ことができるのだ。たとえば僕がミスティアの一番になれたとして、僕がすぐに何かで死んでしまったら、ミスティアは誰かに奪われ、一番を誰かに変えてしまうかもしれない。

それに、僕が先に死ななくても、ミスティアが先に死んでしまったら。僕がいない時に、僕の見えていないところで、最期の瞬間に何かがあって一番が塗り替えられてしまったら。

僕がミスティアの一番になれる日が来る前に、ミスティアが死んでしまったら。一番になれたとして、またこういうことがあってミスティアが飛んでしまったら。冷静に考えてみれば、不確定要素ばかりだった。自分が永遠で強固だと思っていたものが、脆く、儚く、不確かで、五年前に紙で作った城のようなものだったと、初めて分かった。

だから、今度こそ僕は絶対を見つけなくちゃいけない。そう思うと同時に、それが何なのかすぐにわかった。最期なら、変わらないと。最期なら、絶対に覆らない。命を奪えば、そこで終わる。変わらないものになれる。ミスティアを殺せば、ミスティアを殺したのは俺だけ。俺がはじめて。俺が最後。誰が何をしても、そこだけは一生変わらない。未来永劫変わらぬ、ミスティアの絶対的な唯一になれる。俺だけが殺して、俺だけに殺された、ミスティア。

それは永遠だ。

「ミスティア！」

ミスティアに向かって大きく声を張り上げると、専属侍女に向けていた瞳が、俺を映した。

「ミスティア、生きてる。良かった」

そのまま力いっぱい抱きしめると、ミスティアの心臓の鼓動が、俺の鼓動に溶けあうように響くのを感じた。生きてる。ミスティアが生きてる。まだ生きてる。まだ殺されてない。まだ、殺せる。

「本当に……、なんて無茶をするの……？　ああもうこんな濡れて……、専属の侍女の分も服用意させるから、毛布はおって……。良かった馬車にいろいろ積んでて……」

本当は、傷ついたミスティアを連れて、そのままどこか旅行へ行くのも悪くないと思っていた。計画は失敗したけれど、大事なことに気付けたから、なんだか失敗した気がしない。ミスティアを抱き寄せたまま、従僕から毛布を受け取りミスティアにかける。

「今日、本当にありがとう。エリクには、すごい迷惑と心配をかけて……」

「いーよ、僕も、今日ここに居られて良かった。やっと答えが見つかったから」

ミスティアが、俺の言葉に疑問を浮かべる。知らなくていいと毛布をさらにかけて、頭を撫でた。

「気にしないで、もう暗くなるからおうちに帰ろ。俺は馬車呼んでくるから」

そう言って、ミスティアに背を向ける。ミスティア。ずっと呼びたかった名前。それまではご主人と呼んで、専属侍女の存在を塗り潰して消してやりたかった。けれどもう違う。違うと思うと、なんだかご主人と呼んでいたころがとても遠くに感じる。おぼろげで、曖昧だ。ずっと、夢を見ていたのかもしれない。空を見上げると、ミスティアの瞳のように赤かった空は、じわじわと侵食するように黒に蝕《むしば》まれていく。

もうすぐ夜だ。でも、俺はもう、夢は見ない。

夜を越えても朝は来ず

星々がきらきらと輝く夜のこと、メロが私の前に座り、私の話を熱心に聞いている。

「……というわけで、私には、前世の記憶があるという話でした。ご清聴ありがとうございました」

そうして、私は彼女に頭を下げる。あの教会の一件から、五日。私は、メロに『きゅんらぶ』について話すことにした。自分に前世の記憶があること、この世界がその物語に酷似していて、出てくる人間もほぼ同じ。最早その世界だといってても過言ではないレベルで似ていることを。

そして私が、そこでは物語の悪役に属する人間で、物語の主人公の邪魔や殺人未遂をし続け、最終的に投獄や死罪を受けること。全てを包み隠さず話した。なんとなく、話をするなら、お互いの痛みを知った今の方がいいと思ったからだ。正直、逆の立場だったら、「頭大丈夫かな」と思われても、仕方が無いと思う。

「――そこで、私の役はどんなものだったのでしょうか」

ずっと沈黙を貫いていたメロが静かに私を見据える。

「ああ、そのことなんだけど、物凄く言い辛いんだけど、居ないんだよね」

「では……教会については」

「それも無いんだ。教会や孤児院についても無い。というか、使用人の皆も出てなくて、それで、物語に登場するミスティアの使用人三人が、ここにいなかったり……その物語で起きることは、大体ちゃんと起きるんだけど……ちょくちょくいるはずの人がいなかったりするというか……」

使用人の皆は、誰もいない。お父さんの専属執事でもあり、家令の執事長はいるはずだけど……。

「まぁ、そうでしょうね。貴女がミスティア様でいらっしゃったから、私はこうして、ここに在る。それが全てでしょう」

メロは、目を伏せながら柔らかく微笑んでいる。しかし突然、ぱっと顔つきを厳しいものに変えた。

「そして、今後は、どうなされるおつもりですか？」

「うーん、私は、結果的に学園に火を放って投獄死罪されるから……もちろん火をつけたりなんてしないけど、誤解されたりとか、とりあえず何が起きるか分からないし、逃げようかなって」

「逃げる？　でしたら、今すぐに」

「あっでも、とりあえずやらなきゃいけないことが残ってるから、通学は続けるよ。まだ逃げない。それに回避できるかもしれないし」

「そうですか……」

「それで、さ。その、未来的な話なんだけど、将来的に、状況が危なくなったりしたらさ。その時、一緒に、逃げ、ないかな？」

今までなんとなく、メロに聞けなかったことだ。唐突に「なにかあったら一緒に逃げようね」とは言い辛いし。そのことを話すなら前世の話をした後と思っていたけど、結局頭がいかれてると思われかねないと躊躇って、ずるずる今まで来てしまった。

「もしも……万が一の話だよ？　その、私にとっての悲劇的な結末を迎えそうになったら、使用人の皆の再就職先見つけて、家族と逃げようと思っているんだけども……メロも一緒に、みたいな。あ、勿論駄目だったらちゃんと再就職先は見つけるから、安心して」

メロが黙ったままで、私が焦って付け足すと、彼女は私の手を握りしめた。

「当然、ミスティア様のお供をします。貴女が許す限り、どこまでも」

「うん、ありがとう」

「では、あの……少し、私の部屋に立ち寄っては頂けないでしょうか？」

「え？」

「渡したい物があるのです」

それ以上はなにも答えないメロに誘われ、部屋を出る。辿り着いたのはメロの部屋だった。彼女は本棚へと向かい、そこから色の違う一冊の日記を取り出して、私に差し出してきた。そこには、ディリアと名前が記されている。

「この日記は、私が盗んだものです。中には御嬢様のことが記されていました。貴女への想い、そして感謝です。御嬢様が持っていてください」

「……わかった」

ディリアの、日記。

この日記は、私がプレゼントしたものだ。字を書く練習になればと思って贈った。ディリアを書いていた絵や、部分的に思い出した背中を見て女の子だと思っていたディリア。でも、たしかディリアは男の子だった。熱湯から庇ってくれたのも彼だった。今はその声も、顔もしっかりと覚えている。

この日記帳を渡した時、「日記……なんだそれ？」と、首を傾げた後、日記帳を色んな方向から見つめ、少し嬉しそうな顔をしていた。いつかの未来、ディリアと会った時きちんと返せるように、この日記はきちんと持っておこう。彼にこの日記が渡せるように、平和な未来を手にしなければ。

「将来的に……さ、前世の知識を活かして、お父さんとお母さんとか、使用人の皆とか、領地の人達とか、皆の役に立つことがしたい、な……」

前世を思い出して五年。その知識を使ってやっていることは投獄死罪の回避のみで、それ以外のことはなにもできていない。でもそれを回避したら、前世の知識を活かして、もっといろいろ迷惑をかけた使用人の皆や両親の役に立って、恩返しがしたい。

「御嬢様が幸せでいてくだされば、私は幸せです。それは使用人一同、同じ気持ちだと思いますよ」

メロは、いつの間にか私の手を握っていた。その手を握り返す。

「私もメロや皆が幸せだったら幸せだから、一緒だね」

「はい」

「でも欲張りだから、やっぱり恩返しはしたいな」

「はい」

メロと一緒に、笑い合いながら廊下を歩く。いつもどおり、なにも変わらない日常。けれど、夏を迎えるよりずっと自然で、今までで一番幸せに感じた。

第十三章　断崖の女子生徒

今際の新天地

「じゃあ行ってきます」

御者のソルさんに挨拶をして、校舎へと向かって歩く。夏休みも明け、今日から新学期の始まりだ。

教室へ向かうと、そこには素晴らしい光景が広がっていた。

座るアリスの前に立ち、話をするレイド・ノクター。とても微笑ましい光景だ。ただ私は絶対教室に入れない。ここで教室に入って、恋愛イベントを邪魔する訳にはいかない。トイレに行こう。

安心安定、信頼のトイレ。絶対的結界ゾーン。

「あれ、ミスティア様？」

でも、踵を返す前にアリスに呼び止められてしまった。

「おはようございます」

挨拶をすると、皆返してくれた。そのまま席に鞄を置くと、レイド・ノクターが私の前に立つ。

「おはようミスティア。ちょうど今、夏休み中どうやって過ごしていたかの話をしていたんだ」

「私はずっと、山へ行ってたんです！　なので、ミスティア様と久しぶりにお会いできて——お姿を拝見することが出来て、とても嬉しいです！」

アリスの言葉に、心臓がきゅっと縮み上がった。ずっと山に行っていた……？

「き、喫茶店の、お仕事とかじゃ……なかったんですか？」

夏休み、アリスは両親のお店で働くほかに喫茶店でバイトをして、攻略対象たちに出会う。そして一緒にメニューを考案したりした末に、攻略対象たちが他の女の子と会っている姿を見てもやもやして、恋を知るのだ。山では、そんなイベントも起きない。

「はい！　喫茶店のお仕事もいいなと思ったんですけど、泊まり込みで働くほうがお給金が良くて！　ずっと山で、登山する方が立ち寄る食堂に住み込みで働いてました！　あっ、でも製菓技術も上げたくて、最後の一週間は焼き菓子を取り扱う専門店で、修行をしてきました！　山小屋の食堂の方が連絡を取ってくれまして」

「えっと、それはどこの場所にあるんですか？」

「隣街の、さらに隣にある街です！　東側の」

私はアリスの言葉に愕然とした。彼女の話す場所は、ゲームで出てこない。つまり、イベントが起きない場所だ。私は一縷の望みを託すように、レイド・ノクターに話しかけた。

「れ、レイド様は？　なにを？」

「父の仕事の手伝いかな。色んな地方へ行ったよ。隣の国にも行った。手紙に送ったとおりだよ」

そうだ。レイド・ノクターから手紙が何通か来ていた。返信もしたし、いろんなところに行ったんだなあ、大変だなぁと思っていたけど、もしかして、ずっと街を出ていたとか。

「……街には、いました？」

「ほとんどいなかったんじゃないかな」

「ほとんど……」

言葉も出ない。しかしアリスは嬉々としてこちらに顔を向けていた。

「ミスティア様はどこかへ行かれました？」

「私は、ずっと別荘で、ぼーっとしてました……」

「素敵ですね！　たくさん休んでください！　頑張りすぎは身体に毒です！」

気持ちは、嬉しい。でも、なんでアリスは山へ働きに、レイド・ノクターは他国へ勉強に行っている？　この先一生レイド・ノクターが弟狂いだったら。彼の人生の負債どころか、ザルドくんの人生の負債にすらなる。私は結局そのまま三人で会話をし、ひやひやした時間を過ごしたのだった。


「どうしよう」

休憩時間、私は教室を出て、廊下をあても無く歩いていた。どうして、アリスは山になんていったのだろう。なにがシナリオに影響した？　アリスは今、どこのルートにいるのだろう。きゅんらぶに誰のルートにも入らなかったことで迎える結末はないはずだから、誰かしらのルートにはいるはずなのに。

首を傾げていると、廊下の先でエリクが教科書を持って歩いているのが視界に映った。思えば春先の彼はいつも女子生徒に囲まれたように思うけど、体育祭が終わった辺りから一人でいるような。

「エリク先輩？」

「ああ、ミスティアだ！」

そっと声をかけると、彼は嬉しそうに振り向いた。手に持っている教科書は化学の教科書で、二年としっかり書かれている。

「嬉しいなあ、新学期からミスティアに会えるなんて。どうしたの？　俺に会いに来てくれたとか？」

「いえ、ただちょっと考え事してまして、先輩は？」

「俺はこれから化学室で実験！　なんならミスティアも一緒に行く？」

「あの、先輩、つかぬことをお尋ねするのですが……」

「なあに？」

「ご主人！　とか、そういう呼び方じゃないんですね、今日も……」

エリクは「ああ……」と遠い目をした。もしかして指摘してはいけなかったのでは。

「ミスティアは、ミスティアだなぁと思って」

「えっと、そうですね。私は私です」

「だから、ミスティアって呼ぶことにしたんだ。駄目かな？」

「いや、駄目じゃないです。なによりです！」

……もしや、アリスが今いるのは、エリクルート……？

「じゃあ、俺、これから先、ずっとミスティアって呼ぶね。最後まで」

「はい、よろしくお願いします」

わけも分からず頭を下げると、エリクは「あっそうだ！」と私の腕を掴んだ。

「ミスティア今月宿泊体験だよね？　あそこ結構崖危ないからさぁ、絶対落ちたりしないでね」

「え、あー……はい」

「約束だよ！　死んじゃったら嫌だからさ！　終わらせるのは俺の役目だよ？」

「終わらせる……？　なにを？」

「ふふふ、なーいしょ。じゃあねミスティア」

エリクは軽やかに廊下を走っていった。私は彼を見送りながら、ふと気づいた。もしもアリスがエリクルートにいるのなら、彼女とレイド・ノクター、どうやって二人の仲を深めればいいのだろう。


レイド・ノクターとアリスを、エリクルートを妨害しないよう近づける。どうしようか悩んでいたけど、その機会はすぐに訪れた。というのも一週間後、自主性を極める為、使用人のいない場所で二泊三日の宿泊体験学習が行われるからだ。

馬車で半日かかる海や山のある避暑地に行って、生徒たちは自分のことは自分でして過ごす。必然的に学園に通うときより一緒にいる時間は増えるわけだし、恋愛イベントも用意されている。

ただ、問題がひとつ。ゲームにてミスティアは、アリスを崖から突き落とすのだ。

よって私は欠席がしたい。けれど、エリクに続いてレイド・ノクターを更生させる責務がある。これから先、悠長に構えていれば、アリスとエリクの仲がどんどん深まるだろう。なにせ今のエリクは「女遊びがド派手で性に開放的な感じ」がまったくない。

やや無邪気で素直な頑張り屋。勉強も真面目に取り組んでいるし性格が良い。そして主従狂いが治ったのだ。仲良くならない理由が無い。そして二人の関係があまりに進んでしまったら、レイド・ノクターは交際相手のいる女性に近づくなんて不誠実だと、彼女に近づきすらしなくなる。

だからこそ今のうちにレイド・ノクターとアリスの仲を深め、彼女の癒し効果、主人公補正……ヒロインセラピーにより弟狂いを治してもらわなければいけない。そしてまた、問題がひとつ発生した。

「それで、お話とはいったいなんでしょうか。私だけならともかく、医者も同伴とは」

「ほんとほんと。おじさんびっくりしちゃった。せっかくお姫さんとデートだと思ったのに、スティーブがいるなんてびっくりだよ」

アーレン家の庭園で、月明かりを背にスティーブさんとランズデー先生が振り向く。私は未来の重大な欠陥について、気づいてしまったのだ。

「実は、両親に――父についてお尋ねしたいことがありまして」

ゲームの終了間際、ミスティアは学園に火を放ち、投獄され死罪となる。しかし普通に考えて、王族がいるわけでもない深夜の校内に火を放ち、死罪になるだろうかと疑問を覚えた。そこで出てくるのが、両親が罪を犯していたという可能性だ。ゲームのミスティアパパ、ママは娘のためならなんでもした。私の両親は雰囲気が違うけど、ゲームでミスティアは「船を買ってもらおうとしたけど厳しいって言われた、むかつく」みたいなふざけた理由で、アリスを落とし穴に落とした。

しかし、私の父――ミスティアの父親は、数年前の私の誕生日の時、確定事項として船を買おうとしたのだ。主に金銭面で、不正を不正だと認識する前に――悪に手を染めている可能性も大いにありうる。だから私は、アーレン家で長く働き、父との付き合いも長い二人を呼び出したのだ。

「お父さんのこと？　なんでまた？　学園の宿題かなにか？」

「ランズデー、口を慎め。御嬢様、当主様がどうかされたのですか？」

「なにか、良くないことをしてるんじゃないかと……お、お金の使い方が荒いと言うか、私になんでも買い与えようとして、そのお金はどこから来てるのかな……と」

一応、理由も付け足しておく。するとスティーブさんは「なるほど」と呟き、ランズデー先生は突然大きく笑い始めた。

「はははは！　お姫さん、そんな心配してたの？　おかしいなぁ、はははは、苦しい、ははは！」

「ランズデー」

「ごめんごめん。お姫さんがあんまり見当違いなこと言うから、おかしくなっちゃってさあ！」

ランズデーさんは、目尻に浮かんだ涙を指で拭いながら、安心させるように私の頭を撫でた。

「大丈夫だよ、この家の金回りがいいのは、領民がこの家のことが大好きっていうだけだから」

「そ、そうですか……？」

「ん？　その顔信じてないなー？　おじさんがお姫さんに嘘吐いたことあったかい？」

「無いですけど……」

「それにほら、スティーブも証人になってくれるよ」

スティーブさんを見ると、彼は静かに頷いた。

「当主様は、不正な資金操作をすることなく、きちんと御嬢様のために日々尽力していらっしゃいます。御嬢様の心配はご不要かと」

「スティーブ、言い方が悪いよ」

「……問題ございません。御嬢様。もし当主様が御嬢様の意にそぐわぬことをされるなら、私やランズデーが責任を持って止めてみせましょう」

「そうそう。俺たちがしっかり止めてあげる」

「……よろしくお願いします」

二人がそう言ってくれるなら、心強い。特にスティーブさんは執事のルークいわくかなり厳しくて、氷のようだと言っていた。それほど厳しいということだろうし、安心だ。

「おじさんたち頑張っちゃうよ！　お姫さんの約束だからねえ」

「ランズデー、そろそろ茶番はやめろ。御嬢様の身体が冷えてしまう」

「わかったって。さ、お姫さん。屋敷へ戻ろうか。もうこの時間は暗いし、魔物に攫われちゃうよ？」

ランズデーさんの笑顔につられて、私も笑う。スティーブさんも心なしか微笑んでいる気がする。

私は二人に挟まれるように、安心しながら庭園を後にしたのだった。


とうとう。宿泊体験学習の日が来た。今日は、朝から午後にかけて馬車に乗り、現地に到着次第食事をして二泊滞在する宿へ行き、風呂等色々を済ませ就寝というざっくりプログラムだ。

宿は貴族学園の所有する宿で、学園貸し切り、一人一部屋個室らしい。本当に良かった。アリスと一緒だったら死んでいた。

私は、学園から宿泊体験をする施設へ向かう馬車の車窓を、じっと眺めた。外は街を離れ、きらきらとした海の景色が映っている。どこを見ても真っ青で、快晴の空とのコントラストが爽やかだ。もう昼は過ぎ、馬車の中でランチボックスを食べてからしばらく経つ。もう少しで施設に辿りつくだろう。

「海、綺麗だな」

「ええ、今日は天気も良いから気持ちいいですね」

向かい側に座るジェシー先生の言葉に、私は大きく頷いた。本当に、海が綺麗だと思える。それは全て先生のおかげだ。先生が隣にいる。それだけでこんなにも幸せに感じる。

私は今回の馬車の振り分けで、奉仕活動と同じ班分けになりかけた。しかし、酔いそうだからと校外学習と同じ馬車酔い戦法を使ったのだ。ただルキット様は、「あんた帰りはさすがに慣れてるわよね……？　そうよね……？」と死んだような目をしてこちらを見ていた。なにか、いろいろ申し訳ない。

「こうしてお前と二人で馬車に乗ってると、変な感じだ」

ジェシー先生が呟いた。五年前は馬を習っていたわけだから、私も懐かしい気持ちになる。

「あの時は、ありがとうございました」

「俺も、ありがとう。お前から学んだこと、すげえ多かった」

先生は柔らかく目を細めた。馬を教えてもらったのに、やっぱり先生は本当にいい先生だ。一番教師に相応しいと思うし、恩師という言葉が最もしっくり来ると思う。感動していると、やがて馬車が減速をしていき、停まった。

「着いたぞ」

先生に促され馬車から降りると、目の前にそびえ立っていたのは宿……なんてものじゃない。豪華絢爛すぎる城であった。ゲームでは内装しか分からなかったけれど、こんな広いとは……。

他のクラスはもう到着しているらしい。各々まとまって城ならぬ宿へ入っていく。今日から二泊三日、頑張ろう。私は気合を入れて、宿の中へと歩みを進めたのだった。


「つーいーたっと」

あれからジェシー先生の下へクラスで集まり、施設についての説明を受けた私は、さっそく自分の部屋へと入った。今は自由時間で、夕食までの三十分間、自由にゆっくりしていていいらしい。

部屋の内装は、ゲームで見たまま。ホテルの一室という感じだ。真っ白な壁には鹿の置物がかけられ、床は真っ青な絨毯が敷かれている。天井からはきらびやかなシャンデリアが吊るされ、窓も広い。水族館みたいな大きさだ。

この建物は一年の宿泊体験学習専用ということで、年に一回しか使わないらしい。家具はベッドと机と椅子のほかに、ソファと大きなローテーブルがある。隣の部屋には手洗いと風呂場もついているし。かなり勿体ない。とりあえず、寝る時に着るパジャマをベッドに置いて、机に昨日準備したお風呂セットを置いておく。

本当ならお泊りセットは三日くらい前から準備して、前日は点検のみの予定だったけれど、使用人の皆に宿泊体験学習へ向かうのを止められ続け、なんやかんやで昨日になってしまった。

「これでよし、と」

荷ほどきを終えひと息ついていると、コンコン、と扉を軽く叩く音がした。

ドアスコープは存在しないけれど、ここは貴族学園所有の建物。平気かと考え直して、扉を開く。

「やぁミスティア、荷ほどきは終わった？」

全然平気ではなかった。反射的に一歩後退すると、私が手を放したドアノブをレイド・ノクターが掴み押し開いてきた。

「な、なんでレイド様が、ここに？」

「学級長だからね、集合場所を忘れてる生徒がいないかの確認だよ」

「でもここ、女子の階ですよね……？」

ここは女子生徒が泊まるフロアで、男子禁制という決まりがある。男子生徒の泊まるフロアは、女子禁制だ。隣のクラスの担任の先生は女の人だし、その先生がするはずでは……なぜ、彼がここに。

「学級長だからね、ほら、腕章もある」

レイド・ノクターは私に腕章を見せてきた。たしかに学級長と書かれている。そうか、学級長だから、点呼を……任されてしまったのか……。

「な、なるほど。私はもう出るところなので、大丈夫です。ありがとうございました。お疲れ様です」

さよなら、と別れの雰囲気を醸し出す。しかし、レイド・ノクターは去ろうとしない。それどころか、「はよ出ろ」と言わんばかりに私を待ってるような素振りをした。

「あの、集合時間については把握してますよ……？」

「うん、ミスティアが最後だからさ、準備は終わった？」

「え、あ、はい」

「なら、行こうか」

レイド・ノクターがさらに私の扉を開いて、明確に出るよう促してくる。部屋から出ると、彼は美しい所作で私から鍵を奪い取り、勝手に鍵を閉めた。

「え、は？」

「鍵の施錠、しっかり出来ないところがあると聞いたんだ。だから一つ一つ確認してて。良かった君の部屋は大丈夫みたいだね」

「どうも……」

驚いた。あまりに美しい所作だからぼーっとしていたけれど、完全にスリの手口だ。レイド・ノクターが本職の人間であったならもう二度と鍵は返ってこないけど、相手は正義の人である。ちゃんと鍵は返してくれた。

「大変ですね、鍵閉めてるか確認して回るの」

「どうして？　なぜ？」

世間話をするつもりだったけれど、彼は食いついてきた。小さい子……それこそザルドくんなら可愛いけど相手は十五歳、中々の圧がある。

「他の人の確認もしなきゃいけないわけで……。だから、レイド様が適任だとは、思いますけど、大変そうだなと思いました。えっと、以上です」

「なんで？　僕が適任だと思う理由を教えて？」

すごい突っ込んでくるな。尋問か。怖い。相手がレイド・ノクターだからか？　それとも私にコミュニケーション能力が無いからそう感じるだけ？

「えっと、真面目で、責任感があって、物事を進めるのが上手いから……？　あと、悪いことはしないでしょうし……」

「へえ、君は僕のことをそう思っているんだ」

彼は子供のように無垢な顔をした。豹変が怖い。今無邪気さを出されても困る。どこか、料理長や庭師のフォレストと似たようなものを感じた。あの二人も突然急変するタイプだし。

「そういえばさぁ、ミスティアに言い忘れてたことがあったんだけど」

弟に、近づくななどの警告だろうか。

「シーク先生には気を付けた方がいいと思うよ」

「……へ」

突然の言葉に、頭の中が真っ白になった。レイド・ノクターはそんな私を見て、口角を上げた。

「僕も気をつけるけど、ね」

「それはいったい、どういう意味で……」

「遅れるよ、そろそろ行かなくちゃ」

私の質問に答えることなく、彼は歩いていってしまう。

ジェシー先生の、なにを気をつけろと……？　レイド・ノクターの言葉の意味が理解できぬまま、私は彼の跡を追い、夕食の集合場所へと向かったのだった。


「じゃあ、ここに入れ、中を見た方が理解が早いだろ」

集合場所は、大広間の扉の前だった。ジェシー先生はなぜかエプロン姿で扉を開く。視界に飛び込んできたのは、色とりどりの野菜に、群れをなしていると錯覚するような肉と魚たちだった。色彩と圧の暴力とも言えるその光景に、私は息をのむ。ああ、まずい。完全にまずいことになった。

……これは、間違いない。レイド・ノクターとアリスの恋愛イベントだ。

宿泊体験学習のレイドルート恋愛イベント。それは、今まさに開始されようとしているシークレット課題がメインだ。

『夕食を、自分で作る』

用意された器具で、一人ひとり、誰と協力することも許されず、自分の力だけで今日の夕食を作るのだ。大広間には今日の為にと設置されたキッチンが、クラスの人数分設置されている。他のクラスが集まった広間でも、同じようにキッチンが設置されていることだろう。そしてこの課題を行うことが、恋愛イベントなのだ。貴族の子供である生徒たちは料理をすることに縁が無い。よって今回の課題、クラスメイトたちはことごとく失敗する。

しかしアリスだけは、手早く美味しそうな料理を作り上げるのだ。アリスは優しい心で皆に食事を分け与えようとするが、ミスティアだけがそれを拒む。「庶民臭くて食べられない」「犬の餌を食べろというの?」などと言った末にアリスの料理をひっくり返そうとする。

そこにすかさずレイド・ノクターが登場、料理とアリスを救出、ミスティアに今までにない強めの注意をし、撃退するのだ。アリスは食事がきっかけとなり、クラスメイトと打ち解け、仲良く夕食会を過ごす。レイド・ノクターの隣で。

一方悔しくてたまらなかったミスティアは、翌日アリスを呼び出すと、崖から突き落としてしまうのだ。……という記憶を、今はっきり思い出した。崖落としの動機はこれだ。ただミスティアの癇癪ではなかったんだ。それにしてもいつの間にアリスはレイドルートに入ったんだろう。エリクルートじゃなかったのだろうか。それとも、行きの馬車でなにか恋愛イベントが起きたのだろうか。

「じゃあ、各自、学籍番号が書かれている場所に立て。そこがお前らの指定の場所だ。置いてある食材も道具も好きに使っていい。制限時間は三時間。開始だ」

ゲームと同じ説明を終えた先生の合図で、各々戸惑いながら食材の並ぶ棚へ移動する。棚には野菜からはじまり肉、魚、茸、果物、チーズなどの乳製品からよく分からない生物の丸焼きまであった。

しかしゲームのミスティアは全てこの食材を、飲食厳禁なものへと変えてしまっていた。彼女の作りだしたシチューは、中に生の鶏肉ハンバーグが内蔵され、未加熱の生魚が飛び出し、新たな生命を人工的に作り出すかのごとく、常にゴポゴポ言っていた。

「はぁ」

私がここで失敗しないと、アリスが唯一料理に成功したという事象が捻じ曲げられる。アリス以外の全員が失敗し、食事に困窮した状況を作り出さなければ、彼女の優しさや器の広さが際立たない。アリスを見れば人参や玉ねぎなどを早速選んでいる。頑張ってアリス。レイド・ノクターの胃袋を掴み、そのまま縛り上げて弟狂いを治してくれ……と心の中で応援して、私は自分の調理場に向き直った。明日の朝まで、私は断食するしかない。ゲーム通りの食中毒必須料理を作ってもいいけど、あれは食災害って感じだし、なにもしない。

お腹はすくけど、一口も食べられない料理を作って食材を無駄にするよりまし……あれ？　ミスティアのあのシチューは、作った本人ですら口にしてなかった。ということは、それがどんな味であろうと、誰にもわからない。

……一目見て失敗であると分かるような料理を作れば、食材を無駄にせず済むのでは？　そうだ、色を混ぜていくと最終的に黒になるあの法則で、完全に真っ黒なシチューを作ればいい。我ながら、妙案だと思う。私はさっそく、見た目の酷い料理作りに着手することにした。

「よし」

顔を上げると、離れたところで料理を作っているレイド・ノクターと目が合った気がした。私はさりげなく視線を逸して、食材を選ぶスペースに足をすすめる。基本は色重視だけど、できれば美味しく食べたい。私は組み合わせをいろいろと考えながら、野菜を手に取った。

「できた……」

制限時間は残り二十分。周囲が続々と料理を完成させる中、私も今出来上がった料理を前に、笑みを浮かべた。色の三原色を混ぜると暗くなる。

私は美術で習ったことを活かし、ほうれん草、人参、トマトをベースにした粘度高めのスープを作り上げ、茹でたマカロニを和え――ボルトマカロニグラタンを作った。見た目は完全に工具だ。完全にボルトである。さらにチーズも混ざっていることで糸を引き、本来なら食欲が最も昂ぶる瞬間に恐怖を感じる完璧な一品だ。本当に何処に出しても恥ずかしくないボルトだ。工事現場を解体し、生み出されたモンスターにしか見えない。

「それは……いったい」

達成感で胸がいっぱいになっていると、いつの間にか隣に立っていたロベルト・ワイズが私の料理を見て、顔面蒼白になっていた。

「私が作った料理です」

「なっ……こ、これを……？」

彼は、信じられないといった顔つきで私を見た。嬉しい。生真面目な彼がここまで反応するのだ。完璧に見た目は失敗にしか見えないはずだ。最高だ。

「……俺のと、交換しよう」

「な、なにを言ってるんですか」

「説明では、作ったものは残すなとは言っていたが、誰かに食べてもらうことに対して触れていないし、交換についても言及されていない」

「いや、大丈夫ですよ。本当に交換とかしなくて大丈夫です。ちゃんと自分で食べます」

「間違いなく死んでしまう！　完全にこれは食べられる状態では……」

そう言ってロベルト・ワイズは口をつぐんだ。さすがにボルトを前にしても人が作ったものに対して「食用ではない」と言い切るのは難しいらしい。でも、食用だから大丈夫だ。

「これは私の食事ですのでお気持ちだけで充分です」

「だが……！」

「へぇ、ミスティアが作ったの？」

私とロベルト・ワイズの間に、何者かが――レイド・ノクターが割って入ってきた。彼は私の料理を見つめ、くすりと笑う。

「美味しそうだね」

どこをどう見ても美味しそうに見えないけど、さすがレイド・ノクターだ。演技も完璧である。このボルトマカロニを前に、心の底からそう思っているようにしか見えない。

「一口貰ってもいいかな？」

御世辞だろうと聞き流すと、レイド・ノクターは私の手からフォークを取った。

「……え、いや良くないです。私が責任をもって食べるので、駄目です」

レイド・ノクターはそれでもフォークを手から離さない。仮にも婚約者の作った料理なら食べるという優しさが、彼をここまで駆り立てているのだろうか。そういえば彼はアリスのクッキーも一人でバリバリ食べていた。もしかして、食べることが大好き……？

「なら、僕のと少し交換するだけならいいよね？」

「へ」

「僕は具材を挟んだパンを焼いたものなんだけど、君の嫌いな食材は入っていないし」

差し出されたトレーには、焼きサンドイッチとスープがのせられていた。炒り卵と、美しく焼かれたベーコンが挟まれている。スープは丁寧に切り揃えられた野菜が入っていて、見るだけで食欲をそそられた。しかし交換なんて無理だ。特にレイド・ノクターに私の料理の正体を知られてはいけない。

「いや、大丈夫です、間に合ってます」

「僕の料理を食べたくないということかな？」

「ノクター。少し強引すぎるんじゃないか？」

断る私。交換を申し込むレイド・ノクター。そしてそれを止めるロベルト・ワイズ。どうしてこんなことになってしまったのか。逃避の欲求が強まってきて、今もなお目の前に出されているサンドイッチに視線を落とす。そして、気になる点を見つけた。

初見では普通に美味しそうとしか思わなかったけど、変だ。シナリオではレイド・ノクターも、慣れない料理に悪戦苦闘していたはずだ。確か、焦げたミートパイを作っていた。

何故彼の料理技術が向上したのか。理由を考えて、ある人物の姿が思い浮かんだ。

夫人だ。ノクター夫人が、教えたんだ。彼は「母が料理作ってくれてたけど、弟が産まれるから最近食べてなかった」みたいな話をしていた気がする。そしてザルドくんが誕生し、成長したことで、ノクター夫人は料理をする機会も出てきたわけで……。

最初から私がどんな料理を作ろうと、こうしてレイド・ノクターは完璧な料理を作りだしていたということになる。私の行いなんて、微塵も関係無かったのでは？　というか、レイド・ノクターの作った料理に見覚えがありすぎる。約五年前、私はレイド・ノクターに炊き出しまがいのことをした期間があった。これはその時の料理ではないだろうか。

五年も前のことだし、期間も限定的。すっかり忘れていたけれど、レイド・ノクターは覚えていたということか。なら、作戦は最初から失敗で……、

「そこまでだ」

上から声が降ってくる。顔を上げるとジェシー先生が隣に立っていた。

「人の作った食い物にたかるな。出来たんならさっさと食事する場所行って、学籍番号順に座れ」

ジェシー先生は、レイド・ノクターとロベルト・ワイズの肩を掴むと、この場から去るよう促した。

ロベルト・ワイズは心配そうな目を、レイド・ノクターは冷めた目をこちらに向けて去っていく。

「ったく、あいつら……。お前は料理、もう出来たんだよな？」

「はい」

「なら、座れ、あと少しで食べる時間だから。少し冷めちまうけど、皆が終わるまでっつーのが規則だからな」

ジェシー先生は淡々とそう言って戻っていく。助かった。本当に助かった。いつもいつも、危機的状況になるとジェシー先生は現れ何とかしてくれる。本当にありがたい……。

そういえば、レイド・ノクターはジェシー先生に気をつけた方がいいと言っていたけれど、あれはいったいなんだったのだろう。

長机に、各々自分の料理と共に座っていく。テーブルには、やや焦げていたり、少なかったりするスープや、煮込み料理、ソテー、サラダ、パイが並んでいる。

「ノクター、お前すごいなスープ作るなんて」

「焦げているところがなにもないし、すっごく澄んでるね。美味しそう」

「そんなに難しいことはしてないよ。これは、母に教わったごく短時間で出来るスープなんだ」

遠くの席でレイド・ノクターが周囲のクラスメイトと話をしている。その近くには、アリス、ロベルト・ワイズ、そしてルキット様もいる。学籍番号順と言う制度は、本当にありがたい。シナリオの進行上の問題があるのか、レイド・ノクターたち主要メンバーの学籍番号は固まっており、さらにミスティアとは離れている。安心だ。

「そんなに美味しそうなスープが簡単に出来るのか？　料理人なんていらなくなるじゃないか」

「父は、料理に母を取られるみたいだと言って、工程の多い料理をすると渋い顔をするんだ。五年前からそれが顕著になって……だから、これは、母が工程を省略できないか考えて出来たスープなんだ。で、こっちは僕の個人的な好物」

サンドイッチを示し、にこやかに微笑むレイド・ノクター。彼から三つ飛ばした席には、ロベルト・ワイズがいる。彼は向かいの席のクラスメイトと淡々と会話をしていた。

「ワイズ、お前料理出来たんだ……ちょっと驚きだわ」

「ああ、妹が好きでな」

ロベルト・ワイズ料理……。一体どんな感じかと見てみると、トマトの煮込み料理とポークステーキで、肉がすべて均一に、真四角に切られていた。失敗はしていない。成功している。あれ……？

「私は簡単な魚ソテーとサラダを作りましたの。お料理はあんまり好きではなくて……」

いじらしく俯くルキット様に、彼女の周りの男子の目が釘付けになっている。ソテーだが、こちらもやっぱり成功している。そもそも彼女は省略されていたのか、シナリオにはいなかった生徒だから、そもそも失敗はしないのかもしれない。

というかアリスは一体何をしているんだろう。ゲームでは、彼女は一番乗りで料理を作り上げたはずなのに。なにか困ったことでもあったのだろうか。アリスの姿を探していると、遠くからワゴンがガラガラ……と押す人形が見えた。よく目を凝らしてみていると、その人形はほかでもないアリスだった。

「え……」

慎重に、ワゴンを押すアリス。そのワゴンには、想像を絶する料理がのせられていた。

「この料理のテーマは、愛と輝きなんですよ！」

アリスがルキット様にそう語りながら、嬉々としてテーブルに自分の作った料理をのせていく。

アリスが作った料理は、家庭料理や自分の両親が営む食堂で出しているメニューではなく、赤と黒で統一されたフルコース料理であった。それはもう、プロレベルの。

「この赤い飲み物はなんですの……？」

「高貴と可憐から着想を得た木苺の飲み物です。鮮やかな紅を生かしつつ、甘さを際立たせ、高貴と可憐をしっかり表現致しました!!」

ルキット様の質問に、アリスがよくぞ聞いてくれたと言わんばかりに答えている。木苺の飲み物は、シャンパングラスに入れられ、上にはチョコレートで飾りがついて、カクテルの様相だった。

さらに二人の手元にある前菜は、食用の薔薇の花びらをあしらい、さらに野菜を薄く切った薔薇がお皿を彩っていた。その薔薇の花弁の中には、ミルフィーユ状に様々な具材が挟まれ、上から美しい曲線を描いた漆黒のソースが添えられている。

「……ここにも、薔薇が？」

「はい！　さすがルキット様！　目の付け所がドータンならではです！　ありがとうございます！」

「貴女、いつも元気ね……」

アリスの紹介しているスープはトマトのポタージュらしい。クリームでいくつもの薔薇が繊細に描かれており、完全に、職人の域に達している。

「肉料理は、塊の肉を表面だけしっかりと焼いて、その後薔薇と香草で蒸し焼きにしました！　ソースは野菜と果実を煮込んで作ったので、さっぱりと食べられます！　へへへ。デザートは林檎のタルトです。薔薇を、薔薇を表現してます！　赤い薔薇です！　本当はもう少し作りたかったんですけど、制限時間内に完成させたかったので！　へへへ！　へっへへ！」

アリスが蕩けるような笑みを浮かべる。ルキット様は、「良かったわね」と短い返事をする。レイド・ノクターの様子をちらりと窺うと、彼はなぜか冷ややかな視線を送っていた。

ボルトマカロニを食べ終えた私は、一応食事として設けられている時間は部屋に戻ってはいけないという規則のもと、水を飲んでいた。

結局のところ、見た目がおかしくとも味は野菜のマカロニグラタン。かといって、視覚情報が廃品工場みたいな状態だったから、なかなか心境的に厳しいものがある。夕食を食べ終えたと言うより、一山越えたような気持ちだ。

「アッ……アノゥ……ミスティア様……イマ、オイソガシイデスカァ……？」

振り返ると、ワンカットのケーキをのせた皿を持つアリスが立っていた。あれ、イベント、まだ終わってない……？

「良ければ食べてください。あの、このケーキ、み、ミスティア様の高貴さとか可憐さを表せたらなんて思って作って、いやでも全然表せてないんですけど、良ければ！　あっあと漆黒のチーズグラタン！　かっこよかったです！　語彙力が無くてごめんなさい！　いつも応援してます！　じゃあ！」

私の机にケーキのお皿を置いて、アリスは猛ダッシュで立ち去った。彼女の料理がシナリオの強制力によりぐちゃぐちゃにならなかったことに安堵する半面、どことなく落ち着かない気持ちにもなる。

ゲームでは、あんなアグレッシブな食事の勧め方はしていなかった。それに「いつも応援してます！」ってなんだ。相変わらず、アリスは芸能人に対するファンに似た雰囲気を持っている気がする。私はどこか唖然としながら、ジェシー先生の「もうすぐ夕食終わるぞ」の言葉に、慌ててフォークを手にとったのだった。

前世時代、宿泊系の行事はすべて、お風呂は皆と一緒、夜はレクリエーション……みたいな雰囲気だったけれど、きゅんらぶ世界観とはいえ、流石に貴族学園でそういうことはないらしい。夕食を食べ終えたあとは、各自部屋で入浴し、そのまま眠って夜が明けた。

「三時間おきに満ち潮と引き潮が繰り返され……」

そして本日は宿泊体験学習、二日目。照り付ける日差しの下、小高い丘の上、私はひたすらにこの辺り一帯の水事情について記されている看板を眺めていた。今は自由時間。そしてミスティアが、アリスを崖から突き落とすイベントのある時間帯だ。

けれど自由時間とは名ばかりで、「許した範囲の中、崖や自然に触れろ。くれぐれも範囲から出るな」といった感じの規則がある。ということで、ミスティアがアリスを突き落とした崖下に在る海は、満潮と干潮を三時間おきに繰り返しているらしい。

なかなか高頻度な気がする。ミスティアがアリスを落としたのが満潮だったのか干潮だったのか分かれば、事件発生時の大体の時間を予想できそうなものだが、そういった描写は無かった。

「はぁ」

被っていた帽子を取り、それでぱたぱたとあおぐ。この帽子は、土地柄なのか日差しが強いことを知ったメロが「宿泊体験学習に行くのを認めたわけではありませんが、万が一行ってしまうのであれば」とわたしてくれたものだ。確かにこの暑さは、帽子の一つでも被っていないと、熱中症にかかる。帽子を持ってきた生徒は私だけだったけど、被っていると顔がわからず、なにかあった時にアリバイが作りづらい。よって、私は時折帽子を取りあおぐことで、ここにいるアピールをしていた。

「大丈夫か」

潮風にあたっていると、ロベルト・ワイズが近づいてきた。

「大丈夫ですよ。こうして熱を拡散させているだけなので、体調不良ではありません。お気遣い頂きありがとうございます」

「なら、いい……」

彼と一緒に、ぼんやりと地平線を眺める。今年の夏は、本当に瞬きのように終わってしまった。でも、メロのこと、ディリアのこと、本当の記憶を取り戻して、かけがえのない夏になったと思う。

「……俺は、この夏に、いろいろと考えていたんだが」

「はい」

「ワイズ家の当主として、生きていきながら、医者になろうと思う」

すっきりとした顔で、ロベルト・ワイズはそう言った。彼はいつになく清々しい顔をしていて、奉仕活動の時のような思いつめていた雰囲気は、もうどこにも感じない。

「ワイズ家の当主として領民を豊かにして、そこで得た資金力を領民に還元して、循環していきたい。そしていずれ、その一環で……貧しく医者にかかれない者でも、診てもらえる仕組みを作りたいと思っている」

立派、だと思う。当主としての具体的な未来を、彼は考えているのだ。この話をするのは、アリスじゃなくていいのか？　という気持ちがぬぐえないけれど、彼はもう学園をやめるなんて言い出さないだろう。

「今まで俺は、医者になりたい夢を諦めようとしていた。だが、君と関わった孤児院を見て、それからアーレン家の携わった施設や研究室を見て、覚悟が決まった。ありがとう」

「良い決断をされたんですね」

「え」

「顔色が、前と別人みたいで。健康的でいいと思います」

「それは、君のおかげだ」

彼は眩しいものを見るように、私を見て笑うけど、私は何もしてない。むしろ証人になってもらい助けてもらおうとした覚えしかない。

「いや、悩んで考えて、決断したのはワイズさんですし、私は何もしていません。すべてワイズさん独自の力ですよ」

「そんな謙遜を……」

「謙遜じゃありません。悩むことも、考えることも、言ってしまえば疲れる事です。それを続けて、答えを出して、覚悟を決める。とても大変な事ですよ。それを乗り越えたのは、すべてワイズさんの力によるものですから」

いい人だな、と思う。そんなロベルト・ワイズの良心を曲げてしまった分、私は彼の助けになりたいと思う。心はアリスの役割だから……権力とか、金銭のほうを。

「……そろそろ昼の時間だ。移動しなければいけないな」

「はい、行きましょうか」

ロベルト・ワイズと一緒に、私は丘を降りていく。思えば、アリスとレイド・ノクターは二人揃って姿が見えない。もしかして、デート……？　今の自由時間で、かなり進展しているのでは。だとしたら最高だ。ミスティアが崖から落とさなければ、二人の仲は進展していたのか。

「疲れていないか」

「はい」

彼は歩幅を合わせようとしてくれているらしく、靴をちらちら見ている。一緒に歩いていると、レイド・ノクターがこちらに駆けてきた。

「ミスティア、アリス嬢が怪我をした。ちょっと来てくれないか」

アリスが、怪我をした？

「状態は？」

「少し切ったらしい。引率の医者が見当たらなくて」

よほど緊急事態なのか、レイド・ノクターが私の腕を掴み、そのまま引っ張る。

「アリス嬢が、薔薇があると言って、崖を覗き込んで……」

「落ちたんですか⁉」

「いや、足を取られてひねった」

そのまま引きずられるようにしてついていくと、場所は崖の上、ミスティアがアリスを突き落とそうとした崖の上だった。そこで、アリスは足を庇うようにして座り込んでいた。

「大丈夫ですかアリスさん。ひねったのは右足でいいんですね？」

「ウァ、カガーキ！ トトイッ」

「自分の名前と年齢言えますか？」

「あ、あああああ、ありす、アリスです！ 十五歳です！ 健康なのが得意です！ 視力もいいです！」

パニック状態らしい。頭を打ったんじゃなさそうだ。問題は、足だけらしい。私は鞄から水筒とハンカチを取り出し、氷をハンカチで包む。応急処置をして、私はレイド・ノクターに声をかけた。

「とりあえず、先生とか、お医者さんが来るまで待機ってことで、先生は呼びましたか？」

「いいや、見当たらないから、とりあえずミスティアを呼んだんだ。君はこういったことに詳しいから」

「じゃあ、私が呼んでくるので、レイド様はここでアリスさんと待機していてください」

踵を返すと、ふと頭部に違和感を感じた。帽子どこやったっけ。アリスとレイド・ノクターの方を見ると、彼が私の帽子を持っていた。まぁ、持ってくれてるならいいか。このまま行くかと歩みを進めると、ふいに私の横を季節外れのローブを羽織った人間が通り過ぎていく。

あれは駆け抜けるに近い。どうして崖に向かって走るんだと振り返ると、そのローブの人物は、レイド・ノクターを突き飛ばしていた。

「……は？」

反射的に、身体が動く。突き飛ばされたレイド・ノクターの身体が傾き、一瞬崖上に浮いたように見えた。その身体に、手を伸ばし腕を掴む。掴めた。が、このままだと一緒に落ちるだけだ。

軸足に全体重をかけ一気に引き上げると、くるりと回転し、そのまま軸足から私の身体が奇妙な浮遊感に包まれ……景色が、一転した。

レイド・ノクターとアリスが、驚いた顔をこちらに向けている。彼との手が繋がっている。このままだと、道連れにしてしまうだろう。私は目を見開くレイド・ノクターの腕を押し出すように振り払った。そういえば、これ、前にも、押し出しってトラックで——。

理解した瞬間、引き寄せられるように崖下へと吸い込まれていく。やがて背中に強い衝撃と痛みが襲い、私は意識を手放した。

「うわ……」

口の中の塩気に目を開く。顔面はぬるぬる、目覚めは最悪だ。周囲を見渡すと、どうやら私は崖下の水辺に漂流していたようだった。近くの岩場に向かって泳いで、陸に上がる。

さっき、レイド・ノクターがローブを纏った人に突き落とされかけていた。そして私が庇い落ちた形になるけど、あんなことは当然、シナリオにない。いったい、どういうことだろう。

私は空を見上げ、落下地点が途方もなく高い場所にあることに放心しながら、水を吸っている髪を絞った。落ちる前は昼だった。確かお昼ご飯がどうのという点呼があり、その直後落ちた。そして今は日が沈み始めている。

となると大体五時間程、私は意識なく浮いていたことになる。もしかしたら、水に身を任せていたことでここまで無事流れ着くことができたのかもしれない。いや、確か同じ状況の死亡例を前世時代読んだことがあるし、微妙なところだ。

三時間おきに満潮と干潮を繰り返すと言っていたし、この場所に潮が満ちる可能性もある。私はひとまず崖下近くの洞窟へ足を向けた。シナリオではこの洞窟の奥に、アリスが登って、上へと戻った通路があるはずだ。

そこを進めば、すぐ上に戻れるだろう。アリスは「頑張って登ってみよう！」からの暗転、「ふぅ、大変だった」と言っていた。彼女ほど早く登れはしないだろうけど、運動が不得手でも時間をかければ何とかなるはずだ。幸い、怪我もしていない。

私はしばらく薄暗い中を進んで、なにか役立つようなものが無いか探した。しかし、ふいに行き止まりを感じて、視界に入ってきた光景に自然と呼吸が止まる。

「嘘でしょ」

アリスが「ここなら登れそう！」と言っていた、壁。それはとても……この世界のヒロインでなければ不可能なほど、直角だった。

比較的平らな地面を探して、枕の代わりに手ごろな岩を置いて、掛け布団の代わりに石を握り目を閉じる。あれから、もうどう頑張っても崖登り、もとい壁登りは不可能だと判断した私は、体力温存のために眠ることにした。

我ながらどうかしていると思うが、見渡す限り岩と石しかないから仕方が無い。生きていることが目標だ。それに、あんな壁を登るより、助けを待つほうがはやい。一日二日ものを食べなくても人は生きていける。下手に叫んで、喉を乾かすのもよくない。

「ん？」

目を閉じて、ひたすら睡魔が訪れるのを待っていると、ざくざくと足音がした。落石ではない。でも、なにかが近くに来る気配を感じる。熊だろうか？　でも薄暗いから、もしかしたら私を食べ物ではなく風景としてとらえてくれるかもしれない。私は動かず、ほんの少し薄目をあけた。

「ミスティア……？」

私を呼ぶ声に、目を見開く。ランタンを持ったレイド・ノクターがすぐそばに立っていた。幸い怪我はなさそうだが泥だらけである。……あれ、でもなんで彼がここにいる？

洞窟に突き落とされたりはしていなかったはずだ。なぜ？　相手も私の様相に驚愕の表情をしている。岩の上で石を握り眠っているのだ。なんらかの儀式や降霊術だと思われているのかもしれない。起き上がると、彼は飛びついてきた。

「ミスティアっ……！」

ぎゅうぎゅうに抱きしめられ、彼の腕がぎりぎりと私の首を絞めつけた。孤児院の子供によくされるけど、相手は十五歳。体格差もあって苦しい。

「ええっと」

「ミスティア、ミスティア、ミスティア、ミスティア、ミスティア……」

レイド・ノクターの方が混乱しているようだ。虚ろな瞳で、延々と私の名前を呼んでいる。とりあえず彼の背中に手を回し、落ち着くように軽く叩いた。前世時代妹が泣いていたり、癇癪を起した時によくやっていた。あやしているに近いし、彼に効くかは甚だ疑問だが、これしか思いつかない。

そもそも何故レイド・ノクターは私のところに来たんだろう……？　普通なら、遭難者は救助隊が助けに行く。一般の人間は、助けに行こうとしても止められるはずだ。いくら彼が、正義感も責任感も強くとも、一般の人間。ただ救助者を増やすだけ。助けに行こうとしても、周囲の大人……それこそ先生が止めるはず。それが大人の義務だ
ハンカチを取り出し、黙々とレイド・ノクターの腕を拭いていると、腕を掴まれた。

「どうして、君は僕を庇ったの」

「……は？」

「いや、こんなこと聞いても、意味は無いか。君は、そういう人間だから……それを把握しきれていない、僕が愚かだっただけだ。僕が分かっていれば僕があの時、僕は」

レイド・ノクターは、まるで自分のせいでこうなったとでも言いたげだ。

「あの、落ちかけたのは、レイド様、落ちたのは私ですけど、突き落とそうとした人間が全部悪いので、レイド様に非は全くないと思います。だから、気にしないでください。本当に大丈夫で

「……」

「大丈夫な訳が無いだろう！」

血を吐くような、怒号にも似たレイド・ノクターの言葉に呆然とすると、彼はさらに私の腕を強く握りしめたかと思えば、ぱっと離した。

「違う、君を怒りたいわけじゃないんだ。傷つけたくない。傷つけたくないのに……こんな怪我まで、させてしまって……」

「いや怪我ですらないですよ、血も出てないし、痛くもないです。あはは」

「なにがおかしい……？」

「え」

「君は、死ぬところだったんだよ。なのに、どうして笑えるんだ……？」

レイド・ノクターが、今にも泣きそうに顔を歪める。

「あの……」

「笑うな……！」

後悔の声色から一瞬にして怒りの声色に変わった。一瞬にして空気が張り詰めたように感じる。

明らかに様子がおかしい。冷静な状態ではない。

とりあえず逃げねばという本能のもと身を退こうとすると足首を掴まれた。

「君は、自分の命を、何だと……。何だと思っているんだ……？」

レイド・ノクターの目が鋭くこちらを射貫いている。こんな彼は今まで見たことが無く、夢では

ないかと思うほどだ。しかし足首をぎりぎりと締め上げる痛みで、現実なのだと認識する。

「そんなに僕と結婚することが嫌か。怪我をしたら、僕と婚約が解消できるとでも思った？」

「え……」

話が飛躍しすぎて理解が出来ない。今レイド・ノクターはなにに怒っている？　さっきまで人が目の前で転落したことに対して衝撃を受けていたんじゃ……。それがなぜこんな激しい怒りが渦巻いている？

そのままレイド・ノクターは私ににじり寄り、肩を掴んできた。指が食い込むほどの力で掴まれ振りほどこうとしてもびくともしない。

「……ちょうどいい。君は知るべきだ。君は、僕から逃げられない。永遠にだよ。君は僕と結婚するんだ。一生、僕のそばにいるしか無い。それは、君が死んだとしてもだ。逃げることは、絶対に許さない」

「あの」

「もういい、君の許しはもういらない。僕はもう間違えない。君を手に入れるよ、恨まれても」

レイド・ノクターの手が、頬に伸びてきた。なぜか唇を親指でなぞられ、混乱し動けないでいると、彼の手が何者かに掴まれた。

「ミスティアに触んな」

ジェシー先生が、レイド・ノクターの手を掴んでいる。

先生はその手を払いのけると、私を立ち上がらせ、自分の着ていた上着を私に羽織らせる。

「いなくなったと思えば、崖から落ちた女襲うなんて、どういう神経してるんだお前は……」

地を這うようなジェシー先生の声に、さらに空気が張り詰めた。しかし先生はすぐにはっとしたような顔をして、こちらの顔を覗き込む。

「遅れてきて悪かった。頭うってないか？　痛いところは？　救助はもうすぐ来るからな」

「え、ええ……」

「ノクター。お前も、道じゃねえところ下ってきた。医者に診てもらえ。その後話がある」

先生にそう言われると、レイド・ノクターは先生を睨んだような目で見た後、小さく溜息を吐いた。

態度が反抗的すぎる。さきほどからレイド・ノクターの様子はおかしい。混乱し、攻撃的になっているというレベルではない。今まで、彼がこんなにも荒ぶるような感情を出したところは、一度だって見たことが無い。いつだって穏やかで、冷静、理知的で紳士的な振る舞いをするのが彼だった。どんなに私が無礼な振る舞いをしても、苛立ちを見せることは無かった。なのに、今、どうしてレイド・ノクターは、こんなにも嫌悪しているような態度を、先生にとっているんだ……？


あれから私はジェシー先生に連れられ、レイド・ノクターと共に宿へと戻った。医者曰く、「あの高さから落ちてこの傷は奇跡ですよ。頭からなら確実に死んでいたでしょうね」らしい。

「さて、と、明日は帰るだけだし、今夜はもう休め。明日は寝坊してもいい。食事は部屋に運ぶ」

宿泊体験施設のロビーで、ジェシー先生がぽんと私の背中を叩く。

「で、お前はこっちだ」

そして先生はレイド・ノクターを連れて去っていった。私はぼんやりする頭を抱えながら、部屋に戻って早く寝ようと歩みを進めていく。やがて私の泊まっている部屋の廊下にさしかかると、私の部屋の前で誰かが正座をし、蠢《うごめ》いていた。人に対して蠢くという表現は適切ではないが、たしかに蠢いている。

「ミスティア様が無事でありますように。ミスティア様が無事でありますように。ミスティア様が無事でありますように。なんなら私の腕とか足と交換で良いです。なんでも捧げます。命でもいいです。ミスティア様を、どうかミスティア様を助けてください。なんでも積みますから。ゼンコーを重ね、生きていきます。ですからどうかミスティア様を、どうか。……っていうかなんなんですか？　神様何様なんですか？　ミスティア様を天の遣いに召し上げようって魂胆ですか？　ハァーッ！　何様なんですか？　ジムショトーシタですか？　駄目だ私今すごいヤッカァーオタクッダァー！　レイド様になってしまう！　ドータンキョヒクソヤッカァオタクノレイド様になってしまう！　ドータンキョヒはしないけど！　駄目だろ私！　正気に戻って！　ミスティア様は生きてる！　生きてるの！　落ち着け！　私！　こんなところミスティア様に見られたらどうするの！　見られても良いから生きててほしい。死にた……ちくしょう！　私が！　怪我してなければ！　この足が！　アアアア！」

私の部屋の前で祈りを捧げているアリス。その動きは雨乞いを彷彿とさせ、言葉は念仏を思わせる。それも高速だ。高速念仏。私の生存を祈ってくれているのはありがたいが、狂気じみている。

「なんだ、崖から落ちたって聞いたけど、結構元気そうじゃない、しぶといのね」

一歩下がると、後ろからルキット様の声がかかった。彼女は、私の頭からつま先までじっくり値踏みをするような目を向けると、ほっと安心したような表情に変わった。

「まぁ、今日はさっさと寝て……ひっ」

ルキット様が話の途中で顔を引きつらせ、後ずさる。そんなホラー映画の反応をされても、と振り返ると、アリスがかっと目を見開き、間近にいた。

「ミズディアザバ……！」

美しい、この世界のヒロインの瞳と、声。その声だけで枯れた花々を咲き誇らせることが出来そうだが、なぜだか不安を覚えた。

「ギョブジデ！　ダニヨリ！　デュス！　アアアア……オシ、生キテル！　生キテルヨォ……！」

心配をしてもらっているし、生きていることを喜んでもらっている。なにか、節々から好かれている感じがあるけれど、ここまで生きていることを喜ばれるほど、好かれる理由がまったく思いつかない。

「すみません、アリスさん。ご心配かけて……、ありがとうございます」

「アァ……ニャマエ！　ニンチ！　セッショク！　ウゥシヌ……サイゼントドーギ！　へへへ！」

とうとうアリスは人語を発さなくなってきた。なんだろう。崖から落ちた時、私はどこかおかしくなってしまったのだろうか。対応に困っていると、ルキット様がアリスの首を掴んだ。

「仕方ないから、これの始末は私がやっとく。貴女は早く部屋に戻って」

「え」

「一晩も経てば直ってるでしょ。今更一人運ぶのも二人運ぶのも変わらないわ。まぁ、今は下僕がいないけど……。ほら、貴女は自分の部屋に戻りなさい」

ルキット様はアリスの肩を掴みながら、さっさと部屋に戻れと促してくる。促されるまま扉を開いて部屋に入ると、彼女は溜息を吐いた。

「じゃあ、明日。ほら、さっさと寝なさいよ。じゃないとこれの処理する私が馬鹿みたいだから」

ルキット様は、アリスを見てまた溜息を吐くと、私の部屋の扉を閉めた。やっぱりアリスとルキット様、いいコンビだと思う。仲のいい姉妹を見ているみたいだ。後でお礼を言わなければと思いつつ、部屋のソファに座る。

レイド・ノクターを突き飛ばした者は、一体何だったのだろう。聞いた話だと、逃げられてしまい、何も分からないらしい。私が見えたのはすれ違う寸前と、彼を突き飛ばした後ろ姿だけだ。

顔は見えていなかったけれど、身体は肩のあたりが華奢だった気がする。男か、女かはわからない。ただ、あの場所は、別に学園の生徒のみ立ち入りを許している場所ではないし、誰でも入れる場所だ。学園の外部の人間による可能性も出てくるし、もし学園内の関係者だったのなら、皆の前で崖から落とすよりも、部屋に忍び込むほうが最も的確に殺すことができる。外部犯の可能性が高い。

そして、レイド・ノクターが狙われた理由は、まったくわからない。でも、なんとなくだけどノクター夫人が生きていることに起因しているような気がする。昨日の調理課題でその影響を感じたからかもしれないけど、狙われていなかったゲームのレイド・ノクターの身辺の違いは、そこしかない。

乙女ゲームが関係ない分、どう対策をしていこう。

異録　恋の終焉

ＳＩＤＥ：Ｒａｉｄ

「先生、勝手に崖へ降りたことは謝罪します。ごめんなさい」

そう、担任教師に謝罪をする。さっさと事を済ませて一人になりたい。一人になって、今後のことを考えなければいけない。冷静になって、正しい答えを、ちゃんと導き出さないと。

「まぁ、それもあるがな、そうじゃない」

「じゃあ、なんですか？」

「あいつになにしようとした。どうしてお前は、崖から落ちた怪我人の足なんか掴んでたんだ」

「……」

「言えねえようなこと、しようとしてたってことか」

僕がなにも答えないことで、担任教師は苛立った様子を見せる。

この教師は、前々からミスティアに対する瞳がおかしかった。ミスティアに対する時と、他の生徒に対する時、少しだけ瞳の温度が違う。そしてたまに、僕に対して敵意を向ける。

両方とも注意深く見ていないと感じられない、それこそミスティアをよく見ていないとわからない、些細なもの。不適切だ。席替えのくじ引きだって、いつも細工しているに違いない。

「だとしたらなんだって言うんです？　ミスティアと僕は婚約者だ。先生に咎《とが》められる筋合いはないはずですよね？」

「そういう問題じゃねえだろうが！」

挑発するように問いかけると、担任教師は激情に任せて怒鳴りつけてきた。やはり、間違いなくこの教師はミスティアに対して生徒以上の感情がある。それに、理路整然と話すことができず、感情的になる。ふさわしくない。こんな男、いなくなってしまえば――、

「お前は、知らねえだろうが、あいつはなあ、一度怖い目に遭ってんだよ」

血を吐くような、懇願するような教師の声に、頭から冷水を浴びせられた錯覚がした。

「……どういう意味ですか」

「やっぱりあいつは、お前に話してなかったんだな」

すべてを知ったかのような、教師の言葉。真意を問うように目を向けると、教師は少し躊躇いを見せた後、口を開いた。

「あいつの醜聞に関わることだ。極秘裏に処理されたがな、試験が終わってすぐ、あいつは頭がおかしい奴に襲われたんだよ、斧で」

「え……」

「あいつが作った粘土の課題が無くなったり、体育祭の準備してたもんが消えたり、色々あったろ」

ミスティアの粘土の作品が壊され、体育祭の塗料缶が消えた。それはてっきり、用務員が行ったことだと考えていた。でも、中々証拠が見つからず、ミスティアが長期的に休んで以降、用務員は目立った行動を取らないから、様子を見ていた。けれど、その犯人が別にいて、ミスティアを襲っていた？

「そういうのも、全部その頭おかしい奴がやって、最後にあいつを殺そうと斧で襲い掛かった。丁度用務員が居合わせてあいつに怪我は無かったが、斧持った男が襲い掛かった心の傷は想像できねえ」

「どうしてミスティアが、そんな、襲われて」

「ミスティアは覚えてねえみてえだけど、入学式に道案内をしたとかで、目えつけたって」

ミスティアは、名前も知らない相手に、親切にする。彼女がよくやることだ。日常みたいなもの。だから記憶に無いのだろう。そんな些細な理由で、ミスティアを襲った人間がいる。ということはこれから先も、そういう危険はありうるということだ。

「あいつは普通にしてるけど、そういうことがあったんだよ。そもそも無理矢理人を襲うこと自体が間違ってるけどな。学園を辞める話だって出てきて……あいつは学園に通うことを選んだ。今が大事な時なんだよ。次にあいつに変なことをしようとしたら、両家に報告する。いいな」

「……はい」

「なら、もう行っていい。お前も怪我人だ。さっさと寝ろ」

「はい」

頭が、考えが、まとまらない。返事をして、担任教師の下を去る。そうして自分の部屋に戻ったあと、僕は膝から崩れ落ちた。床に手を合わせ、ただじっとする。

「僕、は……」

はじめは、ただ、笑顔が見たかった。ミスティアを、笑顔にさせたかった。ただ、それだけだった。

五年前、街で見た彼女の笑顔。それを僕に向けてほしかった。学園に入学してからもその気持ちは変わらない。それどころか、彼女の平等な優しさや温かさ、人と異なる考えを持った物を許容する寛容さ、自分の弱さを認める強さに惹かれた。どうしようもないくらい好きだった。でも彼女はいつも僕を見て、いつもどうしていいかわからない顔をする。

けれどたまに、しっかりと僕を見る時もあって、その度にもしかしたらと期待していた。このままミスティアに好きな人が出来なかったら、ノクターにもアーレンにもなにも無かったら、僕たちは結婚することになるだろう。

決まりきったことのはずなのに、いつだって不安は拭えなかった。放っておけば、ミスティアは何処か遠くへ行ってしまう。そんな気がして、ずっと不安を抱えていた。不安なら、好意を言葉にして伝えてしまえばいいのに。僕はミスティアの選択肢を奪い、いつだって逃げ道を塞いでしまう。彼女のこと以外なら、何だって上手くいくのに、彼女のことになると、完璧ではいられない。

僕はいつだって失敗を重ねて、その失敗を生かすことができない。でも、もう失敗は許されない。ミスティアは僕を庇って崖から飛んだ。僕のような自分が恐れている人間ですら庇うことができるのだ。ならば、彼女の友人が相手ならどうだろう。家族は？　孤児院の子供は？　恐れている僕ですら助けるのだ。見知らぬ人間も助けるだろう。

きっとそうして、ミスティアは死んでしまうのだ。今までアーレン家の使用人たちを、異常だと思っていた。でもそれは僕が間違っていた。あれは正しいものだ。正しい形なのだ。

なぜならミスティアは、放っておけばきっとすぐにでも死んでしまう。他人に、簡単に命を差し出して。だからミスティアは、僕が完璧に管理しないといけない。

いつだって彼女は、人のために動く。誰かが助けを求めればそれに応じる。どんなに危険だろうが、自分の身を挺して庇う。だから、誰かが支配して、管理しなくてはいけない。

危険なものから遠ざけて、害を成すものを取り除いて、ミスティアの行動すべてを把握して、管理して、安全な場所へ隔離していないといけない。そうしないと、彼女は死んでしまう。消えてしまう。簡単に命を奪われ、遠いところに行ってしまう。

ずっと、ミスティアの笑顔を見たかった。心が欲しかった。彼女を幸せにしたかった。二人で並んで歩いて行きたかった。笑ってほしかった。一度でいい。たった一度でいい。僕がミスティアを笑顔にしたかった。けれどこの甘い考えが、躊躇いが、ミスティアに死を招く原因になってしまうなら、彼女を永遠に失う要因になってしまうなら、そんなものはいらない。こんな想いは必要ない。

全て捨てる。笑顔も、並び歩くことも何も求めない。閉じ込めて永遠に泣かれ、拒絶されても構わない。ミスティアが僕の傍で、生きて在ってくれるならば。

もう、なにも求めない。

世界の終わり

清々しい青空の下、朦朧《もうろう》としながら、朝の集合場所に立つ。

昨夜は、なかなか寝付けなかった。レイド・ノクターが、人が殺されかけたのだ。あとは専門の人たちが捜査するらしいし、私に出来ることはないといえど、不安はある。私はもとより彼の行動を注視しているから、なるべく怪しい人がいないかも見ておこうと思う。

「じゃあ、各自馬車にのれ」

学年主任の先生の指示が聞こえてきて、私はジェシー先生が乗る馬車へと歩いていく。しかし、不意に手首を掴まれる。

「ミスティア、ちょっと待って」

「れ、レイド様?」

「今日は、一緒の馬車で帰ろうって言ったよね、ミスティア。気持ちが悪くなったら、きちんと介抱するからって」

私の肩に触れ、レイド・ノクターは大きめの声で話す。そんなに声をはらなくても聞こえるし、何だか声は甘く、優しさと言うより、危うさを孕んでいる。それに、なんだか恋人同士のような距離だ。明らかにクラスメイト同士の距離じゃない。周囲は好奇心をむき出しにして、こちらに視線を向けていた。

このままだと、レイド・ノクターとただならぬ関係だと疑われてしまう。一歩引こうとすると、彼の視線が冷えていった。

「あの、離してください」

「駄目だよ。昨日みたいに落ちてしまったら大変だもの。次に君が落ちたら、僕は悲しくて死んでしまう。絶対に跡を追うよ？」

はっきりと紡がれたレイド・ノクターの言葉に、周囲は一気に色めき立った。彼はクラスメイトの注目を一身に受けながら、王子様のように紳士的に笑った。

「実は前に、体育祭で皆には冗談だと言ってしまったけれど、本当に僕らは婚約関係にあるんだ。やっと、皆に本当のことを話すことができたね、ミスティア」

どこか濁ったような蒼の瞳とは対照的に、その唇は美しい弧を描いていた。

紗幕越しの文化祭

「やっぱり広まってたかぁ……」

宿泊体験から二日間の休みを経て、宿泊体験明け初の登校日。一時間目の授業を終えると、私はいち早く教室から出た。案の定、やはりというか、なんというか、クラスメイトたちは延々と私とレイド・ノクターの話をしていた。

レイド・ノクターと私が婚約関係だと知った今、彼とアリスが接近し、いい感じになってしまえば、「うわ、婚約者がいるのに……」という目で二人は見られてしまう。

ゲームではその辺りも、恋を燃え上がらせる障害として描かれていたけれど、運命の恋人同士であれば、障害なんて無くても勝手に盛り上がるはずだ。そして今日、アリスは心なしか暗い顔をしていた。おそらく、レイド・ノクターに婚約者がいるショックだろう。

このままアリスと弟狂いの治っていないレイド・ノクターの仲が進展しなくなったら、終わりだ。何か策が必要だ。来月には文化祭がある。文化祭のシナリオは覚えているし、そこでなんとかしなければ、本当に取り返しがつかなくなってしまうだろう。

「あ、ミスティアだ」

俯きがちに歩いていると、エリクが近づいてきた。彼は私の手首を掴み、擦るように動かす。

「宿泊体験学習どうだった？　楽しかった？　なにか、面白いものあった？」

「勉強には、なりましたけど……」

なんだろうこの動きは。まるで脈を測る、みたいな。

「そうなんだ！　俺の時もそんな感じだったなあ。むしろ退屈すぎて、しんどいくらいだったし」

エリクは、私の手首から手を離し、なにかを思い返すように笑った。

「ねえ、泊まってるところの近くに海があったよね」

「ええ、ありましたよ」

「ミスティアは泳げたっけ？　水は好き？」

「今年練習して少し泳げるようになったので……好きになってきてはいます」

「へへ、そうなんだ！　ふわふわして気持ちよさそうだよね。もうすぐ冬になるから、冷たいだろうけど、冷たすぎて、逆にあったかく感じるかも」

どことなく、会話が噛み合っている気がしない。エリクの話していることと、私の話している言葉の示すものが、まったく異なっている気がする。

「エリク先輩、あの」

「そういえば、もうすぐ文化祭だね。ミスティアのクラスは出し物決まった？」

「まだ決まってません。エリク先輩は決まりましたか？」

「俺のクラスはチェス大会になりそうなんだよねぇー。まぁ、それは置いておいて、ミスティアのクラスの出し物決まったら教えてよ。俺見に行くから」

「はい、わかりました」

「ふふ、思い出今のうちに沢山作ろうね。今は、今しかないんだから」

いいことを言う。今は今しかない。カレンダーとかに標語として載せたい言葉だ。

「じゃあ、残念だけど俺この次移動教室なんだ。またね、ミスティア」

「はい、また」

エリクに別れを言って、手を振る。ご主人なんて、もう言わない。しっかりとした呼び方をしている。そんな彼に安心しながら、私は踵を返し歩き出した。

「じゃあ次は、文化祭についての出し物の話だな。学級長、前出ろ」

昼食を終えたホームルームで、前に立つジェシー先生がそう言うと、レイド・ノクターが立ち上がり黒板へと向かっていく。

体育祭では恋愛イベントがなかったけど、文化祭では恋愛イベントというものがしっかり存在する。

文化祭ではアリスのいるクラスは劇を選択し、演目はシンデレラ。アリスは大道具係で、レイド・ノクターは監督、ミスティアは監督補佐係という名のレイド・ノクター張りつき係として働く。

そこで、レイド・ノクター監督と大道具係のアリスが少しずつ交流を深め……というシナリオだけど、当然大きな山場というか、たとえ話ではない大事故が起きてしまうのだ。

文化祭当日。午前の部の公演中に、ヒロイン役の灰かぶりと、ヒーロー役の王子様のシーンで、頭上に設置されていたシャンデリアが落下し、演者が怪我をしてしまう。劇場の怪人もびっくりである。軽傷といえど事故は事故。普通なら劇は中止になり、下手したら文化祭自体中止になるが、人間が崖や谷から落ちたりするのが、きゅんらぶ世界。劇は決行され代役を立てることになるのだ。妹の漫画で何十回と見た展開でもある。

そこで、大道具係をし当日無職と化していたアリスがヒロインに抜擢され、王子もレイド・ノクターが選ばれて、見事演じきるのだ。つまり事故はアリスとレイド・ノクターが、急遽選ばれる為の布石である。そういう事故を起こす前に、アリスとレイド・ノクターを、初めからシンデレラと王子様にしろ、と思わなくもないけど、ミスティアが存在する限り、学級会でアリスはシンデレラになれない。選ばれた日には殺されていただろう。

代役が立てられた時だって、ミスティアがトイレにいっている間のことだ。ここはシャンデリアを取り扱う照明係をして、落下防止処理、いっそ撤去をするか——キャスティングに関わり、アリスとレイド・ノクターを最初から主演に立ててしまうかだ。でもキャスティングはいったいどうやって決めるのだろう。そのあたりの描写はなかったけど。

「出し物はシンデレラに決定として、配役を決めなくてはいけないね」

文化祭の出し物の取り決めの行く末を見守っていると、やはりと言うべきか、劇……そしてシンデレラに決定した。レイド・ノクターは、シンデレラ、王子、魔法使い、義母義妹……など、主要と思われる配役を黒板に記していく。

「こういうのは、やる気や演技の能力についても当然必要だけど、やっぱり周囲の印象というのも大切だと思うんだ。皆が見るものだし。だから他薦がいいと思うんだけど……」

彼の言葉に、しん、と周囲は静まり返った。やる気に演技力なんて言われてしまったら、立候補どころか他薦すらしづらくなる。というか、今私がアリスを推薦したら、いじめにならないだろうか。クラスの厄介事を押し付けるような……。でも、怪我人を出さず文化祭を成功させたいし——、

「僕はミスティアがいいと思うんだけどどう？　やってくれないかな」

私が発言をする前に、クラスメイトの視線がこちらに集中した。中途半端に挙げかけた私の手を見て、レイド・ノクターが意外そうな顔をする。

「あれ、やるつもりだった？」

「あっ……いえ、私は……」

「僕はミスティアが適役だと思うんだけどな。皆もどう？　同意するなら拍手してみて」

彼の言葉に、クラスの人間たちは同調していった。いやなんなの？　なんで灰かぶりを推す？

なんで表舞台に引きずり出そうとしてくる？　なにを考えている？　意味がわからない。

たしかに私は五年前にノクター家で暴れ出したことがあった。突如網によって引き上げられ、陸に舞い降りた魚介類のごとくのたうち回った。それによって羞恥心が無い、あるいは人前に出ても平気で、度胸に溢れた人間だと思われているのだろうか？

「いえ、私はそういうことはちょっと……。それに、私は照明希望で……」

「照明と兼任でもいいよ。シンデレラの物語で、シンデレラの出番って少なめだしね」

そんなことあった？　めちゃくちゃ出てた印象しかない。

「とりあえず、主人公がいないと劇ができなくなってしまうから、やってみよう？　僕も手伝うから」

「はい！」

レイド・ノクターの言葉を遮るように、アリスが手を挙げた。もしかして、シンデレラを――？

「ミスティア様がシンデレラならば！　私に監督を！　させてください！」

アリスは目を輝かせて宣言をした。

「今は役を決める時間なんだけど……まぁ、熱意があることはいいことなのかな」

「はい！　私にやらせてください！」

「皆はどう？　賛成？　反対？」

レイド・ノクターは、アリスの提案に困った雰囲気を出している。この空気だとアリスが監督になるのは厳しいのでは……と思ったものの、皆「確かにハーツパール体育祭頑張ってくれたもんな……」「たしかに、元気だし……」「たしかにハーツパールさん、声も大きいしね」と、なぜか彼女の元気さに同意し、拍手を始めてしまった。

「じゃあ、配役決めに戻るけど、王子様は――」

「そこはやっぱりノクターだろ！」

「やっぱり、ノクターだよな！」

レイド・ノクターが問いかけると、たちまち男子生徒たちが発言していく。そしてそのまま、レイド・ノクターが王子様になってしまった。唖然としていると、ほかの男子「俺、魔法使いはルキット様がいいと思う！」と手を挙げた。

「魔女って、婆さんとかが多いだろ？　若い魔法使いがいていいと思う！」

クラスがルキット様の話題で盛り上がったことで、とてもシンデレラ辞めますと言える空気ではない。というか、「ミスティア様がシンデレラならば」とアリスは恐ろしい言葉を付け足した気がする。

いったい、文化祭はどうなるんだ。私はわけも分からぬまま、黒板のシンデレラの文字の下に自分の名前が記されていくのを見ていた。

配役決めから翌日のこと。私はシンデレラの本を家からいくつか持ってきて、どうにか王子様役のレイド・ノクターと監督のアリスを近づける方法を模索していた。すると扉のほうからカタンと音がして、またクラウスかと視線を向ければ、いたのはレイド・ノクターだった。

「おはようございます……」

「おはようミスティア。ちょうどよかった。劇の練習に付き合ってよ。教室に行こう？」

「あ、えっと、はい……」

頷いて廊下に出ると、レイド・ノクターは満足そうに微笑む。恐ろしい。瞳は完全に笑っていない。目の奥は完全に冷え込んでいるし、絶対零度という言葉が似合う。

「文化祭翌日のダンスパーティーのことなんだけど、ちょっと話がしたくて、今してもいい？」

ちょっとの度合いによります。なんて答えられるわけがない。けれどダンスパーティーは、勿論きゅんらぶのシナリオがついている。ここで下手な答えをして、イベントを阻害するわけにはいかない。

「そんなに怯えないでよ。ダンスパーティーの当日、迎えに行くからちゃんと待っていてほしいって言いたかったんだ。ミスティア入学式の時も早く行こうとしていたし」

「私が、あの、ノクターのお屋敷に向かうというのは、どうでしょうか」

正直、屋敷に来てほしくない。本当に申し訳ないけれど、投獄死罪確定まで半年を切った今、レイド・ノクターを屋敷に近付けたくはない。様子を窺うと、彼は乾いた笑い声をあげた。

「ははは。駄目だよ。最近、君の口から、ザルドの名前が出るだけで気が狂いそうになるのだから」

　レイド・ノクターは笑みを浮かべているが、目が完全に笑っていなかった。もう駄目だ。地雷を踏みぬいてしまった。ザルドくんの名前なんて一言も出してない。弟についても触れてないのに、私が屋敷に行くことと弟と出会うことが直結してる。完全に末期じゃないか。もう手の施しようがない。アリス助けて。この患者を治してほしい。私のいないところで。なんとか撤退の策を練るも全く思いつかない。重い沈黙が流れる中、レイド・ノクターは口を開いた。

「もうそろそろ君の下にドレスが届くころだと思うんだ。当日はそれを着て来て」

　そう言って、ぽん、と彼は私の頭を撫でた。さらに、私が足を止めたことをすぐに察知して、歩き出すのを待ち始める。私は空を仰いだあと、彼を追ったのだった。


　練習、といっても、台本は未だ完成していなかったため、やったことといえばシンデレラの読み合わせだった。

　ただ、何故か監督のアリスが、ものすごく熱血指導をしていて、レイド・ノクターと私の距離に対して、だいぶこだわりを持って指導していた。

　朝は読み合わせを行い、なんだかとても心が疲れたことでお昼は空き教室でぼっちご飯……と思ったものの、どこも文化祭準備に因って、空き教室が埋まっていた。そこで、アリーさんのところへお邪魔しようと決めたのだ。

　私は用務員室の扉の前に立ち、ノックをする。アリーさんのゆったりとした返事が聞こえるのを待ってから、扉を開いた。

「ああ、ミスティアさん。お昼ですよね？　どうぞ座ってください」

「ありがとうございます」

アリーさんは植木鉢に水をやっているところだった。私はお言葉に甘え、用務員室のソファに座る。彼はさっと手を洗って、ティーセットの準備をし始めた。

「ふふ、ミスティアさんにお出ししようと思って紅茶を買っていたので、お会いできて嬉しいです」

「ありがとうございます。嬉しいです。」

迷惑だったかもしれないという懸念が和らぎ、少しほっとしながら私はティーカップを受け取った。柔らかくて、マリーゴールドに似た香りがする。

「そういえば、ミスティアさんのクラスの出し物はシンデレラと聞きました。ミスティアさんはどんな配役なんですか？」

「実は、シンデレラなんです」

「そうなんですか……てっきり、もっと裏手から支える立ち回りかと……」

なんだかアリーさんは納得いかないような顔をして、「あっ」と付け足した。

「姫の役が合わないと、そういう意味ではありませんよ。ただ、僕は、灰かぶりについて、ずっと思っていることがあって」

「思っていること、ですか？」

「ええ、どうして灰かぶりは、魔法使いを選ばなかったんだろう、って」

アリーさんはそう言って、私を真っ直ぐに見つめた。長い前髪から、紅色の瞳が覗いている。

「だって、灰かぶりが苦しめられ、潰されていく中で手を差し伸べたのは、王子ではなく魔法使いでしょう？　綺麗な服を用意して、侍従までつけて馬車を出したのは魔法使い。なのに、灰かぶりは舞踏会に向かってから、魔法使いに対してなにかを想う様子がないんですよ」

「確かに……」

「だから、ただ美味しいところを奪うような王子も、最後は忘れられる魔法使いも、ただされるがままのシンデレラも、ミスティアさんには似合わない」

言い切るアリーさんの言葉に、そこはかとない圧を感じた。何だろう。彼らしくない。でも、元々こんな感じだったような気もして、不思議だ。

「アリーさんは、魔法使いに幸せになってもらいたいんですか？」

「もちろんです。灰かぶりを助けたのは、間違いなく魔法使いですからね。薄汚い鼠のようなシンデレラを、暗闇の中から救い出してあげた魔法使いは幸せになるべきです。なにがあっても、魔法使いだけは」

「なら、実は魔法使いは、変装した王子様だった、というのはどうですか？」

「え……？」

「魔法使いになって、灰かぶりを助け、自分の下へと導いた。シンデレラはそのことに気づいていたけれど、王子様が黙っていたから、言わなかった。というのはどうですか」

「でも、そのシンデレラは、魔法使いも王子様も見ていない間に、舞踏会に行くため、なにか悪いことをしたかもしれません。魔法使いや王子様の為だからと……」

舞踏会に行くために、悪いこと。何だろうはてな　あんまり思いつかないや。

「うーん……でも、そんなシンデレラを受け止める度量を持っていますよ、魔法使い兼王子様は」

「そう、ですか？」

「はい。もちろんです」

アリーさんは切なそうな、安心したような声色だ。念を押すように肯定すると、彼は微笑んだ。

「……ミスティアさんがそう思うなら、僕もそう思えます……あっ、紅茶、飲んでください。冷めてしまいますよ」

「すみません、ありがとうございます」

勧められるがまま、私は紅茶を口にした。今度、紅茶に合うようなクッキーを持ってこようと考えていると、アリーさんが静かに口を開いた。

「そういえば、ミスティアさんが、ここのところ、暗い顔をなさっているのは、ノクター家の子息の方とのことですか？」

「え……？」

「なにも、聞かないでおこうとも思ったのですが。やっぱり、一人で抱え込んでいるミスティアさんを見て、気が変わりまして」

アリーさんが、レイド・ノクターと私のことを知っている。用務員であるアリーさんの耳に入るまで広まっているのか。どうしよう。本当に。レイド・ノクターとアリスが結ばれた時、このままだとアリスは嫌なことを言われたりするし、レイド・ノクターの立場も悪くなる。

「ノクター家の御子息について、なにか嫌なことが……？」

「いえ、そんなことはありません。ただ、本当にただの婚約関係なのに、その間に恋や愛があると、噂がひとりでに歩いて行くのが、辛いといいますか」

「そうなんですか……大変ですね、噂は、否定すれば否定するほど疑われるものですし、かといって肯定してしまえば、言わずもがなですし……それに文化祭の後には、ダンスパーティーがありますよね？　そのときに、なにか言われてしまったり……なんてことはありませんか？」

「ええ、そのとおりで、打つ手なしというかこのまま噂が無くなるのを待つしか出来ないと言うか……」

「ねえ、ミスティアさん」

アリーさんが、机にのせていた私の手に触れた。

「そういった辛いことがあれば、いつでも仰ってください。一人で抱え込まないで、僕にすべて話してください。聞くことでしか、僕はあなたの悲しみを癒すことが出来ないかもしれませんが、それでも、僕はあなたの役に立ちたいです」

真摯《しんし》なアリーさんの言葉に、この上なく安心を覚えた。何故だろう。いつもいつもアリーさんの言葉は、自然と心の中に入って来て勇気をくれる。まだ会って半年ほどなのに、ずっと一緒にいたようなそんな気がしてくる。

「ありがとう、ございます……」

なんだか、アリーさんは屋敷の皆……メロに近いものを感じる。なんでも話をすることができて、その言葉に安心を覚える。年齢も、性別も違うはずなのに。

「では、お昼を食べましょう。まずはお腹を満たして、できることは、僕も一緒に考えますから」

アリーさんの言葉にはっとする。そうだ。お昼を食べなければ。

時計を確認すると、休憩時間が半分を過ぎていた。アリーさんと話をすると、いつも時間が一瞬にして過ぎてしまう。私は昼食を済ませるべく、弁当の包みに手を伸ばした。


お昼にアリーさんと食事をした私は、放課後、少しだけ軽くなった心で昇降口に向っていた。文化祭はどうしたものか、レイド・ノクターとの関係、全部がもやもやしていたけど、どことなく落ち着いてきた気がする。ただ——文化祭終わりのダンスパーティーは、気が重い。

文化祭の翌日のダンスパーティーのシナリオは、ドレスが無くパーティーに参加することができないアリスにレイド・ノクターが「学級長として、行事はクラス全員の参加が好ましいからね」とドレスを贈るというものだけど、現時点で彼がアリスにドレスを贈るのか怪しいからだ。

シナリオだと、当日レイド・ノクターはミスティアをエスコートしてダンスパーティーに参加するも、早々に婚約者としてのダンスを二回踊り、あとはアリスの前に颯爽と現れダンスに誘う。

そこで王子と姫、文化祭の劇の再来のように優雅に踊る二人だったけど、レイド・ノクターが目を離した隙にミスティアがアリスのドレスを切り裂いて、アリスは会場を出ていってしまう。その後異変に気づいたレイド・ノクターが追うシナリオだ。

婚約者がいるのにレイド・ノクターはなぜ他人にドレスを贈ってしまうのか、というツッコミもレビューサイトにはあった。しかしこの時期、宿泊体験学習でアリスのことを突き落として帰ってきたミスティアをがっつり見ていたこと、食事作りでの横柄な振る舞い、文化祭の時に口ばかりでまったく仕事をしなかったことなどミスティア嫌悪ポイントが蓄積していて、その発散の意図もあったように思える。

それにレイド・ノクターはこの時期家族と、というより父との確執があり、振る舞いや能力こそ完璧であったが、人の心としては未熟で不安定な面があったこともまた事実だった。

今、レイド・ノクターは父及び両親との確執を完全に取り払い、弟狂いさえ除けばゲームの時より確実に人間として成長している。正義、優しさ、誠実のレイド・ノクターだ。精神的にもしっかりと健康な成長を果たしている。

きっと、アリスには、ドレスを贈ることはないだろう。

一応、誰もアリスにドレスを贈らない……なんてことはないように、思い出せる限りゲームでアリスがレイドに贈られたドレス、またの名をレイドドレスを再現したものを極秘裏に注文している。もう既に私の屋敷に届いている。それをもう、今のうちにアリスの家に贈っておこう。

アリスは心優しく純朴なことや、主人公……ヒロインゆえの鈍感さがある。差出人不明の配達物だって疑わずに開いてくれるだろうし、着てくれるはずだ。

シンデレラだって魔法使いに対して「得体のしれない人からの贈り物はちょっと……」って断っ

たりしないし、大丈夫だとは思う。ただ、今まで恋愛イベントの補助でなにかを成功させたことがない。なにか起きるのではと不安がつのる。俯きがちに廊下を歩いていると、向かい側からフィーナ先輩のお兄さんであるネイン先輩が歩いて来た。

彼は私を見つけて、「あ」と声を漏らした後、とても気まずそうにする。正直、私もとても気まずい。出会いから半年経つけど、私はネイン先輩とあまり仲がいいわけでもないというか、微妙な距離を保っている。そもそも、話すことが無いのだ。あちらは生徒会で大忙し、私も引き留める理由も無ければ社交性も無く、「こんにちはー」「あっこんにちはー」で終わり。それを出会った当初から今まで「いつもどおり」を繰り返している。

「あの、さ、突然で申し訳ないんだけど」

いつもどおりが死んだ。いったいなんの用だろう。

「ノートとか、拾ったりしてない？　たまにフィーナが持ってる感じの……」

「授業とかで使うノートとかですか？」

「ううん、日記帳とか、そういう感じのもの、かな？」

「いえ、ちょっと覚えが無くて……すみません」

「ううん！　拾ったりしてないならいいんだ。気にしないで」

私の答えに、なぜかネイン先輩はほっと胸を撫でおろした。ノートの落とし物なんて、覚えが無い。さらにいえばフィーナ先輩がたまに持ってるノートの存在も知らない。一瞬、彼女としている交換日記のことかと思ったけど、それならそう言うだろうし……。

ネイン先輩の言動の意味を考えていると、先輩は不意に壁を見やった。視線を追うと、壁には文化祭で開かれるチェス大会の告示ポスターが貼られていた。

「そういえばチェス大会、アーレン嬢は出るの？　フィーナからとても強いと聞いたけれど」

「え、いや……出ませんね……」

正直ゲーム系は前世時代の血が疼く。目立つところではしたくない。

「そうなんだ。僕、生徒会の選挙があるから、その宣伝や顔を覚えてもらうためにって出ろって言われてさ。アーレン嬢と戦うこと、ちょっと楽しみにしてたんだけど、残念」

ネイン先輩もチェスが強いことで有名と、フィーナ先輩が言っていた気がする。なのに、あまり自信があるように思えないというか、フィーナ先輩に手綱を握られていることを匂わせる言動に、強烈な違和感を覚えた。やがて、ネイン先輩の表情が一瞬だけ、厳しい表情に変わって見える。

「お兄様と、ミスティアさん？」

後ろから声をかけられ、ネイン先輩と揃えるように振り返る。そこにはチェスボードを持ったフィーナ先輩が立っていた。彼女は、絵に描いたように瞳をきらきらさせ、私とネイン先輩を交互に見る。

「ねぇ、ミスティアさん、今お時間あるかしら？」

「えっと……大丈夫ですけど……」

「お兄様とチェスで戦ってもらえないかしら！　私、二人が戦っているところを見てみたいの！」

フィーナ先輩は私の手をにぎる。戦うくらいならと思ったものの、ネイン先輩は愕然としていた。

「さあ、剣側からやってくるのはアーレン家令嬢……ミスティア・アーレンだ！　そして盾側からやってくるのは……我らの副会長！　ヴィクター・ネイン！　彗星の如く現れた一年生対頭脳明晰として知られる生徒会の参謀！　二人は一体どんな勝負を見せてくれるのか！」

実況の下、教室の真ん中の椅子に座る。フィーナ先輩に、「今はちょうどチェス大会の準備をしてるのだけれど、内装を決めてる途中だから、それを使って！」との言葉で二年生の教室でネイン先輩と戦うことになった。けれど、教室は内装決めの最中ということでギャラリーは多いし、本番に実況する生徒が練習がわりに実況してくれることになったし、本当に本番さながらだ。他のクラスの二年生もいて、なかなか気まずい。

「……まさか君と戦うことになるなんてね」

それ、よく黒幕が言う言葉だ。けれど向かいに座るネイン先輩はどことなく顔色が悪いし、フィーナ先輩に怯えているようにも見えた。私の隣に立つフィーナ先輩の方を見ると、肩を撫でてくれた。そして何かネイン先輩に向かって口パクで何か言っている。『この好機を無駄にしないで、期待してるわ』だろうか。プロレスのセコンドみたいな応援方法だ。

「両者準備が整った様子、それでは……はじめ!!」

フィーナ先輩の口パクに気を取られていると、審判兼実況者の合図で、チェス盤の隣に置かれた時計がスタートした。早速駒を置き時計のボタンを押すと、ネイン先輩は秒で返してきた。そのままチェス盤を見て戦況を把握しながら攻めていく。

「好きと実力、両方を兼ね備えているみたいだね」

「いえ……」

ネイン先輩は的確に守りながらも、堂々と攻めてくるスタイルだ。けれどそこに隙は無く、完璧に防ぎながら的確にこちらの弱い部分を衝く……この戦法は、どことなく、レイド・ノクターの戦法に似ている気がする。それにしても衆人環視の下、ネイン先輩とチェスで戦うというのは、中々感慨深い。

今までろくに話もしてこなかったし、親戚のちょっと気まずいおじさんくらいの接触しかしてこなかった相手と、チェスで戦っているなんて。

でも、ネイン先輩の話はフィーナ先輩からよく聞いているから、完全な他人という気がしないのもまた事実だ。学年トップの成績を持っている完璧で模範的な生徒で、心優しく穏やか、気性は荒くなく、賭け事も好まず、血筋的に酒も好まないはずで暴力を心の底から憎んでいると聞いた。

そう考えると、ネイン先輩はレイド・ノクターとの共通点が結構多い気がする。私より、レイド・ノクターと気が合いそうだ。

「久しぶりに手ごたえを感じる勝負だ」

「光栄です」

駒を取られても、ネイン先輩は全く動じずこちらを果敢に攻めてくる。手ごわい。普通ある程度責められると攻撃の手を緩めるものだけど、ネイン先輩にはそれがまったくない。攻めも守りも全力で、なのに隙が無い。大胆に攻撃するのに、三手先も四手先も読んできている。強い。今まで戦ってきたオンラインチェスの相手や、ハードモードのプログラムより数百倍強いし、次の手を打つまでのスパンが短く、速い。

勝てない。

いつの間にかチェスの駒は殆ど奪われ、私のキングはネイン先輩の駒に囲まれていた。

ネイン先輩がそう宣言する。惜しいところが一つも無くて、悔しさすら残らないほどの敗北。完敗だ。ネイン先輩すごい。手も足も出なかった。

「チェックメイト」

「勝利したのはヴィクター・ネインだ！　手に汗握る白熱の試合を繰り広げた二人に、拍手を！」

実況者がそう言うと、溢れんばかりの拍手や歓声に包まれていく。

「ありがとうございました」

「こちらこそありがとう。とても楽しかった。もしよければまたゲームをしようね。今度は、本当にただのゲームを……」

「ぜひ」

勝負の最中は、どことなく好戦的だったネイン先輩が、なんだかとてつもなくげっそりして握手を求めてきた。私がそれに応えていると、フィーナ先輩が私の手を取った。

「ミスティアさん！　素敵だったわ！　どうだった？　お兄様は」

「強かったです。手も足も出ず……」

「そんなことないわ。私、お兄様とあんなに接戦を繰り広げた方は見たことないもの。どちらが負けてもおかしくない勝負だったわ……ねぇ？　お兄様」

フィーナ先輩の優しい気遣いを感じる。でも、どこか何かに期待しているような、別の目的があるような、そんな目をしている気がする。「ここは騒がしいから、出ましょう？」と彼女が促すまま、私は廊下へ出た。

「ねえ、今度またお兄様と戦ってはもらえないかしら。お兄様があんなに嬉しそうにチェスをしているのは久しぶりに見たの。どうかしら？」

「私で良ければいつでも」

「そう!?　ありがとう」

フィーナ先輩はとても嬉しそうにしている。一方で、彼女の隣を歩くネイン先輩の目はどんどん死んでいった。勝ったのだから、悔しいとかも無いはずだけど……どうしてだろう。

「駄目だよミスティア」

二の腕を掴まれた。エリクはいつの間にか私の横に立ち、フィーナ先輩を冷ややかに見下ろした。

「ネイン嬢は悪巧みが得意だから」

「あらハイムくん、それはどういう意味？」

「言葉通りの意味だよ」

エリクは目を細め、フィーナ先輩は不敵な笑みを浮かべている。

「ネイン嬢は自分の目的のためなら身内だって利用するんだから」

「それはハイムくんも同じでしょう。自分の望みを叶える為に努力することは当然ではなくって？」

「そうだね、だから俺はしっかりと時期を待ってるつもりだよ」

エリクの望み、フィーナ先輩の望み。いったいなんだろう。

「ねえミスティア、ネイン嬢はきっとお兄様を利用して……」

「それ以上のお話をしたら、この間の話は無かったことにするけれど」

エリクの言葉に、フィーナ先輩が鋭い目つきで反論した。彼女のそんな表情は見たことがなくて驚いていると、「あっミスティアさん、安心して、貴女には怖いことしないわ」と彼女は慌てた。

「ほら、ハイムくん、ミスティアさんを送ってあげたら？　日が沈むのも早くなってきたし……」

「そうだね。ネイン嬢の言うとおりにするよ。じゃあね、二人共」

フィーナ先輩は「またね」と手を振ってくれる。ネイン先輩も微笑んでいるものの、どこかぎこちないし顔色が真っ青だ。私は引っかかるものを感じつつ、エリクとともに帰ったのだった。


文化祭翌日に行われる、後夜祭の意味合いも含めたダンスパーティーは、きゅんらぶのシナリオ上大事なイベントであるけれど、この貴族学園においても重要な行事であるらしい。文化祭まであと二週間。準備も本格的に始まっていくと同時に、体育でパーティーに備えたダンスの授業が始まった。

家でレッスンを受けてはいるけど、伯爵家の先生と、男爵家の先生のレベルはかなり違うらしい。よって、生徒たちのダンスのレベルを一律化する為に、体育の授業でも行うそうだ。そして今はクラスの男女、半分ずつがペアになり体育館の中央で踊っている。私を含むもう半分の生徒たちは、踊っている生徒たちをぐるりと囲う様にして見ている。

レイド・ノクターは踊る側で、女子生徒を華麗にエスコートしながら踊っていた。

「アリスさん。さっきからあなた何なの？　溜息ばかりで、気味が悪いのだけれど？」

「ああ、そう見えます……？」

人々が踊っている所をぼーっと見ていると、隣のルキット様がアリスに声をかけていた。確かにアリスは、ずっと溜息を吐いていた。レイド・ノクターへの恋煩いだと大変ありがたい。

「実は、この間、大変なことがあったんです」

「どんな？」

「突然、家に高価なドレスが贈られてきたんです。送り主も分からなくて、それで返送しようとしたら拒否されちゃって」

アリスの発言に、思考が停止する。私はたしかに先日、偽装レイドドレスを匿名で彼女に贈った。

「だから、衛兵に忘れ物として届けたんですけど……」

気が遠くなった。返送しようとしたまでは分かる。それを、衛兵に忘れ物として、届けた……？　え、じゃあドレス、アリス今ドレスなし？　っていうか、衛兵にドレス押収されてる？　予備はあるけど再送すれば警察沙汰ならぬ衛兵沙汰にされるし、「呪いのドレス」として気味悪がる可能性だってある。最悪教会で燃やされるかもしれない。ということは、レイドドレスの発送はもう二度とできない？

「それで貴女はなに？　貴女までなにか変なことあったの？」

床をじっと見つめていると、ルキット様は怪訝な表情でつついてきた。

「いや、人生って、難しいなと思って」

「は？」

「なんでもないです」

ルキット様は、ゴミを見るような目でこちらを見る。私も、たぶん唐突に「人生難しい」とか言い出す人がいたら、いくら仲が良くてもそういう目で見てしまうと思う。

というか、ルキット様はアリスにも砕けた口調になっている。舞台をしている間にでも仲を深めたのだろう。最近は一緒にお昼を食べているみたいだし。

「そういえば、今年から女性のエスコートなしの入場は不可になったそうね」

「え」

ルキット様の言葉に頭が真っ白になった。それじゃあアリスは会場にすら入れない。誰かにエスコートしてもらわなければいけなくなる。

「それは、いったいどういった理由で……？」

「……防犯目的でしょう？　私も、貴女もいろいろあったのだから」

それは完全に、アリーさんとジェシー先生に助けてもらったあの時のことだ。え、じゃあドレスもない。エスコートもなしで、アリス、会場に入れない？

「私は適当な下僕から見繕う、貴女はレイド様とでしょう、アリスさん、貴女はどうするの？」

ルキット様はアリスに話を振った。それは私も気になる。アリスどうするの。誰かに入れてもらえないと、アリス、不在になってしまう。

「ああ、大丈夫ですよ、当日私は会場で出される料理の調理のお仕事をするんです！」

……は？

「実は、宿泊体験学習で作ったものが、素晴らしい出来だったと言われて、良ければダンスパーティーの朝食の調理員として一日働かないかって誘われまして、ダンスパーティーを見ることはぜひともしたかったので、お受けしたんです！」

ヒロインスマイルを披露するアリスの言葉に、理解が追いつかない。たしかにアリスは宿泊体験学習で料理を披露していた。色々構想を練って、「これはこういうテーマです」みたいな話もしていた。私が優れた新人を探すプロの料理人であったなら、間違いなくアリスをスカウトしている。

けれど、そうなるとアリスはダンスパーティーの会場にはスタッフとして入ることができるものの、ダンスホールの中には入らない。調理員の服を着て、調理場に立ってしまう。

「ふうん。まぁ貴女の料理、そこそこ悪くない味だったものね」

「えへへ、ありがとうございます！」

「あら、そろそろ私たちの番ね、行きましょうか」

さっとルキット様もアリスも立ち上がる。待ってほしい。レイド・ノクターがドレスを用意しなかったことは、まだ良かった。それは既に私がドレスを用意していた、準備があったからだ。でもこれは違う。ドレスの代わりはあっても、アリスに代わりはいないのに。

ふらふらとした足取りで立ち上がり、私は体育館の中央へ向かっていった。ちょうど向かい側からレイド・ノクターが歩いてくる。彼はなにも話さない。ただじっとこちらを見ながら歩いてくる。怖い。

「当日楽しみだね」

「え」

すれ違う瞬間、ぞっとするほど低い声でそう囁かれ、髪を一房掬《すく》われた。振り返ると、見えるのは去っていくレイド・ノクターの背中のみ。今、完全にホラーだった。逆に気持ちが切り替わった気がする。私はそのまま先生の指示通りに、女子と男子で二列に並んだ。私のペアは、どうやらロベルト・ワイズらしい。

「よろしく、アーレン嬢」

「こちらこそよろしくお願いします」

なんとなく、安心した。やがて先生がぱん、と手を叩く。その合図と共に男子側は一斉にこちらに手を差し出した。その手を握り、流れる音楽に合わせて踊っていく。

ステップも、ターンも、人並みには出来るように専属医のランズデーさんと門番のブラムさん、さらに執事長のスティーブさんとメロに教わっている。だから特に心配はないけど、踊っても慣れないというか、人と何かをすることに気恥ずかしさが残る。

それに、踊る時は人と接近するのだ。屋敷の皆は身内枠だからいいけど、ほかの人と密着するのは違和感がある。ロベルト・ワイズも同じなのか、なるべく私のほうを見ないようにしているのがよくわかった。最近よく思うけれど、彼とは趣味や考え方と言うか、行事に対して「行事ダァ！

ヤッター！」みたいにならないところに親近感を抱く。

「そんなに見られると、視線を動かしづらくて困るんだが」

ぼそっと呟かれ、ハッとした。先程から私は彼を凝視してしまったらしい。慌てて謝ると「謝る必要はないが」と彼は首を横に振った。なんだか、余計気まずい空気を作ってしまった気がする。私はなにか話題を変えようとして、アリスについて聞くことにした。

「あの、ワイズさんは誰をエスコートされるんですか？　パーティーで」

「い、妹だ。来年学園に入学するんだが、どうしてもパーティーに出たいと言って聞かなくて……」

「パーティーが好きな妹さんなんですか？」

「いや……そういう感じの人間でもないんだ。俺と似てるというか……まぁ、あまり深く追及しないでくれると、助かる」

ロベルト・ワイズと似てて、パーティーが好きではないけど、パーティーに出たがる……？　人物像がよくわからない。でも、追及しないで欲しいと言われた以上、聞くのはいけないことだ。やがて彼はためらいがちに、「文化祭、成功するといいな」とつぶやく。

「そうですね……私のような者がシンデレラになってしまって、不安しか感じませんが……」

「……適任だとは、思うぞ」

「え？」

私が、適任？　何故だろう？　ノクター家でのたうちまわったところは見られていないから、判断材料は今練習をしている私――死にかけのロボット演技しかないのに。

「君はいつも、静かになにかを考え込んでいるときが多い。シンデレラは、継母や義姉により苦しめられるも、魔法使いによって前を向いて輝く。魔法がなくとも、君は頑張っているが、合ってると思う」

言葉をひとつひとつ考え、選び出されたことが分かるロベルト・ワイズに、申し分けなさとありがたさを感じた。今、彼は励ましてくれているのだろう。彼は優しいし、演技が苦手と言うわりに、真摯に義姉の人物像を考察してアドリブをしている。だから、きっとシンデレラや演劇のことも好きなのだ。

あたたかな気持ちになっていると、不意にロベルト・ワイズの背後に人影が見えた。

「ワイズさんっ」

このままだと接触事故が起きてしまう。急いで彼をこちらに引くと、彼は目を見開きながらも、ぎりぎりのところでステップを踏んだ。その反動で、身体が彼の方へ引かれて一気に顔が接近した。

「あ」

ロベルト・ワイズは頰を赤く染めすぐに身体を離す。そしてどんどん顔を青ざめさせていく。なにかに恐怖するような、嫌悪するようなそんな顔だ。心なしか手も震えている。

「ワイズさん……？　どうしました？」

「違う……なんでもない……大丈夫だ。……大丈夫」

そう言う彼は、酷く顔色が悪い。一度中央から離れ休憩を促したほうがいい。手を伸ばすと、先生がダンスを終了させるよう手を叩く。踊っていた生徒たちはいっせいにその動きを止めた。ちょ

うど良かった。ロベルト・ワイズは確実に休んだ方がいい。こうしている間にもどんどん病人のような顔つきに変わっていっているし、手の震えも酷くなっている。

「ワイズさん、休んだほうが……」

「いい。君の手は煩わせない。きちんと、休む……」

彼は力なく首を振り、こちらを拒絶するように中央から離れていく。深入りは、しないほうがいい。でも、心配だ。酷く重篤な病を感じる。やがて彼は先生の方へと向かって行き、二、三言葉を交わすと体育館から退出していった。

アリス、誰にエスコートしてもらうのか。

私は頭を抱えながら、放課後の廊下を歩いていた。文化祭まで残すところ一週間。台本は完璧に仕上がり、劇の練習も通しですることが増えてきた。前世時代の文化祭と同じく、教室には背景の大道具が並んでいたり、廊下には宣伝チラシが貼られていたりする。生徒たちもどこか浮き立っていて、聞こえてくる会話は文化祭とダンスパーティーの二択だ。

私も、少しだけ浮かれた気持ちにはなってしまう。でも、アリスのドレスはまだしも、エスコート問題が厳しい。ここまで来ると消去法でクラウスかジェシー先生になる。クラウスはあり得ないし、ジェシー先生は教師である以上誰かをエスコートして入場することはない。確かジェシー先生のルートでアリスは一人で入場していた。可能性がないと決めつけるのはよくないけど、教師と生徒だし――。

「なにしてるんだ、こんなところで」

「あ、先生」

まるで運命かのようにジェシー先生がこちらに向かって歩いてきていた。

「せ、先生、ダ、ダンスパーティーのことなんですけど！」

「落ち着け、どうしたアーレン、しっかりしろ」

はやる気持ちが押さえきれず、挙動不審になってしまった。ジェシー先生は少し戸惑った様子で周囲を見渡し、またこちらに顔を向けた。

「……すいません、あの、ダンスパーティーの日、先生って、何をされているんでしょうか」

「受付」

即答だ。確かゲームでは、ジェシー先生は会場内をただうろうろしていた。色々警備内容が変わったことで受付になったのだろうか。

「そうですか……では入場の際、誰かを、エスコートしたりは……」

「いねえよ。そんな相手」

少しだけ、いつもよりぶっきらぼうに言われて目を見開く。先生はそういう人だけど、それにしても不貞腐れるような声色でびっくりした。

「……当日は受付の作業があるから、な」

ジェシー先生はぼそっと呟くと、「気をつけて帰れよ」と私に背を向け去っていったのだった。

「おかえりなさいませ、ミスティア様」

学園が終わり屋敷に帰ると、メロが門の外に立っていた。今まで彼女はお迎えの時、門の中で待っていたけれど、最近は門の外で待つことが増えた。理由を聞いても「降りかかる危険からミスティア様をお守りする為です。なので異論はいくらミスティア様の願いといえど叶えられません」と即座に返答され、今に至る。思えば文化祭の準備が本格的に始まったあたりから、メロは私の近くにいる。最近はお手洗いに行く時すら扉の前で待っているし、他の使用人の皆がいれば席をはずしたのに、近頃は私にめり込みそうなくらい近い。

そして門の内側には、門番のブラムさんとトーマス、庭師のフォレストが、なにやら箱や袋を抱えどこかへ運ぼうとしているのが見えた。

「あっお嬢様だ！　おかえりー！　見てみて！　お裁縫に使う針がいっぱい届いたのー！」

トーマスが、たたたっと駆け寄ってきた。彼の持つ箱にはぎっしり小さな箱が詰められていて、マトリョーシカみたいだ。

「え、皆さんどうしたんですか？」

「さきほど、我々が注文していた荷物が届きまして……」

そう言うブラムさんの手元を見ると、どうやらピアノの絵柄が描かれた包みを持っていた。

「ピアノの絵……？」

「はい、ピアノ線を新調したんです」

「へえ……ピアノ線……」

一方のフォレストが押す台車には液体が入った瓶が大量に積まれ、とても重そうだ。

「うわ、重そうですね……肥料ですか？　お疲れ様です」

「ありがとうございます、実はこれ、油なんです」

フォレストは瓶を一つ手に取り私に見せた。瓶のラベルにはたしかに火気厳禁の文言が記されている。

「この油、花を永久に保存することもできるんです。完成したものを今度お持ちします」

「すみません、いつもありがとうございます」

「いえ、こうして御嬢様にお仕えすることは、俺の生きがいです。その為なら、俺はなんだって、どんな努力だって致します。御嬢様のための犠牲は厭《いと》いません」

いやそこまでしなくても。やがてブラムさんはすっと懐からなにかを取り出し、差し出してきた。

「あの、御嬢様、少しお尋ねしたいことがあるのですが……」

「どうぞ」

「ではさっそくですが、なぜ御嬢様はドレスを九着、仕立てられたのでしょうか？　アーレン家の門を叩く人間や、入ってきた物品に関しては全て私たちが記録し、フォレストが管理しています。間違いなく御嬢様は九着、ご自身で購入されたようですが、いったいどういうことでしょうか。いつも御嬢様は旦那様や奥様がお勧めしても一着、多くても二着です。しかし今回九着お選びになられた。もしかして、オペラやコンサートに向かわれるわけではありませんよね？　いけませんよ。ああいった場所は、たしかに美しい。音色も最高のものです。しかしそこに行くまでが醜い。昔の……思い出したくもない醜いごろつきがいっぱいいます。狙っているんですよ、オペラやコンサートを見に来た貴族を……ならば、やはり屋敷での鑑賞が一番ですよ、ね？」

流れるような言葉に、安心した。ドレスを買った理由は疚《やま》しさしかない。それを伝えることは使用人のみんなを共犯者にしてしまいかねないのだ。この時期、学園のことについてはもう知らせたくないから、コンサートのことで良かった。

「大丈夫ですよブラムさん。あのドレスはお出かけ用じゃないですし、私はブラムさんの演奏が好きなだけで、音楽は厳しいと思っていますので」

「え……？　すみません、私はてっきり御嬢様が鑑賞に行ってしまうとばかり……」

「そうなんですね、ご心配おかけしてしまって……」

ブラムさんは申し訳無さそうにしている。大丈夫だと伝えると、やがてメロが袖を引っ張ってきた。

「行きましょう。もう冷えます。早く屋敷の中に」

「うん。ではブラムさん、トーマス、フォレスト、よろしくおねがいします」

三人に手を振って、メロと共に屋敷の敷地内へと入る。すると、屋敷のほうから人が飛んできた。

「御嬢様ァ！」

飛んできたのは、掃除婦長のリザーさんだった。彼女は手紙を片手に私の下へ飛んできて、ががたと震えだす。

「御嬢様。ネイン家の令嬢からお手紙が！　お手紙がまた届きました！　これは……違いますよね？なにかの間違いではないでしょうか？　こんなにもお手紙が何度も何度も何度も！　友情なら良いのです……御嬢様は勇敢な私の小さな英雄ですもの。英雄は孤高でありながらも仲間と戦う。そういうものだと！　私は知りましたが！　この頻度は少しおかしくはないでしょうか？　付き纏いでは？　というか、なにかご相談をされているのでしょうか？　もしかして、もしかしてですが使用人を引き取らせようとのお考えをもってはいらっしゃいませんか御嬢様？　御嬢様は私達に御嬢様への恩返しを何一つ出来ぬまま無礼者として死ね恥じて生きろとそうおっしゃるのでしょうか？」

「違いますよ」

掃除婦長のリザーさんは、妖艶な雰囲気を持つ女性だけど、こんなふうにアワアワしていると、少女のようにも見えてしまう。私は彼女を落ち着かせるために、大きく首を横に振った。

「ネイン家の令嬢――そのフィーナ先輩とは、友達なので手紙をやり取りしています。リザーさんをどこかにやったりなんてことはしないので安心してください」

リザーさんは、以前結婚した人に恐ろしい目に遭わされていたからか、環境の変化によって精神的に落ち着かなくなるときと、その逆で落ち着き眠ってしまう……なんてこともある。最近は文化祭で私の帰りが不規則になったりしていたし、ディリアや教会、メロのことで私の心境も変化している。それを敏感に察知した可能性も……。

「たとえ、この家の使用人の皆にやめてもらう……となったときも、リザーさんのことは責任持ちますから」

リザーさんは、多分以前結婚した人ともう一度会うことを恐れている。だからそれがないことを伝えると、彼女は安堵しながら私にネイン家からきた手紙を渡してくれた。内容をさっと確認すると、この間のチェスについてのことや、次の生徒会役員を決めるための選挙に出てみないか、との誘いが書かれていた。私は生徒会に入れるような器はない。来年生きていて、フィーナ先輩と生徒会の仕事をするのは楽しそうだけど。

そう考えた瞬間、ハッとした。頭の中に映像が流れ込んできて、その中でフィーナ先輩が床に伏し、静かに顔へ布をかけられる映像が頭の中をぐるぐると駆け巡った。

『フィーナから、ずっと、助けを求める声が聞こえていた。当主にさえなれれば、立派な当主になれば、俺たちは報われると思っていた。なのに、フィーナは死んでしまった』

『フィーナは、春に襲われて、夏に死んだ。それまで一度も寝台から降りることは叶わなかった』

『僕はフィーナを犠牲にしたんだ。だから、絶対に……』

脳の中に流れ込んでくる、映像と、ネイン先輩が、この世の終わりのような表情で、妹の、フィーナ先輩の末路について語る映像が蘇る。

そうだ。ゲームでフィーナ先輩もネイン先輩も登場していた。確かレイドルートで、生徒会選挙の黒幕がネイン先輩なのだ。次の生徒会長決めの時に、ネイン先輩はレイド・ノクターへ不正収賄疑惑をでっちあげて、その地位から転落させる。

理由は、フィーナ先輩が死んでしまったから、だ。

「ねえ、メロ、入学してすぐに、令嬢が襲われた事件があったよね」

「ええ。御嬢様がその現場に居合わせ、危機に瀕しましたね……」

朝、着替えをしながら傍らに控えるメロに切り出すと、彼女は目を細め、非難をのせた声でそう呟いた。

「う、うん、それでさ、その時襲われたのがフィーナ先輩っていうんだけど、その人、どうやらゲームに出ていた、みたいなんだよね」

「なるほど。ゲームのシナリオで記されていたから、と考えれば、貴族学園に紛れ込んだ者がいた、ということも、納得できなくもないですね」

「それでさ……先輩は死んでたみたいなんだ。私があの場に居合わせていなかったら」

昨日思い出した、フィーナ先輩のこと。それから止まらない、もしかしたらという思考。そんなことを考えていたらきりがないかもしれないけどもしあの場に私が居合わせていなければ、フィーナ先輩は死んでいた。

そう考えると、とても怖い。

「ちょっと、怖くなっちゃって。もし、私があの場に居合わせていなかったらフィーナ先輩が死んでいたと思うと」

「私は毎日恐ろしいですけどね。御嬢様は危険を顧みずに人を救おうとするので」

きっぱりとしたメロの言葉に面食らっていると、メロは淡々と続ける。

「シナリオで殺されると決まっていたのなら、あの場にいて御嬢様はそのシナリオに飲み込まれ、命を落としていた可能性もあったということ。他人の心配より、まずは自分の心配をしていただきたいです」

たしかに、私も巻き込まれていた可能性は充分にある。メロは、心配している。私がフィーナ先輩が死んでしまうかもしれないと思う恐怖と同じ。いや、それ以上の恐怖を感じているのか。

「それに、あの場に御嬢様がいたとしても、令嬢は亡くなっていたかもしれません。大切なのは、未来、でしょう？」

「……そうだね、ごめん。そうだった」

メロと、皆とこれからを生きていく。

ああしていれば、こうしていればと過去のことばかり考えて、立ち止まっている時間はもう私にはない。それに今、フィーナ先輩は生きているのだそれ以上でもそれ以下でも無い。その事実に変わりはない。だからちゃんと前を向いて、未来を見ていないと。


早いもので、とうとう文化祭の当日になってしまった。学園は、学年問わずクラスの出し物を見に行く生徒、自分のクラスの出し物を宣伝する生徒たちで溢れている。そこにちょこちょこ混ざる大人たちは、教師陣か、学園の関係者だけだ。

ということで私は、現在講堂にて絶賛リハーサル中である。ちょうどシーンは、硝子の靴を片手に、舞台の上でレイド・ノクターが名前のわからぬシンデレラを追い求めているところだ。舞台袖では、ルキット様が魔法使いの衣装に身を包み、優雅に椅子に座ってルキット様の言う下僕たちに扇で自身を扇がせていた。

そして私がしたくてしたくてたまらなかった大道具係は、ロベルト・ワイズがリーダーとしてその役を担った。ゲームでは彼が魔法使いであったけど、ルキット様が魔法使いだから変わったのだろう。昨日、私はシャンデリアが落下しないよう確認したし、彼の真面目さからして確認は絶対怠らないが、シナリオの強制力の可能性もある。後でしっかりと確認し、本番直前も見ておかなければならない。

「休憩入りまーす!」

文化祭委員の掛け声で、本番さながらの空気が変わり、皆台本の確認や雑談を始めた。通し稽古ではなく、部分的に不安なところを練習するリハーサルだったために、今私はシンデレラの、それも舞踏会の衣装で結構暑い。涼むために講堂を出ると、笑顔のクラウスが立っていた。手にはパイがあり、叩きつけられないか不安になった。

「よう! ゴミ! たかりに来てやったぜ喜べ」

「パイで舞台をめちゃくちゃにしに……?」

「パイじゃねえ、ロックシュガーハニーキャラメルチョコバナナホイップパウダースノウココアパイだ。俺様の主食だよ。そんな勿体ないことするわけねえだろゴミカス。ゲロミートパイならまだしも」

「は……?」

ゲロミートパイってなんだ。そういえば、ミートパイってレイド・ノクターがなにか言ってたような……。思い返していると、クラウスは監督をしているアリスを見た。

「なぁ、お前はどうして貧乏の下町女が貴族様の学園に来たと思う?」

それはシナリオで決まってるからです。とは言えず、私は「運命的ななにかがあったから、とかですかね」と答える。するとクラウスは一気に白け、鼻で笑ってきた。

「お前さあ、こんな楽しい祭りの時にそんなクソみてえな発想していいと思ってんのかよ？　頭おかしいんじゃねえの？」

酷い言われようだ。少し反論しようとすると、クラウスはポケットから懐中時計を取り出し、軽く振り回してまたポケットにしまった。

「……そろそろお楽しみの準備をしなきゃならねえ時間だな」

「はい？」

「おいゴミ、婚約者様に伝言だ……」

クラウスはそう言って、私に耳打ちをすると、そのまま去ってしまったのだった。


クラウスと別れた私は、今度は本番のため、虐げられていたころのシンデレラの服に着替え、舞台袖で待っていた。

王子様役のレイド・ノクターは衣装も相まってもう完全に御伽噺の住人であるし、魔法使い役のルキット様は露出が少ない装いにもかかわらず妖艶で美しい。

それぞれ台本を読み、水を飲んだりと自由に過ごしているが、開演前の精神統一という大事な時間なのだろう。静かにその様子を見ていると、レイド・ノクターがこちらを向いた。

「ああ、ミスティア、丁度良かった。曲がったところとか、変なところが無いか見てくれない？」

「分かりました」

最終確認をしろということか。鏡を見る方が確実では……とも思ったけれど、思えば周囲に鏡はない。頭からつま先まで順番に確認していくと、特に曲がったところも変なところも解れているところもない。完璧だ。

「大丈夫ですよ」

「そう？　ありがとうミスティア」

レイド・ノクターは私の手を取ると、そのまま手の甲に唇をつける。

「成功のおまじない。……じゃあそろそろ時間だよね。行こうか」

レイド・ノクターは周囲に声をかけ、舞台へと上がっていく。周りの皆は私を見て、「お似合い」だとか「流石婚約者同士……」と話をしている。何を考えてるんだ彼は。やっていいことと悪いことがあるだろう。今は秋。これで冬に「アリスが好き」なんてしたら、レイド・ノクターの心変りの仕方がえげつなくなる。風評だって酷くなるはずだ。

「ハガシッ、……カンゼンデキンダ！　カレ……ヅラガイアクッ」

じっとこちらを見て呟くアリス。世界のヒロイン、純朴と優しさと清廉の結晶であるその瞳は、どこか怒りによって揺らめいてる気がする。あれ、この反応は、嫉妬……？

「……ドルの……アサマハ、ミンナノモノ……。デモミス……ハ、……マノモノ……ニ……！」

アリスはそのままぶん、と音がしそうな程の勢いで、レイド・ノクターの方を見る。やはりアリスは、レイド・ノクターのことを好いている。レイドルートだ間違いない。

「アッ」

アリスは身体を震わせると、ゆっくりとこちらを向く。先程の怒りの表情は消え失せ、いつものアリスだ。

「ミスティア様、貴女は完璧です。監督として携わることができて恐縮です。応援してます。失礼します」

「えっと……ありがとうございます」

「フギャッ……頑張ります。ありがとうございます。応援してます。失礼します」

礼をして、アリスはささっと舞台袖の定位置に立った。だからいったいなんなんだ。応援してるって。意味がわからず立ち尽くしていると、ルキット様が呆れたような、疲れたような目でこちらを見ていた。

「貴女については心から同情するわ、変な手帳に書かれたり」

「はい?」

「ほら、早く行きなさいよ。レイド様の出番が終わったら、貴女が継母に苛められるんでしょう」

ルキット様は舞台を指差す。そうだ。王子様がパーティーを開く宣言をするシーンのあとは、私が舞台の床を拭いたり、掃除しなくてはいけない。

「さて、働くか」

私は、舞台に上がった。ルキット様の効果なのか、ゲームよりお客さんが多く見える。私はここで、「ああ、頑張らなくちゃ！　お洗濯にお掃除！　そして夕食の準備も！」と、大きな独り言を言いながら箒を縦横無尽に動かさなくてはならない。静かに部屋のすみを掃除していたら、凄惨な劇になってしまうから。

ふと、舞台袖の反対側を見ると複雑そうなジェシー先生が立っていた。先生は私が前に出る人間ではないことを、おそらく馬術練習のときに理解している。不安なのだろう。私は力強く頷いて、舞台に立ち、箒を握りしめたその時だった。ぐん、と片足が床に吸い込まれるそうな感覚がして、身体が下へと落下しそうになる。視線を向けると、舞台の床板に40センチほどの穴があった。なんとかして体勢を整えようとすると——、

「ミスティア！」

ジェシー先生が飛んできて、私の腕を掴んだ。

「ミスティア、大丈夫か？　すぐ保健室に連れていくからな」

ジェシー先生が、私を姫抱きにし、舞台から飛び降りると駆けていく。あの床の、液体は……？

私は混乱しながらも、先生に運ばれたのだった。

「うーん、怪我はないみたいだけど、一応舞台に出るのはやめたほうがいいかもね……」

保健室の先生が、私の足や腕を診る。あれから保健室に運ばれた私は、先生に診察を受けていた。

舞台はゲーム通り一時中止になったらしく、他の演者やアリスが不安げに私を見ている。

「本当に、申し訳ないです……」

「いや、ミスティアは悪くないよ。舞台装置の誤作動なんだから。主役が出られない以上、午後の

公演は、中止にしよう」

レイド・ノクターが複雑そうに皆に声をかけた。劇が、文化祭が台無しになってしまった。あの場で演技を続けるべきだったのかもしれない……俯いていると、アリスが「はい！」と手を挙げた。

「私が、シンデレラをします！」

「え……」

「私が、ミスティア様の名にかけて劇を成功させます！　ミスティア様のクラスの劇が失敗だったなんて、誰にも言わせません！」

そう言って、アリスは決意の瞳で私を見た。そして、「私はミスティア様の台詞、全部覚えています！　今ここで暗唱できます！　どんな動きをするのか、全部知っています！」と、私の手を握った。

「ですから、そんな暗い顔しないでください！　自分を責めないでください！　貴女は、光です！」

「えっと……」

私は、おそるおそる頷く。アリスは衣装係の人に、「予備の衣装お借りします！　お化粧お願いします！」と、クラスメイトを従え出ていった。ルキット様が「まぁ、元気出しなさいよ。貴女は貴女よ」と、保健室を後にする。レイド・ノクターは私と廊下を交互に見た後、ジェシー先生に促され退出する。保健室の先生も、「ジェシー先生、少し見ていてもらえます？　私、備品を取りに行かなきゃいけなくて」と、出ていってしまった。

「先程は、ありがとうございました……」

「いや、生徒守るのが教師の役目だ。気にすんな」

そう言って、ジェシー先生は落ち着いた様子で頷いた。どことなく、最近の先生は暗い顔が多かったけれど、今はとても穏やかそうに見える。

「俺、ずっとお前のこと、誤解してた」

「え？」

「お前の大丈夫って言葉、ずっと助けがいらないからって思ってたけど、大丈夫じゃない時もお前、大丈夫って言ってるだろ。それこそ癖とか反射みてえに」

先生が、私の目をじっと見た。でも、別に辛い時、きちんと辛いと言ってるつもりだ。

「今まで悪かった。気づいてやれなくて。俺、お前と教師としても、一人の人間としても向き合えてなかった。本当に、悪い」

「せっ、先生はいい先生だと思います。今まで生きてて、一番、いい先生です。謝らないでください」

「そんなことない。大人にすらなりきれなかった悪い先生だ、俺は。お前のことちゃんと見れなくて、お前に付き纏いがいたのも気づかなかったし、本当、駄目なやつだ」

先生は、一大決心をするような、それでいて思い切り自分を卑下するようなことを言っている。この姿には見覚えがある。ロベルト・ワイズが、学園を辞めると言い出したときに似ている。私はぶんぶん首を横に振って、先生の腕を掴んだ。

「でも俺は、お前を――」

「待ってください、わ、私には先生が必要です。も、もっといっぱい教わりたいことがあるんです！」

ジェシー先生が目を見開く。私は「絶対学園辞めたりしないでください！」と続けた。すると、先生は目を細め「なんだ、いっつもお前からだな」と、笑った。

「俺もだよ。ちゃんと三年間、お前の先生をする。安心しろ。ちゃんと、いる」

「ありがとうございます！」

やっぱり、ジェシー先生は辞める気だったのか。確かに宿泊体験学習で崖から生徒が落ちたり、文化祭でけが人が出たら生徒想いの先生は精神を病んでしまう。私はほっと安心して、「これからもよろしくお願いいたします」と頭を下げたのだった。


しばらく保健室で休んだ私は、痛む足をなんとか動かしながら、劇が行われる舞台の頭上……キャットウォークを目指して階段を登っていた。

事故を未然に防ぐべく、昨日もシャンデリア設置の確認はしたし、今朝もした。シナリオにある落下事故は起きていなかったと言えど、レイド・ノクターは私が転ぶ瞬間、廃油のようなものを見たと言っていた。そんなもの、ゲームには無かったし私がやらかしただけならいいけど、ゲームでは落下する定めにあるシャンデリアの存在が気になる。

下ではちょうどアリスが魔法使いルキット様に魔法をかけられ、早着替えをし変身をしている最中であった。その姿を眺めながら、ちょうどキャットウォークまでの階段を登りきると、シャンデリアの真上の通路に、誰かが立っているのを見つけた。注視していると、ぼんやりとしたその姿が、はっきりと暗闇から現れる。

「ワイズさん」

「アーレン嬢……」

なぜか苦虫を噛み潰したようなロベルト・ワイズだった。一瞬舞台天井に潜む悪霊とか思ってしまった。申し訳ない。声をかけようとすると、彼は「突然で、信じられないかもしれないが、聞いてほしい話がある」と私を見る。

「君に、危険が迫っているかもしれない」

「え？」

舞台では丁度灰かぶりが王子と踊っているシーンだ。大々的に曲が演奏されている。聞き洩らさないよう耳を澄ましていると、ロベルト・ワイズは何度か躊躇ったようにした後、口を開く。

「……落ち着いて聞いてほしい。君は、投獄されるかもしれない」

「……は？」

ロベルト・ワイズの言葉に、頭が真っ白になる。なんで、彼は、それを……？

「突然こんなことを言われても、信じられないかもしれないが、本当にそうなるかもしれない」

呆然としている私を見て、私が信じていないと感じたらしいロベルト・ワイズは、静かに語り始める。

「ノクターが突き飛ばされたことが、あっただろう」

「ええ」

「本当はあの日突き飛ばされるのは、ハーツパール嬢だったんだ。なにかほかの原因があって、ノクターになったが、あの日あの場所で、誰かが突き落とされることは決まっていた。そう、ある手帳に記されていたんだ」

「手帳?」

「ああ。俺は宿泊体験学習の日の夜、色々考えがまとまらず散歩をしていた。その時、学園の指定体育着を着ていた誰かとぶつかったんだ。顔も見えず、髪色も判断がつかなかったというか……。その人物が落とした手帳に気をとられ、誰か判別することはできなかったが。その時に、たしかに見た」

手帳を落とした、人物……。手帳に、シナリオについて書いた人物がいて、それを見たから、ロベルト・ワイズは投獄のことについて知っている……ということか。

「ちょうどぶつかった時に、手帳が開いていて、そこには、絶対に攻略するという文字と共に、宿泊体験学習中、ハーツパール嬢が落下すること、来年の春に君が投獄されることが赤い文字で書かれていた。そして、文化祭の日に、この照明の装置が落下することもだ」

ロベルト・ワイズの言葉に、心臓が、ばくばくと音を立てて鼓動しているのが自分でもわかる。

「だから、俺は大道具の係になった。結果、君は転んでしまったが……こうしてあの手帳に記されていたことは変わった。だから多分、君の投獄に関しても変更は可能だと思う」

「そう、ですか」

手帳に、アリスの落下を記した人物。それは、おそらくレイド・ノクターを突き落とした人物だ。

「俺は君を投獄する未来を、変えたい。いや、変えなければならないと考えている」

だとすると誰かを攻略する目的でレイド・ノクターを突き落とした……？　何故そうする為に、レイド・ノクターを突き落とす必要が出てくる？　あの場に居て、レイド・ノクターがいたことで不都合だった者は……。

「だから、一つだけ教えてほしい」

手すりを握りしめながら考えていると、ロベルト・ワイズが一歩近づいてくる。

「アーレン嬢」

「はい」

「なぜ君は、ここに来た？」

射貫くような目で、ロベルト・ワイズがこちらを見る。俯くと舞台上では、レイド・ノクターの手によって硝子の靴にアリスの足がおさめられていった。

異録　想い合うふたり

ＳＩＤＥ：Ｊｅｙ

『こうして、シンデレラは幸せになりました。おしまい』

クラスの読み手の係の声が合図だったかのように、座席を埋め尽くしていた客が喝采を始める。

午前の部はミスティアが怪我をしてしまい、午後の部のアリス・ハーツパールが代役を演じたが、劇は成功と言っていいだろう。失敗に終わってしまったらきっとミスティアは一生悔やんでいただろうし、ほっと胸を撫で下ろす。

本当は、ずっとミスティアについてやりたかったけど、校内の巡回の係があり、そばにいてやれない。巡回の役回りを得たときは、劇が見られると思って浮き立ったが、救護の係になれば良かったと心から思う。

——でも、ちゃんと仕事しなきゃな。俺の嫁に——ミスティアに怒られちまう。

ミスティアと別れた後、俺は、未練がましくもミスティアを見ていた。そして気づいたのだ。あいつが常日頃、「大丈夫」という言葉を多用することに。俺は、ずっとその言葉を、ただ「助けが必要ない」と受け止めていた。俺のしていることはお節介で、意味がないこと。そう思っていたけれど、あいつは崖に落ちて擦り傷だらけになっても、大丈夫だと言う。

そして気づいたのだ。夏の前、俺に素っ気なかったり、構ってほしくない態度を取っていたのは、俺を守る為だったんじゃないのかということに。

考えてみれば、誠実なミスティアの事だ。自然消滅を狙ったりせず、きちんと俺を呼び出して別れの言葉を伝えてくるはずだった。あの男に付きまとわれていることは分からなくても、何らかの身の危険を感じたミスティアが、俺を遠ざけた可能性は充分考えられる。

俺と恋人であることが分かったら、あの男は間違いなく俺を殺しに来ただろう。俺を殺しに来たら返り討ちにして殺し返すだけだ。けど俺はなるべくミスティアに優しく、平和な紳士として振る舞っていたつもりだったし、俺が返り討ちにするなんて想像はしない。

俺に近付かないようにして、さらに他の男と親しくすることで、俺を守ろうとしていた。

自分が見過ごしていた事実に、ミスティアが崖から落ちて気づいた俺は、ミスティアを信じきれずにいたことを後悔した。俺は、浮気されただの、ミスティアの気持ちは俺に無いだの。ずっと自分のことしか考えていなかったことを悔やんだ。

でも、どうしてもミスティアを諦めることが出来ない。舞台の上で転び、不安げに瞳を揺らしたミスティアを見て自分の想いが押さえきれなくなった俺は、保健室でついミスティアに告白しようとした。

すると、またミスティアのほうから告白された。俺が必要だと、そう、俺の腕を握りしめて。

幸せに出来ないかもしれない。でも、こんなに想ってもらっているんだ。

そんな健気な姿を見て、もう二度とミスティアを疑わないと誓った。

しっかり恋人として、将来の旦那としてミスティアをしっかり支えてやらないと。今度はミスティアのことをしっかり見て、ミスティアの言葉をしっかり聞いて、ちゃんとミスティアの想いを汲んでやらないと。

あいつは俺の為を想えば、色々隠すのが上手くなって、俺を守るためなら演技をすることだって分かったのだから。もう、絶対離さない。ミスティアを怖がらせるもの、悲しませるものから、全部守る。

旦那として、ミスティアを世界で一番幸せな嫁にする。

私と貴女は友達じゃない

SIDE:Helen

生活に侯爵がちらつくことが無くなってから、私の日々は変わりつつある。

最近では背後から近づかれたり、後ろから肩を掴まれたりさえしなければ、呼吸だって楽にできる。侯爵の影を探すことが無くなった分、少しだけ周りのことに気がつくようになった。

「貴女、そんなところでなにしてるの？」

「うわっ」

真夏の放課後のこと。廊下の隅で壁に張り付き、いかにも不審な行動を取っているミスティア・アーレンに声をかけると、彼女は驚いているのかすら微妙な声で後ずさった。もっとこう、「きゃっ」とか、「ひゃっ」みたいな声は出ないのかと思う半面、無理だろうなとも納得した。

「ああ……ルキット様ですか……良かった……」

「なにかしら？　かくれんぼでもしてるつもり？」

「いえ、ちょっと所用があってですね……」

話し方は、人によって意識的に変えていた。男に対しては甘く、女に対してはさりげなく媚びるような声を控えて。結局男が寄って来れば女たちは手のひらを返すようにぶりっ子だとか、ふしだらなんて言ってくるから気休めのようなものだし、結局のところ、どちらも私の言葉じゃない。

でも、私が私のままで話をすれば、人なんて減っていく。口が悪い、下品、そっけない。一番最後は、自分でも思う。だからどんなに親しくてもきちんとした言葉遣いで話すつもりだったけど、なぜか仲良くもない、一か月ほど前はただの恋敵だった彼女には、二人きりの時だけ飾らず話をしていた。

「そういえばルキット様はなにをされてるんですか?」

「ちょっと先生に所用を頼まれて、下僕たちに代わってもらいましたの」

「あー、お疲れ様です」

ミスティア・アーレンは特に気に留めることなく返事をする。普通は自分の仕事を人に渡すなとかそういうことを言うはずだけど、前にこの女は「手伝いを断られると機嫌悪くなる人もいますもんね、大変ですね……」と知ったような口を利いていた。この女は一度襲われているし、知っているのだろうけど。

「で、貴女は今、誰から逃げているわけ?」

「いや……そういうわけでは……」

明らかにごまかそうとする視線が、先ほどまで向けられたほうへ顔を向けると、そこにいたのはレイド様だった。彼は本を片手に快晴が照らす廊下の中央に立っていて、辺りを見回している。

「レイド様、ね」

当初、私はミスティア・アーレンの我儘によって、レイド様が不当に囚われているのだとばかり思っていた。彼の美貌に惹かれ、強い想いを抱く令嬢は実際に多いし、貴族学園に入学してみて、彼に恋文を送りすげなく返される光景は何度だって見ている。

それに、アーレン家は昔、傲慢で有名だったと聞いていた。

今でこそ慈悲深いなんて言われているけれど、昔の悪い印象を払拭するのに必死だと考えていたし、粗悪な親から粗悪な子供が産まれるのだと、侯爵を見て思い込んでいたから。

「こっちに来て」

私はミスティア・アーレンの手を取って、レイド様のいる反対側の廊下の奥――使われていない資料室の扉を開けて、彼女を押し入れた。

「え、なんでここ……閉じているはずじゃ……」

「この鍵は壊れているとたまたま聞いたのよ。外側から施錠ができない欠陥があるらしいわ。用務員に報告しなければと――たしかこの学園の副会長が、妹さんと話をしているのを聞いたの」

「ああ、ネイン先輩ですね」

「じゃあ、私は戻るから、しばらくそこに――……」

そう言いかけて、視界の隅にレイド様が映った。なんとなく嫌な予感がして、私も部屋に入り、鍵を閉めた。扉には窓がついていて、空き教室といえど中に棚もなく、窓から部屋がすべて見られるようになっている。私は戸惑うミスティア・アーレンの口をふさぐと、壁にぴったり沿った。

「静かにして、貴女の婚約者が来てる」

小声で伝えると、ミスティア・アーレンの体がぴたりと固まった。呼吸すら止めようとしている様子を見て、やはり以前の私の目は、恐怖によって狂わされていたのだと実感する。

初恋が死ぬまで、私はミスティア・アーレンがレイド様を追っている、追わせていると思っていたけど本質はきれいに反転していた。レイド様が彼女を追って、彼女はただひたすら逃げていた。

理由はわからない。でもそれが、ミスティア・アーレンに起因するなにかだったとしても、レイド様の執拗さはいつかの侯爵を思い起こさせて、こうして訳のわからない衝動のまま、行動を起こしてしまうくらいには彼女を哀れに思う。

「ミスティア、もう帰ったのかな……でも、さすがに窓から帰るなんてことは……」

扉を隔てたすぐそばから声がした。思わずミスティア・アーレンを抱える力が強くなって、気配を殺すように息を止める。しかし、元々ぐらついていたのか、資料棚の本が一冊床にぱたりと落ちた。

「ミスティア?」

レイド様が扉をガタガタと動かす。顔を動かしたら見えてしまいそうでできないけど、おそらく窓から部屋をのぞいているのだろう。目すら閉じて、なんでこんなことをしているのだろうと思いながら時が過ぎるのを待っていると「帰ったのかな」と呟く声が聞こえて、ほっと安堵する。

ミスティア・アーレンは安堵した様子で身じろぎをしたけれど、私はなんとなく体勢を変えず、彼女の口を押さえる力をさらに強める。すると次の瞬間――、

「やっぱりいないか」

ぼそりと、扉の至近距離で声がした。きっとまだ、扉の向こうにレイド様がいる。私たちはいつまでこうしていればいいのかと、じっと針が時間を刻む音を聞いていると、やがてシーク先生が彼を呼ぶ声が聞こえてきた。

「おい、レイド・ノクター、少し手を借りたいんだが」

「わかりました、今行きます!」

先ほどと変わらない足音が聞こえ、やがて遠くから「なにをしていたんだ」と先生が彼に問いかける声が聞こえた。私は肩の力が抜けて、自然とミスティア・アーレンの口から手を放した。

「ありがとうございます、ルキット様……」

「別に」

二人で扉のそばにへたり込む。床に座り込むなんてはしたないけれど、全身の力が抜けて立ち上がれそうもない。それはミスティア・アーレンも同じなのか、彼女は何度も深呼吸を繰り返していた。

「本当に今日は助かりました……ルキット様」

「それ」

「……？」

「そのルキット様っていうの、やめて」

この女は、私をルキット様と呼んでいるらしい。表立って呼ぶことはないけれど、話の途中だったり自然な流れでそう呼んでくるから、たぶん心の中で呼んでるのだと思う。心の中で蔑み、軽蔑の呼称をする人は何人もいるだろうけど、様付けはなかなかない。そして、その呼び方は不釣り合いだ。

「貴女は伯爵家の令嬢でしょ？　子爵家の女を様付けするなんてどうかしてるわよ」

「でも、ルキット様はルキット様で……」

「呼ばれるのは私だから。ヘレンでいいわよ」

「……へ、レ、ン？」

「ぎこちなさすぎ」

ミスティア・アーレンの発音は、言葉を覚えたての赤子がするような言い方だ。

「まぁ、そのうち慣れるでしょう。どうせ三年間、私たちは同じ学園に通うのだから」

「あ、じゃあ私もミスティアでお願いします。別に様付けじゃなくて大丈夫なので」

というか、別に誰でもミスティアでいいんですけどね。なんて続ける女を、横目で見る。たしかにこの女は、クラスメイトの平民――アリス・ハーツパールに対して、様付けじゃなくていいと言っているのを見た。平民女は頭を横にぶんぶん振って、「ミスティア様は光なのでぇ！」と取り乱しながら去っていったけど。

「ミスティア」

「はい。それでお願いします」

「まぁ、子爵家の私が呼び捨てにするのも角が立つから、二人きりの時には呼んであげてもいいわ」

私は立ち上がり、床に落ちていた本を拾い上げる。運命なのか、それともただの偶然なのか、落ちていたのは友情にまつわる物語だった。それを本棚に戻し、ミスティア・アーレンに振り返る。

「それでいいわよね？　ミスティア」

私と貴女は友達じゃない。

でも、まぁ、そのうち変わる――とは思う。

あとがき

お久しぶりです。稲井田そうです。

皆様お元気ですか。無理してませんか。無理しなくては生きていけない方は本当にお疲れ様です。この本が少しでも救いになれば幸いです。

さて、二巻の終盤で登場したヘレンが本格的に登場したり、アリスが元は現代で生きていた子だと分かったり、ゲームではフィーナが実は死んでいたり、メロが元々ミスティアを復讐のため殺しに来ていた子だったことが分かる三巻でした。

そしてとうとう攻略対象たちにもようやく陰が見え始め、レイドはとうとうミスティアの笑みを求めず理想的な世界を作ることを決意し、エリクは理想的な世界で閉じることを決め、ジェイは理想的な世界を見た三巻でもあります。また、今巻で追加シーンとなりましたエリクのデートシーンの香りですが、彼の感情が隠されています。よければ調べてみてください。

ちなみにウェブ版だと、文化祭で劇をすることは共通ですが、ミスティアが舞台監督になっていたりします。

攻略対象異常全般のお知らせとしましては、とうとうコミカライズ一巻が発売になりました。ミスティアとレイドの表紙が目印です。宛先生に「レイドエンドのドレスで……」とお願いして、とても幸せな結末に向っていくであろう二人を描いていただきました。書籍のイラストレーターさんが八美☆わん先生、コミカライズが宛先生という、本当に素晴らしく視覚情報に恵まれた攻略対象異常をぜひ今後ともよろしくお願いします。

さらにお知らせがもう一つ。皆様のあたたかいご支援ご声援によって攻略対象異常グッズ化の運びとなりました。一巻でアクリルが欲しいとあとがきで書いていたのですが、まさか叶うと思わず驚きました。さらにミスティア、レイド、エリク、ジェイ、ロベルトの五種展開です。

攻略対象異常は本当に好き嫌いが分かれる物語です。にも関わらずここまでの展開となったのは、これまで攻略対象異常を見守ってくださった皆様、ファンレターをくださった皆様のおかげです。

最後に、一巻からキャラクターデザイン、表紙、口絵、挿絵を描いてくださり、今巻でもはっとするほど美麗で繊細なイラストを描いて頂きました八美☆わん先生、煩雑な本編を新規読者の方にも元々の読者の方にもわかりやすく、可愛くポップにコミカライズしてくださった宛先生、担当編集の山下様、一巻から校正をしてくださっている校正者様、デザイナー様、営業様、グッズの発案者様に心よりお礼申し上げます。

また、ずっと私を支えて、深みを共有してくれるたった一人の親友にも、深い感謝を捧げます。

四巻では、一巻で笑顔、二巻で怒り、三巻で照れていた、ままならない恋心を持つ彼がとうとう本性を現します。三巻で解決しなかった、謎の人物についても明かされます。

それでは、お疲れさまでした。

CHARACTER KARTE

乙女ゲーム

きゅん♡きゅん らぶ♡すくーる2

きゅんらぶ

再起を果たした悪魔乙女

ヘレン・ルキット

（CV:－－ －－）

「レイド様とわたくしは、運命の糸で結ばれておりますの」

「平民女になんて、負けませんわ」

所属・役職：2年A組

誕生日：8月24日

身　長：155cm

血液型：A

好きな食べ物：甘いもの

趣　味：ぬいぐるみ集め

特　技：甘いものを沢山食べること

現在

好きな食べ物：鴨肉

趣　味：癒やしの音楽を聴くこと

　　　　風景を見ること

特　技：興奮した人間を宥めること

イメージフラワー：モモ

乙女ゲーム

きゅん♥きゅんらぶ♥すくーる2

きゅんらぶ

学園の謎多き理事長

ダライアス・フィルジーン

（CV：――　――）

所属・役職：貴族学園理事長

誕生日：11月12日

身　長：180cm

血液型：不明

好きな食べ物：なし

趣　味：なし

特　技：不明

「貴族と平民の隔たりなど、脆いものだ」

「この世界を、再構築しなければ」

現在

好きな食べ物：グラタン

趣　味：日記をつけること

特　技：清掃

イメージフラワー：白ダリア

乙女ゲーム きゅんきゅんらぶすくーる（きゅんらぶ）

アーレン家お屋敷スポット紹介

【ミスティアの部屋】

赤い薔薇や黒い薔薇をモチーフとしたダークトーンで構成されており、
一見は悪役の部屋だが、使用人たちからのプレゼントが所狭しと置かれている。
なお部屋の一角は門番トーマスによる内臓のぬいぐるみで圧迫されており、
ミスティアも収納に頭を悩ませている。

【メロの部屋】

家具に興味がないため、ベッドと本棚、
ミスティアとお茶をするときだけに使う椅子とテーブルしか無かった。
あまりに物がなく、さらに白すぎるためミスティアが独特なセンスで選んだ置物や、
家具をプレゼントしていくことで、部屋の環境がミスティアの色に染まりつつある
（ミスティアの部屋よりミスティアの色が濃く出ている）。

【アーレン家夫妻の部屋】

ミスティアの部屋と間取りは同じだが、
ミスティアの部屋のように多様な人間たちによる強制的な手入れが行われないため、
宝飾箱や書類が収納された棚など、高級さは残しつつも生活感がある。
ミスティアが生まれる前は一緒の部屋で、生まれてから三年ほど別室の期間があった。

【使用人たちの住居フロア】

役職に長がつく者と、ブラム、トーマス、フォレストはそれぞれ一人一室ずつ部屋が与えられている。
その部屋も使用人の個性が出ており、特にランズデー医師の部屋には、
年代物のワインと質の良いグラスが並び、雰囲気もいいことからちょっとした会が開かれているとか。

乙女ゲーム
きゅん♥きゅんらぶ♥すくーる
きゅんらぶ

アーレン家お屋敷スポット紹介

【執事長の執務室】

執事長スティーブが書類仕事を行う場所。

机と椅子はいつも決まった位置に、棚の書類もいっさいの乱れが無い。

人の出入りを微塵も感じることのできない部屋だが、

引き出しにはミスティアから貰った刺繍入りハンカチ、

彼女の描いた執事長の似顔絵が大切に保管されているらしい。

【調理場】

料理長ライアスの城。機嫌がいいときは大丈夫だが、

悩んでいるときにミスティア以外の人間に入られてしまうと情緒が乱れてしまう。

ミスティア専用の試食台と椅子があり、ミスティア専用のエプロン、調理器具もある。

【フォレストの研究小屋】

別棟の一階から三階に繋がっているが、別々の建物を無理やりくっつけた造りをしている。

街にある国立図書館の次に大きいとされ、蔵書数も国内ニ位。

Arlen house Place introduction

悪役令嬢ですが攻略対象の様子が異常すぎるⅢ

2021年　5月　1日　第1刷発行
2021年10月15日　第2刷発行

著　者　稲井田そう

発行者　本田武市

発行所　TOブックス
〒150-0002
東京都渋谷区渋谷三丁目1番1号　PMO渋谷Ⅱ　11階
TEL 0120-933-772（営業フリーダイヤル）
FAX 050-3156-0508

印刷・製本　中央精版印刷株式会社

ISBN978-4-86699-195-5